Sabine Peters
Feuerfreund

Sabine Peters

Feuerfreund

Roman

WALLSTEIN VERLAG

Die Gestalten in diesem Buch sind nicht identisch mit lebenden oder toten Menschen.

Bilder

Schneetreiben im Rheiderland. Die schwerfälligen Flügelschläge eines Graureihers. Scharen von Blässgänsen auf den verschneiten Äckern. Zugefrorene Kanäle. Der Schriftsteller Rupert fährt frühmorgens mit dem 2 CV zur Bahnstation nach Leer. Er will seinen Verlag besuchen, steigt in Oldenburg, Bremen und Hamburg um, dann geht es durch die DDR bis Westberlin. Dezember '86.

Die Studentin Marie aus Hamburg ist in diesen Wochen Praktikantin im Verlag. Der Lektor lädt sie ein, sie könne am Gespräch mit Rupert teilnehmen, aber er warnt. Bücher sind das Eine. Das Andere sind die Autoren selbst, sie wollen Vorschüsse und liefern Krisen statt Texte.

Ein verhangener Tag. Rupert ist beizeiten da. Schneeflocken liegen auf seinem kurzgeschnittenen Haar und auf dem schwarzblauen Wintermantel. Schnurrbart, schmale Brille. Hüpfende Nasenflügel. Freundlichkeiten werden ausgetauscht.

Tage nach dem Besuch sein kurzer zorniger Brief, nur an Marie geht ein erstaunter Gruß. Lachend gibt ihr der Lektor den Bogen, so sind sie. Halten sich am Schwächsten fest, an einer jungen kleinen Frau.

*

Ein großer Raum, der sich leert. Hamburg-Barmbek, eine öffentliche Bibliothek, die Lesung ist vorbei. Stühle werden gestapelt. Am Tisch, den Kopf auf die Hand gestützt, sitzt Rupert und raucht. Er trägt ein Tweedjackett, Cordhosen, einen wollenen Schlips. Neben ihm am Boden ein schwarzweiß karierter Koffer. Er hört Thieß zu, der mit erhobenem Finger etwas erklärt. Marie daneben, eine Zigarette drehend.

Rupert hatte sie in Berlin vermutet. Mit einigen anderen gehen sie spät abends essen. März '87.

*

Ein Verlagsraum. Eine Stadtbücherei. Ein Zimmer in Hamburg, eine Brücke in Westberlin, ein Zugabteil der Deutschen Reichsbahn. Ein paar Begegnungen. Er ist neunundfünfzig, sie ist sechsundzwanzig Jahre alt.

*

Neben dem Olivenbaum ein altes Haus, unverputzt, aus Steinen gelegt. Davor auf einer schmalen Bank sitzt Rupert. Eine Frau treibt eine Ziegenherde über den ginsterbewachsenen Hügel, ein Hund springt um sie herum. Quinta do Espinheiro, Dornenhof, im Landesinneren Portugals. Rupert hat sich hierher zurückgezogen, um ein Buch zu Ende zu schreiben. Die Briefe, die er nach Deutschland schickt, gehen auch an Marie. Sie hatten sich im Frühjahr erkannt. So sagt man es heute nicht mehr.

Er lebt ein halbes Jahr lang in der Quinta. In dieser Zeit beendet sie ihr Studium. Seinen Briefen legt er immer etwas bei. Einen Schmetterlingsflügel, eine Blüte, ein Stück Schlangenhaut, eine Zigarette Marke *portu-*

guês SUAVE, oder den Zahn einer Ziege. Einmal wickelt Marie aus einem Feigenblatt ein Kettchen mit Kunststoffherz, das beschriftet ist. Pluma, Feder.

*

Ein rotes Backsteinhaus im Rheiderland mit tiefgezogenem Dach, ein Landarbeiterkaten am schilf- und weidenbestandenen Kanal. Hier sagt man, am Tief. Rupert kniet auf einem Brett in dem noch fast kahlen Blumenbeet und schaufelt. Im Fensterbord des Salons leuchten Geranien, die hat er angeschafft in der Erinnerung an seine polnischdeutsche Mutter. Kinderchen, sagte sie in den dreißiger Jahren dem Sohn und der Tochter, Geranien sind Blumen für kleine Leute. Das Zimmer, das Rupert Salon nennt, hat neun Quadratmeter und eine Schrägwand. Die Vormieter haben einen abgelaufenen Auslegeteppich dagelassen. Der Raum ist möbliert mit Sachen vom Trödel. Rupert lag viele Stunden auf der Couch und grübelte, ob es richtig war, mit Marie zurück zu ziehen in das alte Haus, das er zuvor mit Ingrid bewohnt hatte. Tagelang schwieg er. Dann hat er sich an die Arbeit gemacht, den kleinen Acker umgegraben, der zum Grundstück gehört. Jetzt sieht er bei den Blumenbeeten nach dem Rechten. Die Taschen seiner grünen Hosen sind mit hellem Leinenband abgenäht. Die Taschenränder werden schnell mürbe, er trägt immer eine Lupe, ein Taschenmesser, eine Packung Tempo und ein Taschentuch aus Stoff bei sich, den Hausschlüssel und den für den 2 CV, auch einen Lieblingsstein, und was man aufliest, je nach Jahreszeit. Immer noch ist eine Esskastanie aus der Quinta bei ihm.

Vor dem Schlafengehen leert er seine Hosentaschen auf dem Küchentisch aus. Marie sagt jeden Abend gern: Hast wieder allerhand Frösche dabei.

Er kniet im Blumenbeet, neben sich einen schwarzen Putzeimer vom Hauseigentümer, Maurer Fokko. Rupert sticht einen Löwenzahn aus.

*

Leute um den Küchentisch, unter dem Bild der portugiesischen Malerin Lino, auf dem wilde Gänse sausen, es fliegen auch Paprika, Kürbis und Pflaumen. Der wachstuchgedeckte Tisch, die abgegessenen Teller, Kartoffelschalen und Grätenreste. Rupert, auf einem Schulstuhl an der Wand kippelnd, hält die Hand vor den Mund. Drei Freunde sitzen ins grüne Sofa gequetscht, in der Mitte raucht Thieß, rechts spielt Hans mit einem Zahnstocher, links schreibt sich Franz was auf. Das halbe Gesicht von Marie, die Tee eingießt. Eine Hand greift in die Schale mit den Kluntjes, ein in den Nacken zurückgelegter Schattenkopf an der Wand scheint den Himmel offen zu sehen.

Am Telefon hat Rupert Freunde aus Leer, Bordesholm und Hamburg angeschrien, sie müssten kommen.

Frühjahr '89, Hungerstreik der RAF-Gefangenen, die um Zusammenlegung kämpfen. Rupert wechselt seit vielen Jahren mit ihnen Briefe, besucht sie gelegentlich in den Knästen. Was heißt Genossen, und was heißt Verantwortung? Was tun wir? Thieß sagt, du kannst machen, was du willst, es wird nie mehr als eine Schlagzeile bewirken.

*

De drie Gezusters, die drei Geschwister, Leuchtreklame vor dem Lieblingscafé in der Altstadt von Groningen. An einem der Tische Marie und Rupert. Vor ihnen zwei rot schimmernde Gläser Campari. Er reibt sich seine Nasenflügel. Sie, kurz geschoren, lacht ihn an. Vater und Sohn, fragt der Tischnachbar, bevor er die Aufnahme macht. September '89.

Rupert hat Marie gerade einen Brief gegeben. Immer noch lägen dreiunddreißig Jahre zwischen ihnen. Sie wisse, er habe zwei Ehen und Anderes hinter sich. Er werde jederzeit weggehen können. Wahrscheinlich werde er es sein, der sie eines Tages verlasse. In dem Brief stehen noch ein paar Zeilen.

Sie gabeln bei den drei Gezusters Weinbergschnecken aus den Gehäusen, tunken sie in die Kräutersoße, gegenseitig füttern sie sich. Sie sitzen in der Herbstsonne, sie sehen hell aus. Braut und Bräutigam.

*

Auf dem Weg nach Rostock tuckert der 2 CV zwischen Trabis, Wartburgs, Skodas. Rupert nimmt es einstweilen gelassen, Tempo ist mehr was für Blöde, sagt er. Ein Land ohne Stacheldraht, das ist meine Freude. Ich hab nicht nur bleikalt den Klassenkampf im Kopf. Und doch, es zeichnet sich was ab. Wen wollt ihr, dass ich euch losgebe, den Sozialismus oder die Barbarei? Aufjauchzend rufen die Belogenen, Betrogenen, Erschöpften und Verletzten: Die Barbarei! Du hättest Prediger werden können, sagt Marie, und er: Ich weiß, die DDR ist ökonomisch, politisch und moralisch bankrott.

Sie laufen zu Fuß durch Rostock. Wilde Gebrauchtwagenlager mit Volkswagen und Audis. Neben schön restaurierten historischen Häusern die vielen verrotteten Neubauten. Abgeblätterte und schrundige Fassaden, pappverklebte Fenster, krautüberwucherte Schutthalden. Ein Angetrunkener in Dschungelhemd und Buschhose erkennt in ihnen Westdeutsche. Alles zu haben, sagt er und zeigt in die Runde. Alles Schrott. Nur unsere Menschen, er feixt, alles einfache herzliche Menschen! Sind im Preis mit inbegriffen!

*

Herbst 1990. Auf dem Tisch im Salon liegt die mit Tulpenmuster bestickte Decke, die sie mitbrachten von einer Reise nach Alençon, Ruperts Sohn Friedo lebt dort. Der Tisch ist gedeckt: Ein Stapel Belegexemplare vom ersten Buch, das Marie geschrieben hat. Der Silberbecher mit Levkojen aus dem Garten. Eine neue schwarzrote Chinakladde, ein Füllfederhalter und ein kleines Tintenfass. Eine Flasche Rotwein. Abends wird Rupert Filet braten, und er hat hinter Maries Rücken Ilse und Gregor aus Leer eingeladen. Als sie vormittags beklommen das Paket des Verlags öffnete, fragte er, ob er ihr helfen dürfe. So hat er den Tisch gedeckt, hat seine Überraschungen zu den Büchern gelegt. Er, der ihr erster Leser ist, schlägt ein Buch auf, zitiert einen Satz und fügt hinzu: Siehst du mal. Also weiter, sagt er, an die nächste Arbeit, aber vergiss nicht, dich über dein Buch zu freuen. Als 1988 sein neuer Roman erschien, nach jahrelanger Pause, in der er Dokumentarfilme gedreht und Lyrik geschrieben hatte, war er so angespannt, dass Marie ihn allein ließ in seinem Zimmer.

Dort tütete er die Belegexemplare ein, adressierte sie. Justizvollzugsanstalt Celle, Aichach, Lübeck, Köln-Ossendorf, Stuttgart-Stammheim. Gleich nachmittags fuhr er mit dem Rad zur Dorfpost nach Ditzumerverlaat, um sie loszuschicken.

Jetzt, als Maries erstes Buch erscheint, nimmt er ein Exemplar vom Stapel und bittet sie, ihm was reinzuschreiben.

*

Wie immer hat er ihr den Frühstückstee ans Bett gebracht. Draußen wirbeln Schneeflocken. Er sagt, er könne ihren Geburtstag heute nicht mit ihr feiern. Seine Stimme wackelt. Der zweite Golfkrieg hat begonnen. Tagsüber hängen sie am Radio. Abends sagt er, als sie zusammensitzen: Erzähl mir was Schönes.

An den bald folgenden Friedensdemonstrationen nimmt er nicht teil. Wann hätten Demonstrationen je was bewirkt. Er wisse das noch aus der Zeit der ersten Ostermärsche. Die DDR, das sei eine andere Geschichte.

*

Er setzt spät abends die Pelzmütze auf, um draußen am Tief vom Steg aus ins Wasser zu pinkeln. Wasser zu Wasser, sagt er, horcht nach den Enten im Schilf. Dann holt er Holz und Briketts aus dem Stall. In der Küche schlägt er zwei Briketts in ein Stück feuchtes Zeitungspapier ein, er legt das Päckchen auf die Ofenglut. Es war im Stall wieder ein Wispern bei den Kohlen, ein Gedränge, sagt er, der ein Feuerfreund ist. Die Briketts streiten sich flüsternd, wer zuerst ins Haus darf. Sie tauschen heimlich ihre Plätze. Wir wissen, die Dinge haben ihr Eigenleben. Meine Briketts fürchten den Ofen nicht. Das Feuer ist ihr alter Freund.

*

arm am stock im arm. Marie und Rupert sind eingeladen, einen Text für eine Anthologie zum Thema Heiraten zu schreiben. Sie möchten von sich selbst nichts sagen. Sie stellen sich ein Paar vor, das miteinander alt geworden ist. Ihr Text ist eine Gemeinschaftsarbeit, ein Spiel. Sie haben ihre Sätze so lange miteinander verschränkt, bis sie selbst nicht mehr wissen, wo fing der eine an, wo machte der andere weiter.

arm am stock im arm. immer noch teilen sie brot und bett, in langer flanellnacht liegen sie flach. zwei flügellose wissen nicht, sind vierundsiebzig und achtzig. was noch, meinst du, wird werden, wissen nicht, schlaf. immer noch tappen sie weiter gemeinsam. nicht viele wörter. der mundwinkel verrät, die tirade hält einen vortrag. gegen sibirische kälte ruft er, sie knurrt dagegen frische luft, jagt ihn mit quark. beide schlagen noch immer täglich canasta, noch immer ist er der größte, die sie ist. sonst doch nicht fünfmal gemeinsame töchter von sauerland bis neapel. sonst doch nicht alles geteilt, das kleine geld, acht mal verschiedene arbeit vom nachtwächter bis zum lehrer. sie muss seine flöhe von wegen genie ausbaden, im gegenteil erbt sie von der mutter das schnattern, in seiner hand zittert der rotstift. entschieden schließlich die beiden alten, schließlich die frau und der mann. in einer dämmerung sind sie, sieh mal, arm in arm am stock, ein bisschen verfehlt am platz sind sie beide. in der kaufzone bisschen fremd, die beiden halten sich fest an einem einzigen stock. sie schlurfen dahin. und lieben, allerdings. ihr zuckerverrühren im tee, ihr kauen im fleisch der gans, wir sind eine arbeit, die hört nicht auf. eine kleine zeit durch die große welt, auf hühneraugen schnauzen die liebenden angst umeinander, gedankenverloren sind sie in unterschiedlich beleuchteten bildern, wissen nicht, sie sind eingenäht in die älter werdende haut. alles würden sie wieder genauso machen. nicht ringtausch mit hottentotten. stiller geworden, bröteln sie eigen das kleine brot, in ihrer geheimnissprache noch immer und immer mehr. wir geben nicht auf. wir fangen noch einmal an. wo wir im elend sind. wo fliegen wir. zwei leise stimmen, die beiden alten.

So denken Marie und Rupert lang hin in die Zukunft.

*

Der Stall: Auf dem Regal leere Blumentöpfe, ein ausrangierter Wasserkessel und der Kasten mit dem Schuhputzzeug. Ein Glas mit Pinseln. Tapetenrollen. Auf dem obersten Brett die letzten Äpfel vom Vorjahr, meist schon so mürbe, dass man sie nur noch den Amseln hinlegen kann, täglich einen, aufgeschnitten. Im Schweinekoben Schneeschaufel, Besen, Harke, Hacke, aufgestapelte Pappkartons, und die Körbe fürs Holz. Unter dem spinnverwobenen Fenster ein Holzstoß, davor zwei Hollandräder. An der gekalkten Wand über den aufgestapelten Briketts lehnen zwei hölzerne Leitern. Federballschläger, Seile und Gurte hängen am Balken unter der Decke. Bei geöffneter Stalltür sitzt Rupert in seiner dicken grauen Strickjacke mit dickem

Schal und dicker Wolldecke im ausrangierten dürren Korbsessel neben der Holzkiste, auf der alles Nötige steht, sein weißblau gemusterter Teebecher, die Tabaksdose, Streichhölzer und Aschenbecher. Er hat den Sessel so gerückt, dass er den weißverschneiten Pflaumenbaum im Auge hat, unter dem eine Amsel den heutigen Apfel aushöhlt. Kurze Schnabelhiebe, Kitsche und Schale lässt sie liegen. Rupert liest Zeitung. Wieder mal wollen er und Marie das Rauchen reduzieren. So haben sie entschieden, für jede Zigarette aus dem Haus zu gehen. Ständig treffen sie sich jetzt im Stall und grüßen sich mit einer Floskel, einem flosculum, einem Blümchen: Schiffe, die sich nachts begegnen, behaupten sie in falscher Überraschung. So viel Zeitung lesen beide nie wie in den Wochen als Wenigraucher. Sie werden krank, sie brechen das Stallprojekt ab.

*

Rupert sitzt am Gartentisch unter dem Pflaumenbaum und enthülst Erbsen, seine Hand ist verbunden. Dupuytrensche Erkrankung, die Sehnen in der Hand verkürzten sich, er musste operiert werden. Das gelang nicht gut. Ein Stück des Ringfingers wurde amputiert. Rupert und Marie haben es vor einigen Tagen im Hammrich begraben. Nur langsam, unter wochenlangen Schmerzen werden seine Finger jetzt wieder beweglich. Er spielt mit den Erbsen, als wären sie Sand in der Hand. Zwischendurch trinkt er Tee aus seinem Glas. Seinen Teebecher hat er in einem Streit mit Marie auf den Küchenboden geworfen.

*

Sie haben die Weihnachtstage in Hamburg verbracht. Familientage: Bei Maries Schwester auch der Vater, Doktor Phil, der nicht gut Luft bekommt und über seine Angst hinweg die Geschichte der alten Römer vorträgt. Neben ihm die besorgte Mutter, die vorgibt, Lukrez liege ihr am Herzen.

Bei Ruperts Tochter Judith sind zwei ihrer Brüder, Schwägerinnen, mehrere kleine Kinder.

In engen Wohnungen Gedränge, Musik, freundliches Schreien und gestresstes, immer zerren alle aneinander, immer meinen alle es gut. Warum werden Familien gegründet? Wer kann so viele römische Dichter, Stoffelefanten und Unglück wollen? Guatemala, sagte Rupert mehrere Male in sich hinein. Ein Fluchtpunkt, ein Drohwort. In Guatemala wäre er unerreichbar.

Der Zug Richtung Norddeich-Mole bleibt auf offener Strecke eine Stunde lang stehen, betriebsbedingt, heißt es lapidar. Zwischendurch geht das Licht aus, sie sitzen im Dunkeln, sie sind hungrig, durstig, müde. Grelles Stampfen aus dem Kopfhörer eines Jugendlichen ihnen gegenüber. Schließlich steigen sie in Leer aus dem überfüllten Zug. Ihre Koffer sind voller Geschenke, sie wiegen schwer. Im Parkhaus steht der 2 CV. Schweigend fahren sie aus der Stadt, über die Emsbrücke. Was soll aus den Kindern werden, Rupert knurrt. Sein Sohn Nico plant einen neuen Dokumentarfilm, Rupert hat ihm skeptisch zugehört. Jetzt sagt er: Der weiß nicht, worauf er sich einlässt. Der hat nichts auf der Naht als gute Ideen. Ich hatte es beim Filmemachen früher leichter. Ich kann ihm nicht helfen.

Die Auto-Heizung funktioniert nicht mehr. Kälte, knurrende Mägen, Erschöpfung. Rupert legt Marie die Hand aufs Knie. *Bald, Grauchen, sind wir zu Hause*, sagt er. *Meiner warten die Brüder und die Klause, deiner aber duftendes Heu.*

Volksschule Hamburg-Ahrensburg, um 1935. Ruperts Klasse führte ein Theaterstück auf, er war ein Mönch, sein bester Freund ein Esel. Einträchtig zogen sie miteinander über die improvisierte Bühne. Rupert hatte damals Mühe, sich die beiden Sätze einzuprägen. Sie sitzen bis heute. Trostworte, die teilt er mit Marie. Sie legt ihre Hand auf seine. Bald, Grauchen, sind wir zu Hause.

*

Im vereinigten Berlin am Wannsee, eine Villa aus der Gründerzeit. Schon früh sprach Zuckmayer von einer imitierten Ritterburg, auch später wurde freudig gehöhnt: Verkleinerter Renaissance-Palast. Pralinenschachtel mit überinstrumentiertem Turm. Seit vielen Jahren schon ist hier das Literarische Colloquium zu Hause, Schriftsteller aus aller Welt sind gerne hier zu Gast. Marie darf für ein halbes Jahr im Turmzimmer wohnen. Rupert fährt sie nach Berlin. Als sie das Gepäck ins Haus raufbringen wollen, bleiben sie im Aufzug stecken. Das Bimmeln des Notrufs dringt nicht bis ins Nebengebäude. Sie rufen und schreien. Sie schlagen sich die Fäuste wund. Sie werden befreit.

Rupert geht an den See runter, dort sitzt ein anderer Stipendiat, Konrad aus Köln. Marie winkt den beiden vom Turm aus. Rupert sagt ihr später: Konrad ist gesprächig wie ein Grashalm. Den möchte ich kennenlernen.

Briefe gehen hin und her zwischen Berlin und dem Rheiderland. Rupert schreibt, er tue nichts. Er mag das Wort Depression nicht leiden.

*

Fußstapfen auf dem vereisten und dick zugeschneiten Tief, das durch den Hammrich führt. Marie und Rupert gehen Arm in Arm. Sie werfen einen einzigen schmalen Schatten. Das Schilf am Ufer steht gelb erstarrt. Am Horizont der Hof von Bronsema, umstanden von kahlen Buchen. Hoch am Himmel ein Zug Nonnengänse. Kein Vieh auf den Weiden, kein Reh lässt sich sehen, kein Hase. Täglich bittet Marie ihren Mann, mit ihr rauszugehen. Er sagt, ich mag mich nicht sehen lassen. Wer sieht uns hier? Er winkt ab. Man kann schreiben und kann es lassen. Man kann kochen und kann es lassen. So wie auch Spazierengehen, Schnee fegen, Aufstehen und Sich-Hinlegen.

Auf den Wegen aber, die er dann doch mit ihr macht, nimmt er Marie in den Arm, wie sie ihn.

*

In der Küche der Quinta do Espinheiro das steinerne Fensterbrett, dünne Scheiben, bröckelnder Kitt, ein vom Holzwurm zerfressenes Fensterkreuz. Neben einem Wasserglas, in dem gelber und weißer Ginster steht, räkelt sich im gefilterten Sonnenlicht eine Eidechse. Rupert nennt sie seinen grüngoldenen Bischof, er füttert sie mit Insekten. Einmal war er mit

Marie zusammen in der Quinta, jetzt ist er hier auf unbestimmte Zeit allein. Er braucht die Rückzüge. Selbst das Rheiderland ist nicht abgelegen genug, selbst die Nachbarskinder wirken manchmal auf ihn verblendet, verkommen. Erst ein paar Jahre alt sind sie, sagt er, und schon kaputtgemacht. Er will darüber nicht diskutieren. Er weiß, nicht einmal Portugal ist eine heile Welt. Auch die Familie Lino, zu deren Landbesitz der baufällige Dornenhof gehört, träumt von reicherem Leben. Die aufgegebene Quinta scheint unberührt, ein Schutzraum. Viele Dachziegel sind zerfallen, bei Regen tropft es in der Küche und im zweiten Zimmer. Rupert stellt überall Eimer und Schüsseln auf. Er dirigiert die Regenmusik. Marie liest seine Briefe. Sie wusste nicht, dass man eifersüchtig auf einen Ort sein kann.

Er kommt viel früher zurück nach Hause, als sie dachte. Es geht ihm gut. Der schwarzweiß karierte Koffer ist voller Mitbringsel: Steine, Federn, Blumensamen. Quittenbrot, eine in ein feuchtes Tuch eingeschlagene Feigenpflanze, vinho tinto. Ein Kuhhorn, eine Flasche mit Olivenöl, selbstgemacht von Familie Lino. Und eine Tonbandaufnahme, die Stimme des Pirols.

*

Der Schnäppchenmarkt NIX-WIE-HIN im Landflecken Bunde. Auf den Regalen liegen in kleinen Plastikkörben Billigartikel für fünfzig Pfennig. Rupert rätselt, was hinter solchem Geschäft für schlaue Köpfe stecken mögen. Sie haben den traurigen Mut, selbst hier im Rheiderland zu verkaufen, was an jedem Wegrand zu finden ist. Heb einen Fichtenzweig auf, drei Kastanien, etwas Laub. Besprühe das Ganze mit Goldstaub, gib es in eine Tüte aus Zellophan und nenne es herbstliche Dekoration.

Rupert hat von einem der Regale einen geflochtenen Mexikanerhut genommen und aufgesetzt, die Krempe ist kühn nach oben geschwungen. Mit beiden Händen wühlt er in einem Plastikkorb voller Glitzerkram, strahlend. Mehr, mehr, ruft er so laut, dass andere Kunden sich nach ihm umdrehen.

*

Am Dollart im Watt steht der Kieckkasten. Vom äußersten Deich aus führt ein von Naturschützern angelegter Weg dorthin. Priele sind mit drahtbespannten Stegen überbrückt, es geht durch wucherndes Schilf. Je nach Wetter und Jahreszeit federnder Boden oder spritzender Matsch, so dass man auch mit Gummistiefeln kaum durchkommt. Der Kieckkasten auf der niederländischen Seite des Rheiderlands: Ein drei Meter hohes Gerüst mit einer Wendeltreppe aus Stahlstreben, die führt nach oben zu einer kleinen Veranda, dann in eine Kammer aus Holz. In allen Wänden Sehschlitze. Man tritt aus der Tageshelle in den dämmrigen Raum, öffnet die schmalen Klappen und setzt sich auf eine der Bänke. Marie und Rupert nebeneinander, vor ihnen auf der Ablage die Thermosflasche. Rupert sieht mit dem Fernglas raus. Immer zuerst der Eindruck von Stille über dem Watt. Das Schweigen am Wasser, am verschilften Ufer. Wenige Reusen, längst ist das Fischen hier nur noch ein Nebenverdienst. In den Binsen einige vermoderte und tangbesetzte Pfähle, früher Schlickfänger zur Landgewinnung. Noch absolute Ebbe, noch das Rieseln des ablaufenden Wassers, oder schon Flut? Vom Turm aus lässt sich das nicht sagen. Nachher, später, werden Rupert und Marie auf dem Weg über die Stege sehen, wohin das Wasser fließt, oder ob es gerade ganz still steht, für einen lang gedehnten Moment.

Wasser und Land in dauerndem Übergang. Ziehen und Schieben. Im rhythmischen Wechsel von Ebbe und Flut wird ständig die Landschaft neu erschaffen. Marie und Rupert sehen über das fette, schwarz schimmernde Watt. Ziehende Wolken werfen ihre Schatten. Die Stille öffnet sich. Das Schweigen beginnt zu rufen. Im Kieckkasten wird kaum gesprochen. Draußen fliegt ein Entenpaar flach schnatternd, weiter oben kreisen kreischend Sturm- und Lachmöwen. Der Graureiher ist ein Einzelgänger, steht weit ab vom Gezwitscher kleinerer nicht gut erkennbarer Vögel, die hüpfende Fleckchen sind. Der Graureiher, wie mit der Schere geschnitten, ein scharfer Riss im Gegenlicht. Ein lauerndes Denkmal. Jetzt stößt er zu, der scharfe Schnabelhieb, das Winden seines Halses, dann wieder völlige Reglosigkeit, schließlich sein ungelenker, schwerfällig wirkender Abflug. Verschiedenartig knarrende Töne kommen von Haubentauchern. Limosa limosa, langschnäbliger hochbeiniger Schnepfenvogel, die Brust rostrot, der Bauch mit dunklen Querflecken. Weißer Schwanz mit breiter schwarzer Endbinde. Marie übernimmt das Fernglas. Fliegende Uferschnepfen kann man erkennen am weißen Längsband in den Flügeln. Eine landet im Watt, geht langsam, zieht die Füße betont hoch. Greta, Greta. Ihr gellender Ruf hat den Vögeln hier an der

Küste den Frauennamen gegeben. Die Gretas stochern im weichen Schlick. Austernfischer schwimmen in einem Priel, tauchen ab, und wieder auf an unerwarteter Stelle. Das glänzende fette Watt ist voll Vogelspuren, wie ein rätselhaftes Schnittmuster. Tunk-tunk, machen die Teichhühner. Darüber Austernfischer, ihr hohes kewik, kewik, kwik, kwirr. Marie und Rupert werden Vögel. Greta, Greta.

Bis die Rückenschmerzen kommen, bis die Kälte beide hochtreibt. Bevor sie gehen, schließen sie die schmalen Klappen mit den darüber angebrachten Brettchen gegen den Wind. Der Raum ist wieder verdunkelt.

*

Franz und Hans, Marie und Rupert schieben und ziehen ein aufgebocktes Ruderboot, außen rot, innen blau, den schmalen Fußweg am Tief entlang. Kippelige Angelegenheit. Zwischen Brennnesseln und Schilf am Ufer behaupten sich neuerdings kleine Flecken mit Margeriten, und Marie ist stolz auf einen Weidenbaum, den sie gepflanzt hat.

Kühe grasen auf der anderen Seite des Tiefs, Federvieh läuft zwischen ihnen herum, und zwei Ferkel.

Franz wird seine Datscha am Bad Zwischenahner Meer abschaffen und fragte, ob Rupert das Boot übernehmen wolle. Nach kurzem Spritzen und Platschen liegt jetzt das große Geschenk im Wasser, leise schaukelnd. Zu viert trinken sie Tee im Garten, bevor sie die Jungferntour machen wollen. Aber dann haben Hans und Franz es plötzlich eilig. Rupert und Marie werden allein losrudern. Doch im Boot steht Wasser, knöchelhoch.

Ein Sommergewitter zieht auf, Donner und Blitz. Es schüttet.

Das Wasser im Boot steigt an. Marie und Rupert wüten hemmungslos. Franz weiß nicht, wohin mit seinem Schrott, das Boot ist leck. So war das nicht gemeint. Er hält sie beide für blöde, stellt seinen Müll bei ihnen ab, wie soll man ein vollgelaufenes Boot an Land hieven. Eher ertrinkt man beim Versuch der Bergung. Selbst wenn das gelingt, vielleicht mit Hilfe von Bronsemas Trecker, später muss man dann alles in Kleinteile sägen und trocknen, um das giftig lackierte Holz schließlich im Ofen zu verfeuern und an den Dämpfen zu ersticken. Unverschämtheit, Heimtücke und Niedertracht, mit einem alten Mann und einer schwachen Frau so umzugehen.

Einen Tag später kommt Thieß aus Bordesholm vorbei. In Ruperts Gummistiefeln geht er zum Steg, mit einer kleinen Blechkanne schöpft er das große Boot geduldig leer. Holz lebt, sagt er. Wenn so ein Ding lange an Land liegt, läuft es im Wasser erstmal voll, bis sich die Poren wieder schließen.

Sie rudern bis Ditzum, kaufen Eis, sitzen am Hafen. Auf eine Postkarte zeichnen sie Wellen, Walfontainen und ein bemanntes Boot, sie schreiben, lieber Franz.

*

Den ganzen Tag über Regen. Unablässig rinnen Tropfen an den Fensterscheiben entlang, ziehen Bahnen, lösen sich auf in anderen Tropfen. Beharrlich fallen Tropfen in die Pfützen, werfen Blasen und bilden Kreise. Kleines Geräusch, das eine eindringliche Stille hörbar macht. Alle Blüten sind so dicht wie möglich verschlossen. Keine andere Bewegung als das Regnen scheint es zu geben. Am frühen Abend reißt der Himmel auf. Jetzt erst scheint die Zeit wieder weiterzugehen. Im Tief quaken die Frösche. Rupert steht vor dem Blumenbeet. Er fasst die regenschweren Rosenblüten zwischen Daumen und Zeigefinger, er schüttelt sacht die Tropfen ab.

*

Die Operation der vergrößerten Prostata. Es gibt wenig Erfahrungsberichte, wie es danach weitergeht. Rupert ist seit ein paar Tagen aus dem Krankenhaus zurück zu Hause.

Im Bett miteinander verflochten, Lust und Glück. Wenn sie beieinander bleiben, wird Marie kein Kind bekommen. Sie müssen künftig nicht mehr von Verhütung sprechen. Adoption wird kein Thema.

Sei froh, dass du nie schwanger warst, sagt er später manchmal, was soll aus Kindern werden. Sie dreht jedes Mal den Kopf weg, auch wenn sie nicht denkt, ein Mensch wird vollständig erst durch ein Kind.

*

Zwei Gartentische unterm Pflaumenbaum. Friedo aus Alençon ist mit seiner Frau Marguerite und den drei Kindern gekommen, wohnt ein paar Meter weiter in einer Ferienwohnung.

Verständigungsschwierigkeiten. Der Sohn übersetzt. Seine Kinder wollen das Boot ausprobieren, können nicht schwimmen, so wenig wie Friedos besorgte Frau. In der Sonne glitzert das Tief. Harmlos schaukelt das Boot. Was macht man mit kleinen französischen Enkeln, um nicht immer nur *non* zu rufen oder *attention*? Überall lauern Gefahren, sei es oben an der Straße, auf der ganz unverhofft ein Trecker eilig um die Kurve rumpelt, sei es das Wasser, sei es der Stall mit Sägen und Äxten.

So schlägt Rupert nach der ersten Bootspartie für den kommenden Tag einen Ausflug ins Emsland vor, im abgetrockneten Torfmoor könnten die Kinder sich müde spielen, später würden sie dort picknicken.

Heißer schattenloser Spätsommertag. Als alle verschwitzt und erschöpft sind vom Toben, die Erwachsenen noch mehr vom Reden, als sie kleben von Schweiß und vergossenem Saft, als sie nichts wie zurück nach Hause wollen, springt Ruperts 2 CV nicht an. Friedo zieht am Abschleppseil den Vater zurück bis ins Rheiderland. Motorenlärm. Hitze. Müdigkeit. Dreimal steigen die Kinder von einem Auto ins andere. Schließlich wimmern sie nur noch, *j'ai faim*, *moi aussi*, sind wir bald da. Non. Never ever, sagt Friedo, sagt Rupert.

Aber dann sind sie zu Haus, erleichtert über den Schatten unterm Pflaumenbaum, über die Stille, den frischen Tee. Ein Nachbarskind kommt und lässt sich nieder, auch Fokkos Tochter langweilt sich zu Hause. Die Kinder wollen miteinander spielen, schön, dafür müssen sie keine Sprache teilen. Nur darf der Ball nicht ins Wasser fallen. Nur darf der kleine Jacques aus Alençon ihm nicht ahnungslos hinterherspringen. Nach der Rettung gibt es trockene Kleider, schick übergroß.

Von der Straße kommt ein junges Paar den Weg runter. Ruperts jüngster Sohn Florian mit seiner Freundin, ein Überraschungsbesuch, heimlich abgesprochen mit dem Halbbruder aus Ruperts erster Ehe. Allseitige Begrüßungen, großes Hallo. Im Tief lachen die Frösche. Rupert und Marie flüchten ins Haus, in die uneinsehbare Schlafkammer im hintersten Winkel. Sie stürzen sich in die Arme. Sie küssen sich wild. Auch dieser Tag wird mal enden, beschwören sie sich. Sie kochen Abendessen für neun Leute. Sie mögen alle, die da sind.

*

Nach der gemeinsamen Bohnenernte mit den Nachbarn Fokko und Janette. Rupert und Marie putzen im Garten ihren Anteil, drei Eimer, sie reden mit der alten Kneipenwirtin Grete, die wieder nach ihrer Katze sucht. Dann dibbern sie weiter.

Er frage sich, wer er allein für sich selbst sei, ohne den dauernden Austausch mit allen anderen.

Sie wisse nicht, wen er mit allen anderen meine.

Er habe immer wieder die eigene Zeit in Verstecken gebraucht, aber es sei ihm zu weit, in die Quinta zu fahren.

Sie frage sich, ob sie einige Zeit bei Konrad und seiner Freundin in Köln leben solle.

Er könne ihr Reden vom Sollen nicht hören. Es ginge darum, was sie dort machen wolle, und dies hier sei ihr Zuhause auch.

*

Draußen ist alles schwarz und weiß. Der Schnee so hoch gefallen, dass man den Weg zum Stall, zu Holz, Kohlen und Ascheimer zweimal am Tag freischaufeln muss. Schwarz und weiß der Pflaumenbaum im Garten, der Holunder und die Weiden und Kastanien am Tief. Ohne das wehende grünbunte Laub, reduziert auf die bloße scharfe Kontur des Stammes, der Äste und Zweige, ist jeder Baum ein fremdes kompliziertes Schriftzeichen.

Rupert sitzt am Küchentisch, vor sich weißes und rotes Seidenpapier, Schere, Zange und Draht. Auch in Ditzumerverlaat ist es Sitte, zu Jubiläen Blumen aus Papierservietten zu falten. Frauenarbeit. Aufgabe der Männer ist es, vor dem Eingang des Jubelpaares ein Bogengestell aufzurichten, mit Tannenzweigen zu schmücken, dann werden die Blumen hineingeflochten. Die Frauen falten hunderte von Blumen, die draußen im Wind was aushalten müssen. Sie sind faustgroß und ähneln aufgebrochenen Blüten, sie werden mit Haarspray fixiert. Der neueste Schrei ist die gefüllte Sorte. Rupert nennt, was er faltet, Röschen. Immer hat seine Mutter alle Wörter verkleinert. Seine Blumen sind kleine geballte Fetzen, zerzaust, als habe er das Papier nur eben flüchtig zusammengeknüllt und darin einen Draht befestigt. Seine Mutter schmückte für ihre zwei Kinder den Weihnachtsbaum nach polnischdeutscher Tradition. Oder wie sie es erinnerte und selbst gern mochte: Äpfel, Nüsse, rote und weiße Röschen aus Papier. Zusätzlich hängte sie an die Zweige das, was Ruperts Vater hamburgisch Schlickerzeug nannte, Kringel mit Schokoladenüberzug.

Nicht jedes Jahr haben Rupert und Marie einen Weihnachtsbaum. Vor ein paar Tagen hatte er in Weener allerhand zu tun. Dann bummelte er bei der Baumschule vorbei. Ordentlich aufgereiht standen die jungen kerzengeraden Tannen und Fichten. Ein Fichtenbaum fiel aus der Ordnung, klein und schief gewachsen. Den brachte er nach Haus. 'N beeten scheef – God leef, sagt er oft, wenn er Marie wieder krumm stehen sieht. Der Freund und Filmemacher Dirk will mit Frau und Kind die Feiertage auf dem Polderhof verbringen, in der Ruine, die er schon seit Jahren mit Bedacht bewohnbar macht. Auch Ruperts Tochter Judith mit dem Sohn Jojo wird kommen. Rupert faltet kleine Rosen für den Weihnachtsbaum, in Erinnerung an einen Brauch, den seit dem Tod seiner Schwester nur er noch kennt.

*

Sein Sohn Simon ist aus Osnabrück gekommen, chronisch überarbeitet, gelernter Koch, dürr wie ein Stecken. Er sollte Stepp tanzen. Stattdessen spielt er Bass in einer Band. Rupert spricht von Kapelle, zur Freude des Sohns. Manchmal nennen die beiden sich Bruder, sie glauben das beide nicht, sie sind zwei streitende Brüder. Simons Sohn Linus ist mitgekommen, ein vierjähriges Kind, bestehend aus Gelächter. Seine Schwester hütet zu Hause mit der Mutter das Bett.

Simon soll sich stärken, Rupert fährt auf, was die Küche hergibt. Zum Frühstück serviert er nach dem Porridge gleich kaltes Filet. Mittags Aal und Granat auf Schwarzbrot mit Salat, nachmittags selbstgebackenen Kuchen. Zum Abendessen hat Simon das traditionelle

Vateressen erbeten, es hat einen Namen, den alle in der Familie kennen: Nudeln vom armen Schriftsteller. Rupert hackt Knoblauch, schneidet Salami, gibt beides in eine Schale, dazu Tomatenmark, Butter, Paprika Pfeffer Salz, Herbes de Provence und Zucker. Er verrührt das Ganze mit ein paar Löffeln des kochenden Nudelwassers. Er verteilt die heißen Spaghetti, jedem nach seinem Bedürfnis, schöpft mundwarme Soße darüber. Noch einmal gibt es Salat aus dem Garten, Rupert sagt stolz: Der schmeckt nicht nach Tempotuch und nach Treibhaus, der lügt nicht.

Linus schmückt sich mit einem Nudelbart, der Ruperts Schnurrbart in den Schatten stellt. Als keiner mehr kann, gehen die beiden mit einer Handvoll Reste raus in den Garten. Sie schleudern einzelne Spaghettischlangen an die Stalltür. Da bleiben sie kleben, bilden eine merkwürdige Schrift. Linus ruft: Polim holim Rosenau, Niki Lauda Pupserei.

So viel steht da nicht, sagt Simon.

Doch, sagt Linus, wer hat´s denn gelesen.

Später lösen Rupert und sein Enkel die hart gewordenen Nudeln und werfen sie ins Tief, sollen Aale und Hechte auch mal Sonntag haben.

*

Thieß, Hans und Marie mit Rupert vor seinem Bücherregal, zu ihren Füßen Pappkartons. Antifaschismus in der BRD nach '45, Arbeiterbewegung von bis, Geschichte der Sowjetunion und der DDR. Internationaler Vietnam-Kongress, Kolonialismus, Imperialismus, Texte der RAF.

Warum er das alles nicht mehr aufbewahren wolle, fragt Hans. Warum er sage, er schreibe nicht mehr, das solle er offen lassen. Seine Büchersammlung sei ein Fundus.

In seinem Zimmer sei kein Platz, sagt Rupert. Linke Geschichte interessiere ihn nicht mehr. Hans sagt, Rückzüge fehlten jetzt noch. Nach '89 stecke nicht nur Rupert in der Krise. Keiner von ihnen habe die realsozialistischen Länder geschätzt, und doch fehle seither der Hinweis auf etwas jenseits des Kapitalismus. Sie wüssten, was die rotgrüne Regierung bedeute: Eine Politik, die unter Kohl die Leute auf die Straße getrieben hätte, Gewerkschafter, Christen, Linke und Grüne. Am Horizont der neue Krieg in Jugoslawien, an dem Deutschland teilnehmen werde, endlich normal wie andere Staaten auch. Diese Entwicklungen verdienten Aufmerksamkeit, nicht Rückzug und Schweigen.

Rupert sagt, er sei es leid, schwarz zu malen. Er verstehe nichts mehr. Also warum schreiben?

Die Desillusionierung und Ernüchterung enttäuschter Linker verkaufe sich gut. Es werde immer gern gesehen, wenn einer öffentlich den Mut verliere. Er wolle allein mit sich sein. Andere anzulügen sei bekanntermaßen möglich. Könne man sich selbst anlügen? Er habe lange genug auf internationale Solidarität im Kampf um Emanzipation gehofft. Er habe sich vielmals getäuscht, in anderen, zuallererst wohl in sich selbst. Im liebsten, im radikalen Denken sei er gescheitert. Er bleibe aber Kommunist. Egal, sagt er.

Hans stellt fest, sein Freund behalte neben Romanen

und Lyrik doch einige andere Sachbücher bei sich. Bücher über die Zeit, als Rupert jung gewesen sei. Sonderlaboratorium der SS. Die Endlösung, ein Atlas. Widerstand der Juden in Europa. Janusz Korczaks und Stefania Wilczyńskas Arbeit im Warschauer Waisenhaus. Raul Hilberg. Reuben Ainsztein. Oskar Rosenfeld, das Getto in Łódź. Immer und immer wieder Shoa und Nationalsozialismus. Fortgesetzt der Sturz zurück in die Zeit der Kindheit und Jugend, ob er nicht sehe, auch er lebe jetzt!

Rupert sagt, er sei nicht blöd. Er verwechsle sich nicht mit den Opfern der Nazis, ihm sei es immer gut gegangen. Es sei normal, im Alter traurig zu werden. Die Jungen bedauere er. Wie sollten sie die Welt in ihre Hände nehmen, die seine Generation hinterlasse. Er sehe nach vorn nichts Gutes. Alles, was er und seinesgleichen versuchten, sei fehlgeschlagen. Diese Erfahrung sammle sich an. Mit Tagespolitik habe sie nicht zu tun. Schluss. Er bleibe aber Kommunist, da könnten die Freunde sicher sein. Thieß und Hans wechseln Blicke. Sie tragen acht Bücherkisten zum Auto. Thieß wird sie in sein Antiquariat einordnen.

All I want is out, sagt Rupert in sich rein. Marie wollte ihn schütteln. Sie weiß, er weiß, er ist nicht allein. Es nützt manchmal nichts. All I want is out.

*

In Groningen bei einem Teppichhändler. An Maries Geburtstag schlägt Rupert vor, einen Perserteppich für sie zu kaufen. In ihrem Zimmer liegt noch immer die Auslegeware des Vormieters, abgewetzt, mit Brandlöchern vom Kohleofen. Groningen: Sie schwelgen in Farben und Ornamenten, in Fasern und Gewebearten, in unterschiedlichen Materialien. Marie meint, unter der gefärbten Wolle noch das Schaf zu riechen. Rupert findet, seine Finger sind speckig von Wollfett. Der Händler erklärt, das hier ist eine Handarbeit, er zeigt auf kleine Unregelmäßigkeiten des Musters. Er liest in ihren Gesichtern. Er sagt: Den Kindern in Pakistan oder Irak die Arbeit wegzunehmen bedeutet noch nicht, sie können in die Schule gehen. Mein Partner bezahlt gerecht. Mit China haben meine Perserteppiche nichts zu tun, betont er, und zeigt ihnen ein Zertifikat, das sie nicht beurteilen können. Er lässt sie allein, damit sie sich beraten können.

Die beiden gehen über den Teppich. Dann schreiten sie darüber, stolz und gerade aufgerichtet. Sie schweben, so soll es sein.

Sie bezahlen, befestigen die Teppichrolle auf dem Dach des 2 CV, fahren über Landstraßen zurück. Flache Wintersonne, eisblauer strahlender Himmel. Krähen zeichnen in der Luft Figuren. Rupert biegt in einen Feldweg ab, hält an und steigt aus. Vielleicht will er pinkeln, sie wird sich die Beine vertreten.

Er schnallt den Teppich vom Dach, sie fasst im Reflex mit an. Sie tragen ihn auf den nächsten gefrorenen schneeüberpuderten Acker. Sie rollen ihn aus, sie setzen sich. Rupert nimmt einen Apfel aus seiner Strickjackentasche, teilt ihn und gibt ihr die Hälfte. Sie essen, sie fliegen auf ihrem Teppich.

*

Über ein steiniges Feld gehen drei Gestalten. Olivenbäume werfen kleine kugelige Schatten. Auch im Gelände um die Quinta sind helle Granitbrocken ein Hinweis auf neueste Brände. Nur da, wo das Feuer nicht hinkam, sind die Felsen flechtenüberzogen, schwarz grau grün.

Eine Landschaft, als hätte es Steine geregnet. Wer kann da pflügen und pflanzen. Seit Jahrhunderten werden die Steine aufgelesen. Eine eigene Kunst, sie unverputzt ineinander zu fügen, so dass haltbare kleine Mauern entstehen. Sie halten die Erosion des Bodens auf, markieren Grundstücke. Die Hirten hatten Durchgänge für sich und ihre Kuh- und Ziegenherden. Wenn aus den Mäuerchen Steine gefallen waren, legte man sie sorgfältig wieder zurück. Wer treibt jetzt, wo es billiges Futter gibt, seine Tiere noch weit durchs Gelände? Wer hält Ziegen?

Auch der Ginster ist zur Pest geworden, erklärt die Malerin Lino Rupert und Marie. Nach jedem Brand wächst er zuerst wieder nach. Er wuchert über die Schößlinge meiner Kastanien. Er trocknet die Erde zu Staub. Ihr findet, Ginster blüht schön? Widerliches Unkraut. Ist schwer fortzureißen. Früher konnte man es zahm halten. Ginster war ein Diener, heizte, deckte im Winter nasse Wege, oder er wurde ein Hut für die Hütten. Auch der Farn war kein Gegner. Als ich klein war, brauchte man ihn als Besen, als Streu für die Tiere. Immer fand sich eine Möglichkeit für das Unmögliche. Jetzt wird vieles eine Plage. Nur die Zicklein knabbern manchmal frische Triebe vom Ginster, das ist gut. Sie fressen auch von kleinen eingezäunten Eichen. Nicht gut.

Zwanzig Jahre lang hat Lino in Hamburg gelebt, jetzt ist sie wieder hier. Ihr Mann, ein deutscher Anwalt, wollte seine Praxis aufgeben, in Portugal im Alter noch mal neu anfangen. Dann bekam er Angst vor seinem Mut. Dann traf er eine alte Schulfreundin, so hanseatisch wie er selbst. Lino gab ihm ein halbes Jahr, dann zog sie allein zurück in ihr portugiesisches Dorf. Eine fünfzigjährige Malerin und Bildhauerin, ohne Mann, ohne Kind. Ihre Brüder halfen ihr. Sie hatten auch Fragen. Man spricht aber nicht viel in der Familie, vor allem nicht von der Vergangenheit. Lino ist ein Granit, ein Fuchsauge, und sie lebt jetzt, jetzt, jetzt.

Sie nimmt sich Zeit, mit ihren Freunden weite Wege zu machen, Kreise um die Quinta, und um ihr Dorf. Sie zeigt nach Norden, da liegt die Serra da Estrella, das Sternengebirge. Sie erklärt nicht nur. Ihre Hände sind nebenher beschäftigt. Sie reißt Ginsterstauden aus dem Weg, legt Steine zurück in die Mauern, sammelt Pilze auf und Esskastanien. Nie geht sie ohne Korb aus dem Haus.

Abends gibt es ein Festessen, zu Ehren von Marie und Rupert. Sie achtunddreißig, er einundsiebzig. Ihr zehnter Hochzeitstag.

Sie haben sich doch kaum erst umgedreht.

Rupert hat einen Vogel aus Papier für Marie gefaltet. Viel später erst entdeckt sie, dass er ihn beschriftet hat.

Noch einmal zehn?
Na, wolln mal sehn.
Sehr schön, sehr schön
Sagt Else Klöhn.
War einundneunzig – stöhn.

*

Rupert seufzt unwirsch. Er raucht noch eine letzte. Die Geranien im Salon hat er wie üblich vormittags gegossen, und abends muss er nicht mehr nach der Post sehen. Auch das Geschirr ist abgewaschen. Jetzt hilft alles nichts mehr. Jeden Samstag derselbe Dreck. Er schaltet im schmalen, kalten, immer gelüfteten und doch muffigen Bad den Heizofen an, auf dem unter Flocken von Staub noch der Schriftzug PUSTEFIX lesbar ist. Aus dem Schrank in der Schlafkammer sucht er sich frische Wäsche, zieht in der Küche knurrend die Schuhe aus und den dicken Pullover, Hemd und Hose. Sträfling auf Socken, er tappt ins Bad. Grüß die Kinder, sagt er zu Marie, bevor er die Tür schließt. Zur Stunde des Duschens dreht sie in der Küche den Radiorecorder auf, sehr laut. Chris Barber, hilf. Das Plätschern im Bad dauert nicht lang. Dann steht er barfuß auf der gebrauchten Wäsche. Sein Leibchen, das er über dem Unterhemd trägt gegen Rückenschmerzen, nennt er gern boshaft Fleischteil. Immer zieht er sich schnell wieder an.

Vor dem kaum beschlagenen Spiegel im Bad, er feuchtet den Rasierpinsel an und schäumt ihn ein mit Pears Soap. Das leichte Schaben des Rasiermessers, der konzentrierte selbstvergessene Blick. Dann wischt er die Schaumreste ab, besonders hinter den Ohren. Er greift nach dem Lavendelwasser, klopft sich ein paar Spritzer aus dem Flakon ins Gesicht. Marie flattert glücklich geschwätzig um ihn rum, während er Rasierzeug und Waschbecken säubert. Aus dem Weg, sagt er, und spritzt ihr ein paar Tropfen Wasser ins Gesicht. Ihr Kuss ist wie ein Schnabelhieb.

*

Liebster Gott, wann werd ich sterben. Die Kantate von Bach, die Einladung, für eine Anthologie über Erfahrungen mit seiner Musik zu schreiben. In einem von Ruperts frühen Romanen war flüchtig davon die Rede gewesen: Zwei Freunde hörten das zuversichtliche Singen von Jesus und Gott, von der Nichtigkeit der Welt und den tollen vergeblichen Sorgen. *Meine Zeit läuft immer hin, und des alten Adams Erben, unter denen ich auch bin, haben dies zum Vaterteil, dass sie eine kleine Weil, arm und elend sein auf Erden, und dann selber Erde werden.* Aus Ruperts Zimmer das Geräusch der mechanischen Schreibmaschine. Wenn er den Raum verlässt, bedeckt er den eingespannten Bogen mit Schmierpapier. Nie spricht er über angefangene Arbeiten, nur aus Fragen und unerwarteten Wendungen in einem Gespräch lässt sich ahnen, was ihn beschäftigt. *Mich rufet mein Jesus, wer sollte nicht gehen. Nichts, was mir gefällt, besitzet die Welt.*

Das hat der Katholizismus dem Kommunismus voraus, sagt Rupert zu Marie, nicht nur 2000 Jahre Geschichte, auch die Welt hinter der Welt. Mit solcher Verheißung müsste es sich gut leben lassen.

Sie fragt, meinst du das sehnsüchtig? So gerne bin ich nicht zornig, sagt er.

Nichts, was mir gefällt, besitzet die Welt. Bald nach '45 war er als junger erschrockener Mensch katholisch geworden.

Er schreibt über den Komponisten Bach. Als sei dem unverlierbar die Wahrheit erschienen, vielstimmig, im Schrei seiner Arbeit. Von Sinnen singen den Irrtum der

Freude. Liebster Gott, wann werd ich sterben: Der Tod als Trost, fragt Rupert sich.

Zu Kriegsende die Flucht des jungen Flakhelfers, der nichts verstand. Nach dem jahrelangen Gebrüll vom Krieg als Sinn erschien dem Jungen der Frieden als Unsinn. Es war ein Schrecken, zu leben. Rupert schreibt von einem Jungen, der gedacht hatte, bald bin ich tot. Von einem, der sprachlos ins freie Leben starrte. Die Welt besitzet nichts, was mir gefällt? *Was willst du dich, mein Geist, entsetzen.*

Noch weiter zurück, in die frühe Kindheit. Der kleine Junge im Bett hörte nachts Stiefeltritte, draußen marschierte SA, sein Vater Nazi, und die Mutter strickte stumm.

Wer hat gesagt, um die Wunden der Kindheit zu heilen, braucht jeder sein ganzes Leben.

Im Frühjahr '45 meldete sich der Vater freiwillig an die Front. Er wurde in Polen nah Bielikowo erschossen. Rupert sagte in Gesprächen jahrelang, der Vater sei geschossen worden, als sei der ein toll gewordenes Tier. Jetzt fragt er sich: Will ich ihm ins Genick rufen?

Rupert schreibt, lieber Vater, lieber Bruder.

Er misstraut der Müdigkeit seines eigenen Alters. Müde, sagt er, nicht milde.

Er erinnert sich an einen Lehrer im Herbst '45, der verstörten sechzehnjährigen Nazijungen Musik nahebringen wollte.

Bachs Lied vom guten Vater, dort. *Liebster Gott, wann werd ich sterben. Wer sollte nicht gehen. Genug, dass ich dort reich und selig bin.*

Rupert sagt zu Marie: Das ist das kleine Geheimnis

der Gläubigen, sie haben den Trost in der Hand hinterm Rücken. Sie zeigen nach dort. Ist ein Leben jenseits vom Leben nicht auch ein Schlag ins Gesicht der Welt?

Marie zitiert Marx, die Religion als Seufzer der bedrängten Kreatur.

Ihn interessieren theoretische Debatten aber dieser Tage nicht, er sucht seinen ersten Zugang zu Bach. Der bringt ihn zu seinem Vater.

Eines seiner Kinder sagt, du schreibst hermetisch, verschlossen.

Rupert brüht frischen Tee. Bach fließt nicht nur, der fliegt, sagt er.

*

Sie sitzen im 2 CV, das Dach ist aufgekrempelt, so kann man neben Radio und Reifenschleifen auch noch Lerchen über den Feldern hören. Wieder allerhand Erledigungen in Leer, Marie hat in der Bücherei recherchiert, Rupert holte die Messer vom Schleifen, später Mittagessen bei Ilse und Gregor. Das Auto duftet schwach nach Graubrot, sie haben beim Bäcker die Monatsration eingekauft, die wird zu Hause eingefroren. In Möhlenwarft biegen sie ab, nehmen die kleine Straße über Georgiwold.

Das Radio sendet den Büchermarkt. Also kurz nach vier. Hier Melkzeit. Rupert drosselt frühzeitig das Tempo, sie halten, er stellt den Motor ab. Sie erwarten die schwarzweiße Woge, die langsam näherkommt. Die großen Tiere haben es nicht eilig. Eins leckt an ihrer Motorhaube. Ein grüner Speichelfaden hängt ihm vom schwarzglänzenden Maul. Ein anderes steht still und schaut das Auto an. So dicht die Kühe auch vorübertrotten, ihr Gedränge Körper an Körper, Kopf an Schwanz, Flanke an Flanke, sie halten einen kleinen sicheren Abstand zum Wagen. Ihr Schnobern ist zu hören, ihr Schwanzschlagen, und von weiter hinten das Rufen der Bäuerin, wiieeeder, wiieeder. Die große Herde zieht die Straße entlang, nur einzelne Tiere weichen auf den Seitenstreifen aus und rupfen Grasbüschel. Sonnenwarme schwere Leiber, man meint, die Wärme strahle bis ins Auto. Bronsema, der Bauer aus der Nachbarschaft, erklärte: Wenn im Hochsommer die Herde von der Weide zum Melken kommt, wird es im Stall immer gleich paar Grad wärmer. Marie und Rupert sitzen im Schnaufen und Trotten. Sie grüßen die Bäuerin. Zweifelnd und wissend sagen sie sich: Zu schön. Trotzdem zitiert Rupert Maries Lieblingssatz: Der Kuhstau ist mein Lieblingsstau.

*

Er schlägt seine Zimmertür zu, Holz splittert. Jetzt ist es still. Vorher Geschrei.

Keine Lust mehr, mir das
Dein Eisblick
Deine verächtlichen Grimassen mir ins
Verschone mich
Nicht so gemeint
Wie sonst
Du drehst mir das Wort
Ich bin immer der Täter ja
Nein, hab ich nicht

Mach das mit deinem Vater ab
Nimm das zurück, ich rede mit dir
Deine verdammte Eifersucht
Dein gottverfluchter Egoismus
Nicht mehr, noch nie, nie habe ich, du hast immer, nie, immer, Schluss jetzt, nein.

Vor Ruperts Tür ein Holzsplitter am Boden. Als Maries Zittern nachlässt, hebt sie ihn auf, steckt ihn ein. Sie fängt an, einen kleinen Koffer zu packen. Kleider, Waschzeug, Medikamente, Terminkalender, Adress- und Notizbuch, ein angefangenes Manuskript. Der letzte Schritt ist der einfachste, hat ihre Freundin Ilse einmal gesagt. Marie sieht sich in ihrem Zimmer um. Bilder, Bücher, Pflanzen. Irgendwann holt sie die Sachen ab oder nicht. Der letzte Bus nach Leer fährt in zwei Stunden, abends kann sie bei ihrer Freundin Hanna in Hamburg sein, auch ohne sich vorher anzumelden.

Rupert kommt aus seinem Zimmer, er sieht den Koffer.

Willst du weg, fragt er. Will ich nicht, sagt sie.

*

Sie sind zusammen in Israel, hören hartes Rascheln und leises Fegen. Palmen mit trockenen Wedeln, Bäume, die kaum Schatten geben. Auf dem Stadtplan von Beer Sheva weisen grüne Flecken auf Parks hin. Sie lernen: Ein Park kann aus drei Palmen, vier Kakteen und einigen Blumenkübeln bestehen. Sonst weiter nichts als Sand, Sand, Sand. In Jerusalem steigen sie auf den Ölberg, kleine mühselige Schritte unter der sengenden Sonne im Staubwind. Marie sieht Ruperts Anstrengung, Rücken und Beine tun ihm weh. Aber er will da rauf. Sie küsst ihn, du läufst wie eine Gazelle. Ziemlich alte Gazelle, sagt er. Hand in Hand gehen sie langsam weiter.

Ruperts Sohn Nico mit seiner Filmarbeit auf den Spuren des Schriftstellers und Zeichners Bruno Schulz brachte sie in ein Land, das sie von sich aus nicht besucht hätten, wegen der deutschen Geschichte. Man kann auch umgekehrt argumentieren: Wegen dieser Geschichte hätten Deutsche allen Grund, Israel kennenzulernen. Oder man sagt: Geschichte ist kein Ort den man je irgendwo besuchen könnte. Also besuchen sie Freunde, die sie durch Nico kennenlernten.

Zvi und Mascha Vogel leben schon jahrzehntelang in Jerusalem, Zvi war ein Schüler von Bruno Schulz. Er ist nur wenige Jahre älter als Rupert. Zvi sagt zu ihm, es ist nicht gut, immer zurückzusehen auf die Nazis. Ich meide es, zurück zu hören. Ihre Helmwörter und Stiefelsätze haben mich bald taub gemacht. Ich denke an Schönes, an Kinder, Enkel, Urenkel. Nachts im Schlaf schreist du Polnisch, sagt Mascha. Immer, wenn Zvi und Rupert sich sehen, reden sie von früher. Zvi gab sich als Pole aus, er ging zur Arbeit nach Deutschland. Angst ist ein Möbiusband, sagt er, ohne Anfang und Ende.

Maries Eifersucht auf Ruperts Vergangenheit und ihr Wunsch, mehr Geschichte mit ihm zu teilen, beziehen sich auf eine Zeit ohne Kontext, ohne Weimarer Republik und den Nationalsozialismus. Eine Zeit ohne Kontext kann man nicht wünschen.

*

Rupert ist zu Kriegsende als junger abgehauener Flakhelfer vor den Sowjets geflüchtet, über die Elbe schwamm er den Amerikanern entgegen, nach Hause. Er bewunderte die leichte Lebensart ohne Marschtritt, hörte gern Jazz. Ein enthusiastischer Amerikafreund wurde er nicht, im Gegensatz zu vielen anderen seiner Generation. Natürlich lese er gern Melville, Sandberg, Federman, Dos Passos. Bestimmt wären die Naturparks ein Eldorado für Ornithologen. Er beschäftigte sich gründlich mit den Rosenbergs und schrieb ein Vorwort zu einem Buch von Mumia Abu Jamal. Er interessierte sich für Susan Sontag und Noam Chomsky. Er freute sich, als Marie von einem Stipendium in Ghent, New York, begeistert zurückkam. Auch jetzt hört er zu, wenn Genossen von Syndikalisten und Anarchisten in Chicago erzählen. Er gibt zu, ihm seien Comics verdächtig, mit Ausnahme der von Art Spiegelman. Vermutlich sei er geprägt von seinem bürgerlichen Elternhaus: Comics, Cola und Kaugummi als Ausdruck von Dekadenz. Er nickt, wenn wieder einer seiner Freunde die USA preist. Kann alles sein: Vielfältig und widersprüchlich, kritisch-analytisch, revolutionär, poetisch, es interessiert ihn nicht, Peng. Die Amerikaner hätten zu spät in den Krieg eingegriffen, erst als die Sowjetunion zu mächtig wurde. Keiner, nicht die SU, auch nicht die USA, hätte für Juden Krieg führen mögen. Es gehe nur um Nationen, um Geostrategie und Ökonomie. Egal. Ein jüngerer Kollege fragt ihn, was denn. So militant im Rückblick auf den Faschismus und auf die Alliierten, die Hitler lange Zeit machen ließen. Und was bitte, meine er, solle nach dem elften September 2001 in Nahost geschehen? Oder was müsse unterlassen werden? Er wisse es nicht, sagt Rupert. Wieder ist er eingeschlossen in einen Zustand, den er Depression nicht nennen mag. Ich gähne, wie andere weinen, schreibt er in einem Brief.

*

Im Zeichensaal einer Schule in Hamburg-Sankt Georg stehen Ruperts und Maries Namen an der Tafel, außerdem die Titel ihrer beiden neuen Bücher. Seit Jahren lädt ein Lehrer regelmäßig Schriftsteller ein, bezahlt aus der eigenen Tasche Reise, Unterkunft und Honorar. Die Lesereihe hat sich herumgesprochen, längst kommen nicht mehr nur Schüler und ihre Eltern. Der Lehrer steigt mit den beiden zum Zeichensaal hoch, er verspricht: Ihr werdet einen Rheiderländer Bekannten sehen. Dass Hamburger Freunde kommen, liegt nah, Heiner und Mathias standen schon auf dem Schulhof. Welchen Rheiderländer soll es nach Sankt Georg treiben? Der Lehrer stößt die Tür zum Zeichensaal auf. Er hat sich vom Biologie-Kollegen den Schlüssel zu einem der Giftschränke geben lassen. Vorsichtig, mit ausgestreckten Armen und den Atem anhaltend, hat er einen ausgestopften Vogel hochgetragen und auf die Fensterbank neben dem Lesetisch gestellt. Jetzt bilden sie eine Reihe: Rupert, Marie, ein Graureiher.

*

Jemand behauptet ihr gegenüber, Rupert sei in Frankfurt nach seiner Lesung gesehen worden, am Mainufer sei er spazieren gegangen, mit einer blonden Frau Hand in Hand. Marie hat in Hamburg nicht öfter zu tun als sonst auch. Neuerdings trägt sie Röcke, und immer ist sie es, die mittags die Post aus dem Briefkasten holt. Abends lesen sie sich Hawthorne und Tolstoi vor, Geschichten von Ehebrüchen.

*

Marie ist von einem überstürzten Besuch bei ihrer Mutter wieder zurückgekommen, übermüdet, starr, verfroren. Rupert hat Grünkohl vorbereitet, nach dem Essen legt er sich mit ihr aufs Gästebett im Salon, deckt ihnen beiden was über die Beine. Eine Kerze brennt, wie immer abends. Er hat Musik angestellt, ein Geschenk für sie. Ihr Vater ist gestorben. *Schlummert ein, ihr matten Augen, fallet sanft und selig zu.* Eine Bach-Kantate. Leise setzt der Sänger ein, dann steigert er sich: *Welt, ich bleibe nicht mehr hier, hab ich doch kein Teil an dir, das der Seele könnte taugen. Hier muss ich das Elend bauen.* Die Stimme kehrt sich der Stille zu. *Aber dort, dort werd' ich schauen süßen Frieden, stille Ruh.* Der Sänger setzt fort, mit einer Variation des Refrains. *Schlummert ein, ihr matten Augen, fallet sanft und selig zu.* Der Vater wird nächste Woche beerdigt, sie werden gemeinsam zur Mutter fahren. Marie liegt in Ruperts Arm, in der Musik. Sie riecht an dem Leben in ihm.

*

Am Abend vorgelesen, 1: Meist brauchen Rupert und Marie dafür nicht den Norddeutschen Rundfunk, sondern sie machen das selbst, lesen sich ihre Lieblingsbücher vor. Sieht schön aus, unter der kleinen Küchenlampe zwei konzentrierte Gesichter. Nicht jede Lektüre macht glücklich. Die von Marie hochgelobte feine Ironie Jane Austens nennt Rupert Zierstickerei. Da ist sie neugierig auf seinen Edgar Allan Poe, sagt sie spitzig. Nur dass er sich diesmal nach jedem vorgelesenen Satz unterbricht, um Wortwahl, Zeitumstände, frühere Lesarten und dergleichen herauszukramen. Marie lässt die Stricknadeln wirbeln.

Grimmige Erinnerung an ihre Zeit als Kind. Der Vater Doktor Phil erlaubte seinen Töchtern nicht, die Geschichte vom Seefahrer Sindbad auf der Schallplatte gleich ganz anzuhören. Erst zweimal die erste Seite, damit sich alles einprägt.

Edgar Allen Poe zerfällt zwischen dem Text und Ruperts Kommentar. Sie konzentriert sich auf die Nadeln und zählt Maschen. Sie ahnt seine Enttäuschung. Ihr inneres Wüten, irgendwo in der Galaxis sollte es nach einem langen Arbeitstag abends Saturday Night Fever geben.

*

Am Abend vorgelesen, 2: Sie haben draußen unterm Pflaumenbaum mit Ilse und Gregor zu Abend gegessen. Die Teller mit den Fischgräten stehen längst in der Küche, auf dem Gartentisch haben sich neben den Weingläsern Bücher gesammelt. Das Herkunftswörterbuch, der kleine Stowasser, ein Lesebuch der Oberstufe. Vor Rupert liegt aufgeschlagen Echtermeyers Auswahl deutscher Gedichte.

Holla! Holla! Tu auf, mein Kind! Schläfst Liebchen,

oder wachst du? Wie bist noch gegen mich gesinnt? Und weinest oder lachst du?

Ach, Wilhelm! du? – So spät bei Nacht? Geweinet hab ich und gewacht; Ach! großes Leid erlitten! Woher kömmst du geritten?

Bürgers Leonore fährt dahin, heulende Geister tanzen, Fokko schiebt eine Schubkarre mit Bauholzresten am Tief vorbei und winkt ihnen zu.

Ich konnte das mal auswendig, sagt Rupert. Meine Mutter hat es mir als Kind oft vorgelesen, und ich habe Florian abends damit beglückt. Damit würdest du bei unserer Tochter keinen Stich machen, sagt Gregor, die ekelt sich vor Reimen. Ach was, sagt Rupert in schönem Feuer: Schick sie hier vorbei! *Graut Liebchen auch? Der Mond scheint hell! Hurra! Die Toten reiten schnell!*

Gregor klopft ihm auf die Schulter. Kindskopf, sagt er.

*

Schwarzweiße Fotos, an den Rändern gezackt: Ein junger Mann mit offenem Hemd, in einer Wiese liegend, lächelnd. Sein Mund ähnelt dem Ruperts. Derselbe Mann neben einer Frau, die ihr schweres schwarzes Haar zusammengeflochten und im Nacken aufgesteckt trägt. Die Formate der Fotos, die Kleidung der beiden lassen auf die zwanziger, dreißiger Jahre schließen. Babka und Hermann, Ruperts Eltern.

Rupert fügt eine Collage zusammen. Neben den Elternbildern Fotos von einer aufgegebenen Landschaft, verkrautete Äcker, ein armes Dorf. Er selbst vor einem Ortsschild, Bielikowo. Polen. Sein Gesichtsausdruck im Gegenlicht nicht erkennbar. Ein anderes Bild zeigt ihn in einem schütteren kleinen Wald. Sein Blick gesenkt, als suche er eine Spur, vielleicht betrachtet er auch nur seine Hände, irgendetwas, was er aufgelesen hat vom Weg. Weitere Bilder zeigen eine baufällige Dorfkirche, der Friedhof drum herum ist eingeebnet. Und noch eine Fotografie des zart wirkenden Vaters, der mit seinen fünfzig Jahren jung aussieht, verglichen mit Rupert heute. Hermann trägt das Haar an den Seiten geschoren. Er kam aus der Wandervogelbewegung, bevor er Nazi wurde. Er war Ingenieur im Straßenbau, und seine Firma galt als kriegswichtig. Er hätte in Hamburg bleiben und dort auf den Frieden warten können. Seine Meldung an die Front ganz kurz vor Kriegsende wurde in der Familie als Selbstmord gedeutet. Er soll in Bielikowo gestorben sein. Rupert gebraucht nicht länger einen Ausdruck aus der Jägersprache. Soeben hat er den Ort besucht.

Er ist mit der Tochter Judith nach Polen gefahren. Schon seit einigen Jahren legt er Wert darauf, mit jedem seiner Kinder gelegentlich Zeit zu zweit miteinander zu haben, ohne jeden Anhang. Judith schenkte ihm einen Teil ihres kurzen Urlaubs. Sie steuerte den Wagen, organisierte Unterkünfte, strich morgens Brote für unterwegs, verwöhnte Rupert. Die schnelle Tochter, der langsame Vater. Dann wieder war der Vater so schnell, dass seiner Tochter die Luft wegblieb. Sein Blick auf ein Kinderrad reichte, ihn fluchen zu lassen über das Lügen der Waren. Auch arme Länder so wie Polen oder Portugal liefen dem Rattenfänger hinterher. Das hier, er zeigte auf ein modisches Rädchen, das ist die Welt, in der dein Sohn aufwachsen muss. Sie kaufen die Kinder. Judith schrie den Vater an, kann ich eine andere Welt aus dem Hut zaubern? Soll Jojo so traurig werden wie du und wir alle? Was mischst du Faschismus, Kapitalismus und Fahrräder, mein Sohn soll gerne Fußball spielen und Mountainbike oder wassonstnoch fahren, er soll gerne leben, Punktum! Rupert nickte wortlos. Später sah er an einer Tankstelle vom Autofenster aus, wie seine alleinerziehende Tochter mit dem polnischen Tankwart lachte. Tochter, sagte er, Juditha. Du sollst Glück haben. Tja, sagte Judith. Du auch. Später fragte sie, bist du noch immer wütend auf deinen Vater? Wut ist nicht das Wort, sagte Rupert. Die Tochter seufzte in sich rein. Schriftsteller. Fuchs. Flüchtling. Was hackt er immer auf den Wörtern rum.

Jahrzehntelang hatte Rupert nicht das Bedürfnis, nachzusehen, wo sein Vater gestorben war. Ein Grab, hieß es, gebe es nicht.

Die Collage, darin ein Bild des aufgegebenen Friedhofs von Bielikowo. An einer einzigen kleinen Stelle wuchsen Vergissmeinnicht. Die Lieblingsblumen von Hermann und Babka, das wusste Judith noch von ihrer Großmutter. Sie sagte ihrem Vater: Wenn Hermann irgendwo hier begraben ist, dann liegt er bei den Vergissmeinnicht. Rupert lächelte. Er sagte, du bist meine liebe Tochter.

Die Collage, die er nach der Reise im April 2003 zusammenfügt, enthält einen kleinen Text, sein Murmeln dem Vater entgegen.

*

Rupert und Marie im Zug Richtung Cambridge. Neben ihm der schwarzweiß karierte Koffer und ein gedrechseltes Kinderstühlchen mit geflochtener Sitzlehne. Der Stuhl ist mit einem bunten Band geschmückt. Schon auf der Fähre Hoek van Holland-Harwich fragten viele Passagiere, was es damit auf sich habe. Rupert gab Antwort in suchendem Englisch. Für meinen Enkel Paul von meiner Mutter.

Ruperts Sohn Florian geht mit ihm und Marie durch die Stadt. Architektur der Tudor-Zeit. Kings College, Queens College. Mitten in Cambridge grasen Kühe auf sattgrünen Rasenflächen.

Florian zeigt ein paarmal seinen Ausweis, sonst müsse man auf dem einen oder anderen Campus Eintritt bezahlen. Zu Recht, denn wenn hier die japanischen Touristenmassen auftauchten, könne kein Mensch mehr arbeiten. Rupert sagt, in Polen lernten Studenten bei größtem Lärm. Die Ergebnisse sehe man, sagt Florian. Aber der Vater versteht nicht den Spaß seines Sohnes.

Die beiden setzen ein altes Streitgespräch fort, ein anderes als das, das Judith und Rupert führen.

Rupert verteidigt in Sachen Kindererziehung jetzt Fußballspielen und Mangas gegenüber dem Cello. Florian will wissen, wer ihm Mangas zugesteckt habe, seit wann er das Wort überhaupt aussprechen könne. Rupert sagt, bleib mir bloß mit Eliten vom Hals. Florian fragt, ob sein Vater möchte, dass Reality-TV und Pseudo-Talkshows die Erziehung seiner Enkel übernehmen sollten. Rupert beklagt das unstete Leben, das kleine Kinder heute führen müssten, ihren engen Radius in den Städten, dann wieder das Fliegen zwischen den

Ländern, weil die Eltern zu krankmachender Mobilität gezwungen seien.

Florian glaubt Rupert kein Wort, oder drei zu viel. Die ewige Vatersorge, was aus ihm und den Geschwistern werden solle, macht ihn stumm. Er hat Frau und Kinder, lehrt an der Uni, was denn noch. Wenn sein Vater für ihn ein Bild vom Dorflehrerdasein auf einer kleinen dänischen Insel entwirft, dann hätte er selbst besser ein Fischer werden sollen anstatt Schriftsteller, er säße beschaulich am Strand, flickte Netze, führte ein Bilderbuchleben, das es nie gab. Florian sagt das nicht.

Er weiß, was hinter den Vatersorgen steckt und nur selten Worte findet. Rupert ist abgehauen auch von ihm, und er hat eine Ahnung, was er damit tat. Sie sitzen nebeneinander in der Kings College Chapel, ein Orgelkonzert. Kleine leise viele schöne Töne. Als Zugabe wird Edward Elgars *Pomp & Circumstance March* gegeben. Vor ihnen in der Bank schaukeln gerührte Männer. Später findet Rupert einen Laden, um seinen Vorrat Pears Soap aufzustocken.

Der Weg entlang der Cam nach Grantchester zum Orchard Tea Garden. Schafe, Kühe, auf dem Fluss ein paar Stocherkahnfahrer. Im alten Garten sitzen sie unter alten Obstbäumen auf alten Liegestühlen. Eine Gegend wie auf den Bildern von Constable. In Ruperts Zimmer zu Hause hängt das Bild *Wivenhoe Park, Essex*, es begleitet ihn seit zig Jahren. Sie gießen sich Tee nach.

Florian räuspert sich. Er lese gerade wieder den frühen Marx, seine Briefe. Polemisch und dabei zart, genau und unbändig, ein freier Geist. Rupert nimmt seine Hand. Wie gut für mich, dass du dich wohlfühlst in Cambridge. Florian hustet. Ich wollte sagen: Du bist mein lieber Papa.

Marie steht schnell auf und geht an den Fluss.

*

Die Praxis von Eike in Bunde. Rupert sitzt im Behandlungsstuhl, die Beine hochgelegt. Seine Regenjacke hat er anbehalten, seine Füße sind bloß. An einem Schwenkarm die große Lampe, gerade eben ausgeschaltet. Eike, der Fußpfleger, hat seine beiden wunden Stellen behandelt und ist zufrieden. Rupert lächelt. Marie sagt manchmal, du und deine Kinderfüße. Er sagt, ich geh zum Hufschneider, wenn er zu Eike fährt.

Heute ist sie ausnahmsweise mitgekommen, auch in Bunde sind einige Leute, denen sie gemeinsam danke sagen wollen, und auf Wiedersehen.

Eike findet es mutig und unverständlich, dass sie nach achtzehn Jahren Rheiderland zurück nach Hamburg ziehen wollen.

*

Hermine aus Hamburg-Altona ist nicht sattzukriegen. Mindestens dreimal jährlich kommt sie zu Besuch, und frisst ihnen die Haare vom Kopf. Jetzt sagt sie, es wäre schade um die Quitten. Sie würde ihnen helfen, sie zu ernten und noch vor dem Umzug zu verarbeiten. Also Gelee und Quittenspeck. Marie leiht sich von Gerda den Entsafter. Große Aktion in vielen kleinen Schritten. Die gefüllten Geleegläser kühlen langsam ab. Hermine und Marie in bekleckerten Kittelschürzen am Herd, sie rühren die übrig gebliebene blubbernde

Masse, die allmählich Bernsteinfarbe annimmt und noch dunkler werden soll. Rupert löst Hermine ab, die sich einen Imbiss zusammenstellt aus Brot, Käse, Frikadellen und Gurken. Vor dem Besuch hat er mit Marie tückisch die Mahlzeiten geplant, ihre Freundin soll nicht mehr papp sagen können. Wieder vertun sie sich. Hermine überrascht sie immer.

Das Ende der Liebesgeschichte zwischen ihr und Rupert hieß für sie, sie würden Freunde und Genossen bleiben oder wieder werden. Sie sorgte dafür. Und Maries Eifersucht auf Ruperts vorletzte Freundin hielt sich in Grenzen. Sie bewunderte Hermines schweres rotes Haar, hätte es gerne selbst, gab das auch zu. Eine Schere käme ihr deshalb nicht in den Sinn.

Vor dem offenen Kleiderschrank führten die beiden oft Frauengespräche, und die Freundschaft zwischen allen dreien ging so weit, dass Rupert und Marie Hermines Gästezimmer benutzten, wenn sie in Hamburg zu tun hatten. Bis sie es nicht mehr aushielten: Zärtliche Katzen. Das ewig laufende Radio. Hermines staubige Zeitungs- und Zeitschriftenstapel von *Abendblatt* über *taz* bis *konkret* und *Aktion*. Ein vollgestopfter Kühlschrank, dessen Inhalt unkontrollierbar war. Die vertrockneten Azaleenstrünke im Küchenfenster kämen vielleicht noch mal, hoffte Hermine. Wunder gebe es immer. Marie und Rupert bestätigten es. Sie flohen und übernachteten später bei ihren Hamburg-Besuchen bei Judith, oder bei Heiner und Mathias. Sie fanden sich kleingeistig, denn sie verdankten der Freundin viel. Hermine zeigte ihnen verwunschene Ecken in Hamburg. Von ihr kam der Rat, Peer Hultberg zu lesen. Sie war es, die den Kontakt zu Ruperts Ostberliner Verwandtschaft mütterlicherseits gehalten hat und ihn mahnte, sich dort zu melden, bis es tatsächlich ein Treffen in Verlaat gab, auch sie selbst war dabei. Marie staunte über Ruperts Familie, die ohne Anfang und Ende war. Jahrelang stellte sie ihre eigenen Angehörigen etwas zurück, bei vollem Bewusstsein.

Hermine sitzt am Küchentisch und liest im Satrapi-Comic, während Rupert und Marie Quittenmus rühren, spülen und räumen. So war es vorhersehbar aus früheren Treffen, so kennt und schätzt man die Freundin. Noch eine Woche bis zum Umzug.

Hermine bedauert, dass sich der Rheiderland-Katen nicht halten lasse, als kollektive Datscha für viele Freunde. Als wisse sie nicht, in Verlaat ist so eine Wirtschaft undenkbar. Sie freut sich, die beiden bald in der Nähe zu haben. Rupert gießt eine Kelle Quittenmus auf einen Teller und stellt ihn der Freundin unter die Nase. Vorsicht, heiß, musst bisschen abkühlen lassen. Hermine wird so rot, dass Marie und Rupert sich schämen.

*

Die Umzugsmänner wollen um halb acht da sein und tauchen schon um halb sieben auf, als Rupert, Thieß und Marie kaum den ersten Schluck Tee getrunken haben. Oben an der Straße haben sich in der Garage wochenlang Bananenkartons mit Büchern gesammelt, und leichtere Möbel. Auch die Umzugsmänner sind noch müde, allesamt blasen sie schweigsam in ihre Tassen. Die Nachbarin Gerda bringt ein großes Tablett belegte Brötchen vorbei, verschwindet gleich wieder, hat zu tun, kann nicht gut Abschiede. Jahrelang ging es zwischen beiden Familien hin und her, blühender Flieder, Bohnen, Nachhilfe für Gerdas Kinder, Marmelade, Klönschnack. Bolt komen tjeh oebe verbie, sagt sie, vesproken? Nach einem dicken Frühstück fangen Marie und Thieß an, Geräte und Kisten hoch zum Möbelwagen zu tragen. Die Umzugsmänner sitzen auf dem Ladebrett und rauchen. Rupert spült, steht am Tief. Stiller Novembermorgen, ein Trecker fährt zu Bronsemas Hof. Um zehn Uhr ist alles eingeladen, ohne Hetzerei. Fokko und Janette kommen vorbei zum Abschiednehmen, Janette schneuzt sich und sagt zu Marie, die Spinnweben an den Wänden solle sie lassen. Fokko wird hier Mauern versetzen, denn die Tochter will in sein Elternhaus ziehen. Rupert und Marie gehen noch einmal durch die kleinen niedrigen Räume, sie klopfen an die kahlen Wände. Als grüßten sie einen Freund.

Sie steigen zu Thieß ins Auto, der Möbeltransport aus Leer ist schon losgefahren. Alles sehr gut in der Zeit, sagt Thieß. Ansonsten reden sie wenig. Sehen aus den Fenstern nach einem Fasan, werden nun nicht aus der Welt sein. Denken an die neue Wohnung in Sankt Georg, über ihnen werden Heiner und Mathias einziehen. Sobald sie auf der Autobahn sind, schaltet Thieß das Radio an.

Der Anruf von Judith am Vorabend: Ob sie tatsächlich morgen mit Sack und Pack kommen wollten? Sie habe Löcher für die Vorhangstangen gebohrt, das ganze Haus sei eine Baustelle. Rupert fragte kratzig, ob es Heizung gebe, Strom, Wasser? Ja. Judtiths Ja klang nach, mehr nicht. Aber jetzt rollen sie über die Autobahn, kein Stau. Von der Raststätte Stillhorn ein Anruf bei Heiner, der den Rundruf in Gang setzt, und als sie um vierzehn Uhr eintreffen in der Böckmannstraße, trudeln gerade allerhand Leute ein, Maries Schwester Barbara, Franz und Hans, Judith und Jojo, sogar Mathias und Heiner, ihre Vermieter, die morgen einziehen werden. Auch Hanna ist da mit einem Topf Suppe, und ein Paar, das Marie nur dem Namen nach kennt. Neben der Spüle stehen Salat und Brot und Bier und Tee. Alles bestens, sagt Thieß, er fahre nach Hause nach Bordesholm. Alles bestens bis auf die Baustelle in der Straße, wo soll der Möbelwagen parken. Alles bestens bis auf den Dauerregen. Alles bestens bis auf die Umzugsfuzzies, die sich nicht sehen lassen. Alles bestens bis auf die Suppe, die sauer geworden ist. Rupert bestaunt die kleine Küchenzeile mit den Hängeschränken. Siebzig Jahre lang hatte er so was nicht. Großer Sprung in der Biografie, sagt er. Trotzdem gibt es immer weniger zu reden. Keiner interessiert sich hier und heute für die Heldentaten von Hans in der Zeit der Rotpunkt-Aktionen. Wahrscheinlich ist der Umzugswagen umgekippt und steht in Flammen.

Rupert schließt sich weg in Unberührbarkeit. Immer wieder geht er in den strömenden Regen an eine Kreuzung, um den Wagen auf der schwierigen letzten Ecke einzuweisen. Immer wieder wird er abgelöst. Bald, Grauchen, sind wir zu Hause, das ist ein Satz, der in dem Toben an der Kreuzung zur Rushhour ganz sinnlos ist. Das Zuhause, unbewohnbar verpackt.

Kein Möbelwagen mit Kennzeichen LER weit und breit. Ein Handy-Telefonat mit den Umzugsflegeln, die sich hoffnungslos verfahren haben in Hamburg-Süd. Sie hatten geschworen, sie kämen zurecht in Paris und Shanghai. In einem weiteren Gespräch melden die Umzugspenner, sie seien jetzt unterwegs Richtung Bremen, bei der nächsten Ausfahrt kehrten sie um. Gegen siebzehn Uhr verabschieden sich die ersten Helfer.

Als der Möbelwagen auftaucht, als alles im Nu ausgeladen ist und fürs erste zurechtgerückt wird, heult Marie eine Runde in Hannas Armen. Mathias und Heiner schrauben das Bett zusammen, haben sich trotz ihres eigenen Umzugs heute Zeit genommen. Barbara räumt Geschirr ein, Rupert zündet eine erste Kerze in der neuen Wohnung an. Die Umzugsfreunde aus Leer möchten kein Brot, keinen Tee, kein Bier, danke nein, sie möchten mit ihrem Möbelwagen jetzt nichts wie nach Hause.

*

Marie und Rupert schreien sich an. Sie stehen in ihrem neuen Zimmer, Hans hat ihr geholfen, die Möbel noch mal umzustellen. Kleinbürgerdreck, schreit Rupert. Dann zieh doch du hier oben ein, schreit Marie. Schon vor dem Umzug der Streit, wer die Souterrainhöhle behausen darf, das niedrige Zimmer, dessen Proportionen beiden aus der Verlaatszeit vertraut sind. Im Parterre hinter der Küche, in der das gesellige Leben sich abspielen wird wie in Verlaat, liegt das zweite größere Zimmer. 3 Meter 50 hoch, mit reichlich Blick auf den Hinterhof, das Fenster 3 × 3 Meter. Eine Bühne. Wer will schon Theater spielen. Marie und Rupert im Streit, mal erbittert, mal verspielt. Sein Argument: Er als der Ältere will sich ans Sarggefühl gewöhnen. Sie strafft die Mundwinkel, will nicht bestrickt werden von einem Schmierenkomödianten. Außerdem: Gerade unsere alten Mitbürger benötigen Sonne und Licht! Beide wissen aber aus langer Erfahrung, Rupert braucht Verstecke, immer die dreizehnte Kammer. Also gut. Nicht gut. Er setzt sich durch. Nachdem die Zimmeraufteilung erledigt ist, streiten sie weiter. Natürlich kommt das gemeinsame Bett in ihr Zimmer, sie hat doch Platz. Das sieht sie ein. Dann sollte es aber in einer Ecke stehen, mit einem Schrank als Schutz davor. Am besten noch ein Moskitonetz obendrüber, mit Laub getarnt, fürs Höhlengefühl. Ruperts Zorn über Maries zorniges Möbelrücken. Fällt ihr nichts anderes ein, als 27 schöne Quadratmeter und dreifünfzig Höhe einschließlich Stuckdecke mit hässlichen Trödelschränken zu unterteilen? Will sie demnächst noch Wäscheleinen spannen, mit Laken bedecken, damit er sich hier oben endlich wieder so fühlen kann wie im flüchtlingsbelegten Elternhaus nach '45? Sie verschluckt einen Satz über Kommunisten, sie schießt dafür einen Blick, den er natürlich lesen kann. Er könnte sie wegen billiger Verwechslungen schütteln, zu Recht, und er bleibt dabei: Ihre Kleinbürgerästhetik, ihre Inflexibilität, sie lebe jetzt wieder in Hamburg, das ihr seit der Studienzeit nicht völlig fremd geworden sein könne. Ihr Zimmer sei seines auch, in dem er sich wohlfühlen wolle, nicht dürfe. Rupert verschwindet in seine Höhle nach unten. Sie zischt ihm nach, Egoist.

Streit um Streit um Streit. Alle alten Machtkämpfe aus achtzehn Jahren müssen, scheint es, noch einmal geführt werden. Schreiereien, Tränen, Hohn und Rückzüge. Beide sind manchmal wie Eis. Wochenlang geht das so. Beide zum Reißen dünnhäutig.

Einmal sagt Rupert, Schluss. Er wolle weg. Und dann, er könne nicht zurück, weder ins Rheiderland noch nach Portugal. Hamburg sei seine Entscheidung zuerst gewesen. Er habe sie beide hierhin verschleppt. Unsinn, sagt Marie. So lange hätten sie gedanklich alles durchgespielt, sie hätten sich beschworen, jeder für sich allein zu denken, was gegen und für den Umzug spreche. Jetzt säßen sie im Essigkrug. Er fasst ihre Hand. Bald, Grauchen, sind wir zu Haus.

*

Er lehnt im kahlen Hinterhof am Kastanienbaum, der jetzt, Ende März, zu knospen beginnt. Rupert ist noch dünner als sonst, der Umzug nimmt ihn bis heute mit. Sie leben nach wie vor auf einer Baustelle, alle elf neuen Böckmannstraßen-Bewohner. Fassaden werden gestrichen, Platten und Fliesen verlegt, immer mal stimmt was nicht mit Heizungen und Fenstern. Malerarbeiten in den Hausfluren. Einbauschränke werden geliefert und in Wohnungsfluren lärmend aufgerichtet. Einmal streut ein Landschaftsgärtner Grassamen im Hof aus, ohne sie anzuwalzen und zu gießen, Windstöße fegen sie auf den Plattenweg. Das wird mit einer Wiese nie etwas. Gleich in der ersten Woche nach dem Einzug hatte Rupert mitgebrachte Samen von Margeriten, Stockrosen und Akeleien ausgesät. Kann sein, sie schaffen es über den Winter, hoffte er anfangs. Jetzt sieht er schwarz. Jahrelang war das Grundstück unbewohnt, dann wurde der Altbau saniert. Der angebliche Mutterboden, den einer der Betriebe auskippte, ist in seinen Augen Dreck, Bauschutt, verseucht. In die übereinandergestaffelten fünf Reihen von Pflanzsteinen vor seinem Souterrainfenster, bestehend aus geriffeltem Beton, wurde derselbe giftige Müll geschaufelt. Nie wird eine Ameise freiwillig darin krabbeln, kein Regenwurm wird je eine Amsel locken, sagt Rupert. Drei Osterglocken und vier Tulpen wirken in einem neu angelegten Beet verloren. Mathias hat in einen Pflanzstein einen Schmetterlingsflieder gesetzt. Armer Flieder, sagt Rupert, im Schuh aus Beton sein Blut. Marie kommt aus dem Lohmühlenpark mit einem Löwenzahn zurück und gräbt ihn ein. Rupert, an der Kastanie lehnend, erschrickt. So schlimm, fragt er. Traust du nicht mal Pusteblumen zu, sich hier wild zu verbreiten? Marie sagt, ihr Vater würde sie eine melodramatische Thealatranta nennen. Er hätte recht damit. Was immer das auch heißen soll, sagt Rupert. Lass mal. Er dreht ihr eine Zigarette. Was nutzt das schlechte Leben, Kinderchen, zitiert er seine Mutter. Er gibt ihr Feuer. Wirst sehen, sagt er. Diesen Herbst sieht hier schon alles ganz anders aus. Wenn wir soweit sind, Unkraut auszureißen, statt es einzupflanzen, haben wir's geschafft.

*

Im ausgeliehenen Golf biegen sie hinter der Emsbrücke nach Bingum ab.

Jede Kurve, jede Unebenheit auf der Straße, jeder Kanaldeckel, den das Auto zwischen die Räder nimmt, ist vertraut. Auch der Fußweg zu Fokko am Tief entlang ist so wie immer, sie kennen die Huckel und runterhängenden Weidenäste wie im Schlaf.

Es ist, als hätten sie die letzten Monate in einem Traum verbracht und wachten endlich auf. Alles ist wieder da, wo es hingehört, und sie selbst mittendrin. Befremdend nur der neue Zaun vor Meinhards Garten.

Ein Wochenende in Verlaat in einer Ferienwohnung neben Gerdas Haus. Janette, Fokko, der Dorfschmied Onno, Pastor Heiko, Klaus der Händler, Berthold und Gerda, alle fragen, ob sie Heimweh haben. Sie geben es zu. Die früheren Nachbarn hören es gern. Rupert berichtet Neuigkeiten von Judith und Nico, von den Enkeln, vom Besuch in der Moschee drei Häuser weiter, von Pogumer Lämmern, die in Sankt Georg im Lindenbasar kopfunter baumeln. Er verschweigt nicht Dreck und Lärm und Elend. Die Rheiderländer Nachbarn wollen, dass es hier am schönsten ist und bleibt für immer. Rupert und Marie zählen gute Seiten von Hamburg auf. Überflüssig. Im Dorf versteht man nur, dass sie aus Arbeitsgründen in die Stadt gegangen sind.

In diesem Sommer stellen alle Hamburger Freunde fest, wie sehr sich beide mit dem Umzug verbessert hätten. Rupert und Marie verteidigen ihren alten Katen. Sie finden sich undankbar gegenüber Mathias und Heiner. Sie wehren sich gegen jedermann, überall, sind höchstens manchmal miteinander verschworen. Sie sehen aus den Fenstern überm IBM-Hochhaus den Himmel als schmales Fünfeck. Beide retten sich ins Schreiben.

*

Am Abend vorgelesen, 3. Saturday Night Fever wäre jetzt leichter machbar als im Rheiderland. Aber sie sind ein eingespieltes Team, meist bleiben sie bei den Büchern. Sie hören sich zu und schweifen ab, es ist eine vertraute Zeit. Oder sie lesen Bilder zusammen. Auf einem extra Tisch liegen die Puzzlestücke, eine Extralampe brennt. Sie haben Augen für Farben und Formen entwickelt. Aus kleinen Einzelteilen, die wie Püppchen aussehen, setzen sie etwas Ganzes zusammen. Alle Puzzlespiele sind von vergrößerten Fotos aus ihrer Rheiderland-Zeit abgezogen, oder von Bildern der Quinta. Sie knurren sich an in ihrer einfachen Geheimsprache, die präzis geworden ist in jahrelanger Spielerfahrung.

Stalltürgrün ist nicht Weidenbaumgrün, sagt Marie streng. Hier müsste was einfach zu finden sein, sagt Rupert, er beschreibt die Form des Puzzleteils: Köpfchen abgeflacht, langes Hälschen, mit Armen, Beinen, Schwanz. Marie weiß Bescheid. Sie rätselt über einem blauen Pappstück. Beine und Arme unauffällig, rundlicher Vierer, kastriert und kopflos, sagt sie. Alle Himmelsfarben zu mir, sagt Rupert, hier dieser Fünfer ist vielleicht für dich. Mit Kopf. Extremitäten ohne Befund. Die Farbe könnte unsere Wiese sein. Mach du mal am unteren Ende im Garten weiter. Marie ruft, du sollst nicht mit Gewalt pressen, und dein Himmelsstück sind Wolken, die sich auf dem Tief spiegeln! Es fehlt noch immer ein Eckstück, sagt er, unvollständiges Spiel, wo ist die Taschenlampe, immer verschusselst du unsere schönsten Teile.

Sie lesen Teile ihrer Geschichte in Bildern zusammen

und sagen sich, froh: Jetzt könnten wir den Abend noch mit einem Lied beschließen.

Den Ruf als Provinzler haben sie ohnehin weg in der Hausgemeinschaft. Um achtzehn Uhr steht auf dem Tisch das Abendessen. In ihrem Eisschrank lagern sieben Stück Butter, siebzehn Portionen Spinat, und Rupert hat vor ihrem Umzug mindestens noch 777 Kerzen bei NIX-WIE-HIN in Bunde gekauft, weil man nie wissen könne in der Stadt.

Am Abend vorgelesen, das heißt unter ihnen monatelang, sie lesen sich spielend zurück in eine Zeit, die andere Farben annimmt, weil sie vorbei ist. Wenn einer von ihnen mahnt, Harmoniegedöns, bloß kein Bohei, die Kuchen unserer Nachbarn waren oft eine Grausamkeit, dann versteift sich der andere, erinnert an Vogelspuren im Watt, ans Feuer im Ofen. Die Gegenwart fällt ihnen lange schwer.

*

Strahlend kommt Rupert von einer Lesereise zurück, Dortmund, Köln, München, Schaffhausen. Er bringt geräucherte Fellchen mit, Schweizer Schokolade, die berüchtigten Parisienne-Zigaretten für Mathias, Marie und sich selbst. Er hat drei Tage lang hintereinander chinesisch-deutsche Küche genossen, hat sich verkühlt auf zugigen Bahnsteigen, der Rücken tut weh von durchgelegenen Hotelmatratzen. Er nennt Buchtitel, die ihm und Marie bisher entgangen sind. Er zitiert Fragen, die Leute sich anderswo stellen. In seinem Gepäck auch zwei Kopien von Holzschnitten eines Schaffhausener Freundes. Heiner hängt sie im gemeinsamen Hausflur auf.

Tante Gilgi, Maries Dortmunder Tante, sagt der Nichte am Telefon ihre Meinung.

Schriftsteller sollen schreiben. Die Tante selbst liest leidenschaftlich gern, aber zu Lesungen geht sie grundsätzlich nicht. Nicht mehr. Da kann dein Rupert Kopfstehen und mit den Beinen wedeln. Peinlich, wie sich die Autoren produzieren, sich anstarren und befragen lassen von dummen Leuten, die ihrerseits nur auftreten wollen mit eigener Meinung zum Weltgeschehen, das ohnehin keiner beurteilen kann. Schriftsteller sollen sich bescheiden wie andere Leute auch, so Tante Gilgi.

Die Möglichkeit, öffentlich und doch ohne Kameras über Fragen zu reden, die sonst oft nur privat verhandelt werden? Lesehonorare als ein Teil der Einnahmen? Tante Gilgi findet das Thema unangenehm. Da könnt ihr euch gleich auf den Fischmarkt stellen. Lasst es gut damit sein, in Frieden zu Hause frei zu sein. Wer will sich denn angaffen lassen, wer hat vielleicht auch noch Freude an seiner Selbstinszenierung.

Was hält sie von Lehrern, Pastoren, Bankangestellten, Verkäufern, Dozenten, Museumsführern, Schaffnern, Krankenschwestern, Polizisten, Bibliothekaren, die sich ihrerseits dem öffentlichen Blick aussetzen und in eine Rolle schlüpfen? Das kann man nicht vergleichen! Tante Gilgi sagt, es ist unwürdig: Schriftsteller als schnöde Dienstleister im Mediensektor. Das Trommeln von Grass seinerzeit, Kulturschaffen genannt! Vorbei, sagt sie, zu Recht. In seinem Turm saß Hölderlin allein!

Rupert aber reiste von Dortmund aus ungerührt weiter, um seinen neuen Text zu erproben und Geld zu verdienen. Das Schönste waren die Pausen, die Abende nach den Lesungen. Gelegenheit, alte Freunde wiederzutreffen, neue Bekanntschaften zu schließen. Nach einer Woche kommt er zurück, strahlend und hustend.

Tante Gilgi sagt, erzähl mir nichts von öffentlichen Auftritten. Mein armer Mann war schließlich Pastor. Oft genug war ich bei seinen Predigten und Vorträgen und Tagungen dabei, habe unter der Kanzel gesessen und Daumen gedreht. Natürlich hat Cornelius immer sehr schön gesprochen. Aber meine Bewunderung reichte ihm nicht. Er musste sich von wildfremden Leuten umtanzen lassen. Goldenes Kalb, das er war. Ließ sich streicheln und blühte auf, um zu Hause wieder zu maulen, das kennt man: Gassenengel, Hausteufel. Soll das vielleicht in Ordnung sein?

Marie sagt, ausnahmsweise ohne Eifersucht zu zeigen: Ja. Mir geht es unterwegs genauso.

Stimmt, sagt die Tante nach einer Pause, du bist auch nicht besser.

*

Hagenbecks Tierpark. Rupert trägt auf dem Arm den zweijährigen Enkel Jonny aus England, der vierjährige Paul steht neben ihm. Sie staunen Elefanten an, einem von ihnen ist der Stoßzahn abgebrochen. May I feed them?, fragt Paul. Rupert fischt aus seiner Tasche Brötchenreste, gibt sie dem Enkel. Der sieht den langen grauen Rüssel näherkommen und sieht auf zu Rupert. Großvater, sagt er. YOU should. You give him Brötchen. Er schreit den zweiten Elefanten an, der sich vordrängt: Schluss for you! Rupert, den kleinsten Enkel im Arm, sieht warm aus.

*

Granit besteht aus Glimmer, Feldspat, Quarz. Steinige Wege um das Dorf Feital, um die Quinta. Joghurtbecher, zerbrochene Kanister und Plastikschuhe liegen herum. Ein Bauer tritt gegen einen Apfelbaum, ein Regen Früchte fällt runter, sein Pferd sieht ihm zu. Die Malerin Lino sagt, das Pferd kann er sich sparen. Er braucht es nur, um die Enkel aus Portimão zu locken, also für nichts. Er kriegt den Sohn und seine kleinen Kinder nicht zurück in meine Steinwüste. Früher war ein Bauer mit acht Kühen reich. Heute hat er sechzig. Der Boden wird sauer von ihrem Urin. Unsere Kühe sind zu dünn. Vor den Gesetzen der EU stehen sie unhygienisch. Korrupte Tierärzte besamen junge Kühe. Aus ihnen fallen Monsterkälber. Kuh und Kälbchen sterben, doch der Arzt und der Besamer haben Geld gewonnen. Brüssel bringt Unterstützung, schenkt dem einen junge Bäumchen und dem andern Zicklein. Die nagen das Laub von den Bäumen. Brüssel ist weit wie Schilda, sagt Lino, die aus zwanzig in Hamburg verbrachten Jahren diese Geschichte kennt. Ihr Deutsch wird bunter mit jedem Jahr in Feital. Sie sagt, es ist hier keine Arbeit, nur Gewühl, sinnlos. Die Leute zahlen ihre Autos runter. Meine Eltern waren nicht gebildet, konnten aber nicht so viele Fehler machen wie die Nachbarn jetzt. Esskastanien und Ginster waren einfach zu behandeln. Unsere Regierung trauert, weil die Esel sterben. Wer will sie als Arbeitstiere? Man kann nicht junge Leute in den Eselskarren stecken für Touristen-Folklore. Alle sehen mehr von draußen. Die Jungen sind weltoffen mit dem Fernseher und dem Internet. Dieser Kontakt verwirrt sie auch. Sie verlieren was. Sie fühlen nicht mehr, was die Steine auf dem Acker und was die Oliven brauchen.

Rupert sieht einem Wiedehopf nach, der vorbei schwingt.

Sie gehen durch ein Gelände, das ist vom letzten Feuerausbruch gezeichnet. Schwarz verkohlter Ginster, weiß gebrannter Granit. Pó, apenas pó. Staub, nur Staub.

Marie liest in seinem Gesicht den Wunsch, wieder allein zu sein in der Quinta, als die noch nicht von Bränden zerstört war. Sie liest seinen Wunsch, Hamburg und alles hinter sich zu lassen, alle. Sie kann sich nur begrenzt mit Portugal anfreunden. Sie denkt, er denkt an früher, an '87 und später, als er hier mit sich und seinem Schreiben glücklich war.

Zwanzig Jahre später. Sie liest seine Traurigkeit, fühlt ihre, fühlt Wut.

Rupert nimmt ihre Hand.

Jäger streifen durch das Gelände, die Läufe ihrer Gewehre blitzen von fern. Die drei heben die Hände. Sie wollen erkennbar sein. Sie hören Schüsse, die tatsächlich flach und trocken klingen, so, wie es in Büchern heißt.

Lino lacht, mein Bruder ist Jäger, er hat ein scharfes Auge und eine ruhige Hand.

Tags zuvor hat sie eine Sekundenzeichnung für Rupert gemacht. Aus Tusche eine Libelle.

Auch sie hat eine ruhige Hand, sie erfasst das Tier mitten im Flug. In ihrem Atelier reden Zeichnungen, Leinwände, Holzskulpturen und zwei verflohte Welpen miteinander, Lino hat die beiden herrenlosen Hunde bei sich aufgenommen. Spätnachmittags geht sie mit den Hamburger Freunden zum Haus des Bruders. Rollt von der Schwelle des Schuppens einen Stein, öffnet die schwere Holztür. Dunkelheit. Am Boden liegt was Massiges, fliegenumzirrt. Ruperts Körper macht einen Satz rückwärts, raus, in die entgegengesetzte Richtung. Weg vom Tod. Ein Wildschwein liegt aufgebrochen auf dem Rücken. Der klaffende Leib, die Vorderläufe, borstige Kuhlen die Achseln. Lino legt eine Hand in die Beuge. Noch warm, schon starr, sagt sie. Städter in Lisboa und in Hamburg wollen nicht gern wissen, was sie vertilgen, sie lacht. Das Tier ist gestorben mit offenen Augen, die Zähne ineinander verbissen. Es wird im Hof an einer Leiter an den Hinterläufen aufgehängt. Blut tropft aus Schnauze und Rüssel. Der Bruder der Malerin und ein Nachbar ziehen das Fell ab. Eine schmale weißlichgelbe Fettschicht. Sechs Schusswunden in der Seite. Weiß Fett rot Blut schwarz tot. Die Jäger trinken vinho tinto, einer mit blutigen Händen fasst nach dem Handy, das steckt am Gürtel wie eine Waffe. Einer spritzt das Wildschwein mit dem Schlauch ab. Lino will in der Hofnische ein Feuer im Kamin anzünden. Das nimmt Rupert ihr ab, denn Feuerlegen ist doch seine Leidenschaft. Später wird es Herz, Hirn und Leber zu essen geben.

*

Die Depravierten zwischen Portugal, Peru und Polen, zwischen Kiel und Konstanz stellen das historische Subjekt der gesellschaftlichen Veränderung dar, sofern es ihr Interesse – Hans unterbricht Karlheinz mit Vorliebe. Deine Begriffe sind mir zu vage, was meinst du mit depraviert? Die meisten Bauern auf der Welt sind arm, aber wann waren sie je revolutionär. Vergiss die Kuhtreiber und Polderfürsten, sagt Ralf, und, ich hänge immer noch am Begriff der Arbeiterklasse, wobei mir die Bezeichnung selbst nicht klar ist. Man muss die Klassenzusammensetzung neu untersuchen, Hermine findet, die Proletarier haben aber doch immerhin, Alex sagt, vergiss das Proletariat, kill your darlings. Ich möchte, dass wir zurückgehen zu den Ursachen für die gegenwärtige Krise des Kapitals. Die Spielernaturen in den Parteien, Wirtschaftsverbänden und Leitmedien reagieren auf Krisen und auf Katastrophen aller Art bis hin zu Amokläufen mit immer gleichen Reflexen. Tony Blair hat schon vor Jahren stellvertretend gesagt, unsere Art zu leben ist nicht verhandelbar. Da habt ihr's. Und Helmut Schmidt: Wer Visionen hat, soll zum Arzt gehen. Lieber sterben, als was ändern. Hermine sagt, hör auf damit. Wir sollten uns nicht verzetteln in einer masochistischen Auflistung von dem, was diese Leute sagen, es geht doch um unsere Analyse.

In der Wohnung von Hans das monatliche Gruppentreffen. Sieben Männer, zwei Frauen, Durchschnittsalter sechzig. Sie kommen von Lenin und Luxemburg auf die Wanderarbeiter in China, sie halten Kurzreferate zum Begriff der instrumentellen Vernunft, sie verwerfen den Ausdruck Avantgarde. Sie streifen die Geschichte der RAF, zitieren aus dem Hessischen Landboten Büchners. Hermine hält Hans für einen Macho. Alex provoziert gern. Wolfgang und Thieß hätten die Debatten gern konkreter und aktueller, Ralf versteht oft nur die Hälfte, Marie und Rupert tragen wenig bei, immer geraten Karlheinz und Thieß aneinander. Auch jetzt wieder drei Stunden lang erst das zögernde, dann wirre, schließlich konzentrierte entzündete Reden. Sie nicken, als Hans sagt, wir kommen schrittweise voran in unserem Verständnis. Sie sind stolz. Unsere Ohnmacht ist ungeheuer, sagt Rupert.

*

Das Bild der Malerin Helene Schjerfbeck, 1862 – 1942, heißt *Tür*. Öl auf Leinwand: Ein kahler Raum, im Hintergrund eine verschlossene schwarze Tür. Durch die Ritzen dringt Licht.

Bernhard, Marie und Rupert gehen durch eine Ausstellung in der Kunsthalle. Ein Prospekt schlägt vor: Man denke ans schwere Leben der Frida Kahlo, man stelle sich die Bilder Edvard Munchs vor, dann habe man Helene Schjerfbeck erfasst. Marie schüttelt den Kopf.

Sie sehen Selbstporträts der Malerin, die sprechen von Vergänglichkeit. Alter und Verfall zeichnen das Gesicht bis ins Maskenhafte. Auf einer Texttafel heißt es, die Bilder seien unerschrocken. Bernhard fragt sich: Nicht erschrocken? Sind sie nicht gerade im Schrecken, im Schmerz?

Rupert steht lange vor dem Bild mit der schwarzen Tür.

*

Noch im Mantel stürzt Marie in sein Zimmer. Er liegt angezogen auf der Couch. Er hätte sie so gerne in Gottlieben abgeholt, sagt er. Sie war sechs Wochen lang Stipendiatin in der Schweiz am Bodensee. Er hätte sie zumindest gern am Hauptbahnhof begrüßt, sagt er. Wie immer haben sie sich Briefe geschrieben, gelegentlich telefoniert, er wusste die Ankunftszeit. Wenigstens ein Essen hätte er gern für sie beide vorbereitet, sagt er. Nach der langen Fahrt müsse sie doch was essen. Er müsse auch was essen, sagt sie. Ihm fehle nichts, sagt er. Sie legt sich neben ihn.

Sie sitzen abends in der Küche. Rupert hat keine Schmerzen, auch kein Fieber. Er möchte weder Tee noch Nudeln, isst nur ein paar Löffel Porridge. Er findet sich anders. Er will nicht zum Arzt. Nachts legt er sich mit Schuhen und allen Kleidern ins Bett.

Er geht zum Arzt, es wird geredet, Röntgenbilder werden gemacht, er wird abgehorcht, und Blutproben werden entnommen. Alle möglichen Untersuchungen zeigen nichts.

Ein Befund wäre gut. Was ist los.

Tage später. Ich will doch morgen mit dir ins Rheiderland fahren. Ich schaffe es nicht. Es ist, als würde alles aus mir rauslaufen. Mit einer Hand fährt er über seinen Arm, auf und ab, auf und ab.

Sie sitzen mittags in der Küche. Er nimmt ihr Nachthemd und legt es sich um die Schultern. Friedo-Lino, Friedo-Lino, singt er. Er sieht den kleinen hölzernen Frosch auf der Fensterbank benommen an. Er fängt an zu weinen. Er ruft Thieß und die zweite Ehefrau Gudrun an. Weinend spricht er vom Frosch.

Sie sitzen abends in der Küche. Er hält sich an Marie fest. Er will Nudeln kochen, ihr Jean Pauls Gianozzo vorlesen, er will im Hof die Blumen gießen, er will alles. Er ist hellwach. So sieht er, es geht alles nicht.

Was ist das, fragt er. Ich will und ich kann nicht. Was soll das werden.

Marie sagt, es ist etwas Schlimmes. Ich wünschte, es wäre Lungenentzündung, sagt er, übersichtlich mit Husten und Fieber und Atemnot. Das hat er alles nicht.

Der Arzt ist erschrocken, als er ihn sieht. Rupert. Was bist du für ein kranker Vogel. Was lässt du deine Flügel hängen. Noch einmal horcht er den Freund ab und macht ein Blutbild. Es ist eine Lungenentzündung, mit der Rupert schleunigst ins Krankenhaus muss.

Er und Marie sind froh. Das Fünfbettzimmer und die Antibiotika strengen ihn an. Aber er ist so froh, dass er bald aufschreibt, was seine Mitpatienten und er selbst nachts voneinander hören: Grunzen, Stöhnen, Gähnen, Furzen, Wimmern, Schmatzen, Schnarchen, Schnorcheln, Schlurfen, Schlürfen, Würgen, Ächzen, Drehen, Läuten, Flüstern, Tappen, Stoßen, Fluchen, Quietschen, Schaben, Schleifen, Schnaufen, Schnufen, Husten, Seufzen.

Gut, wieder zu Hause zu sein.

Der Sommer geht ins Land. Dorthin, nach Verlaat, schaffen Rupert und Marie es nicht. Doch sie gehen ins Kino, und ins Museum zu den alten Meistern. Er kocht Nudeln vom armen Schriftsteller, und Marie ihren bewährten Reis vom reichen Rezensenten. Sie kaufen Blaubeeren, und sie braten Filet. Hermine bringt Ruperts Lieblingskartoffelsalat vorbei. Die Lungenentzündung habe ihn sichtlich geschlaucht, er brauche was auf die Rippen. Das findet er auch.

Der Herbst bringt Trauben. Judith ist mit Jojo da, als ihr Vater wieder mal vom Röntgen kommt. In diesem Herbst heißt seine Diagnose Lungenkrebs.

*

Wenn man nichts macht, höchstens ein halbes Jahr, heißt es im Krankenhaus. Mit Chemotherapie und Bestrahlung vielleicht noch viel Zeit. Rupert sagt, ich möchte Zeit mit euch allen haben, und mit der lieben Welt.

*

Kinder nennen dieses Spiel gefüllte Gänsebrust. Germanisten sprechen von Anagrammen. Man nimmt ein Wort, einen Namen oder einen Satz, um daraus neue Wörter und Sätze zu bilden.

Glestrincha, Maries Lieblingswort.

Sie nimmt diese elf Buchstaben und schüttelt sie. Auf den Fahrten zu Rupert ins Lungenkrankenhaus Großhansdorf, wo er die erste Chemotherapie bekommt, oder abends allein zu Hause, überall gehen ihr Wörter durch den Kopf, bestehend aus elf Zeichen.

ACEGHILNRST. Glestrincha.

Stanislas ist Saenger, geigt heiter, ist ein geachteter Hirt. Ritter Greg hingegen greint Eseleien. Stanislas angelt sich Ilse, sie ersinnen Lettern, naschen Cigaretten, sie schlaengeln sich.

Im Krankenhaus reden Marie und Rupert darüber,

ob die zwanghafte Beschränkung auf wenige Buchstaben die Sprache ausdünnt, den Schreibenden fesselt, oder ob sie den Auf- und Ausbruch möglich macht. Rupert fragt sich, bleibt es bei freiem Albern oder schwingen sich die Texte auf bis zu den Zaubersprüchen von Otto Nebel, dem alten Antimilitaristen? Marie setzt an, über die Surrealistin Unica Zürn zu dozieren, über das Auflösen von Sinn. Aber dann hält sie inne.

Wie geht es dir, fragt sie.

Rupert zeigt ihr die Station. An den Wänden der Flure sind Fotografien sämtlicher Leute angebracht, die hier arbeiten, vom Chefarzt bis zur Putzfrau. Sie finden, das ist eine Freundlichkeit. Sie gehen im Park spazieren. Manchmal liegen sie auf seinem Bett.

Immer neuer Besuch taucht in Großhansdorf auf. Sie essen und trinken Mitgebrachtes, Judith bringt ihrem Vater einen kleinen Holzvogel. Keine Nebenwirkungen bisher.

Es fällt Marie abends schwer, ihn zurückzulassen im Krankenhaus. Er bringt sie zum Ausgang runter. Sie sagen sich Tüschie, Küsschen. Sie küssen sich und jeder geht in seine Richtung. Marie weiß, Rupert liest vor dem Schlafengehen den Luftschiffer Gianozzo von Jean Paul.

Abends schreibt sie Sätze, von denen sie nicht weiß, ob er sie würde lesen wollen.

Glestrincha. Stanislas traeg, nicht seine Art. Stanislas isst nicht, er erscheint als Strich. Ist trist, liegt taeglich lang in Nest. Heiser. Seine Stirn ist Eis. Ilse: Ist es Angst, Angina, Alter? Sie raten hin, her, hin. Stanislas heiss, sagt er Irres? Ist ein Schlichter, heisst Herr Schatten. Ich eile hin, ihn ehren. Heiler stechen in seine Graeten, sehen nach. In Stanislas ein Seetier. Ist ein arges Schalentier. Ach, Satans Cigaretten. Traenen rinnen. Seetier nennt sich Hein Cancer.

*

Vollbesetzte Stuhlreihen im größten Raum der alten Ziegelei, dem Hotelrestaurant im Wald bei Mölln. Die Sitzordnung hat sich längst aufgelöst. Suppe und Gänsebraten, Rotkohl und Knödel sind abgetragen, die Erwachsenen haben Kaffee und Tee vor sich stehen.

Weihnachtliche Dekoration im Raum, und die ganze große Familie hat sich geschmückt, jeder nach seiner Art. Rupert in seinem Feiertagsanzug, dazu ein schottischer Wollschlips, moosgrün, braungold, weinrot. Er trägt nicht mehr, wie wochenlang zuvor, die Tuchmütze mit den Ohrenklappen. Auf seinem Kopf inzwischen wieder ein Haarflaum. Er hustet nicht. Er hat kein Fieber. Die zweite von drei Chemotherapien ist beendet. Weihnachten, es ist sein neunundsiebzigster Geburtstag. Er sitzt am Kopfende eines der Tische, dreht eine Zigarette für Marie, er selbst raucht nicht mehr. Vor ihm liegt eine Zeichnung von Jonny, die der Enkel gleich nach dem Essen, unter dem Tisch bäuchlings liegend, für ihn angefertigt hat. Blauer Wirbel von Strichen, KUS FUR GROSFATER steht oben drüber. Achtundzwanzig Leute haben sich auf den Weg nach Mölln gemacht. Sie kommen aus Alençon, Osnabrück, Berlin, Paris, Hamburg, Cambridge, Hannover. Auf einem Tisch unter dem Fenster Geschenke: Pears Soap und Bücher, Bilder, Blumen. Datteln und Honig, Nüsse, Sanddornsaft. Der sechsjährige Paul hat einen Schal für seinen Großvater gestrickt, in Ruperts Lieblingsfarben, die hat er unauffällig erfragt. Noch heute früh saß er mit Nadeln und Wolle im Bett. Jetzt kann man den Schal zuknöpfen.

Ein Raum voll Stimmen, Französisch, Englisch, Deutsch, Italienisch. Eine der Kellnerinnen spricht mit einer der Schwiegertöchter aus Modena über die Vor- und Nachteile einer zweisprachigen Erziehung. Neben der Tür stehen Pubertierende, zeigen sich ihre Handys. Jojo ist nicht bei ihnen. Geduldig gibt er sich mit den kleinsten Enkeln und Urenkeln von Rupert ab. Sie titschen sich Luftballons zu. Ruperts erste Ehefrau Elisabeth bläst sicherheitshalber die Kerzen aus. Fotoapparate klicken, Rezepte werden ausgetauscht, Kleider bewundert, abgelaufene Geheimnisse kommen ans Licht. Kränkungen werden aus- und wieder eingegraben. Zwei Söhne, Halbgeschwister: Der eine in gestreiften Jeans und leuchtend roten Hosenträgern trinkt aus einem Bierseidel. Der andere im Schurwollanzug dreht an seinem Wasserglas. Die beiden lachen sich an. Ruperts zweite Ehefrau Gudrun hilft einem Enkel in den Wintermantel, um mit ihm in den Wald rauszugehen. Im Hotel des Restaurants ist ein Zimmer bestellt, falls Rupert sich hinlegen will. Judith hat den Löwenanteil der Organisation des Fests übernommen, als Marie mal wieder nicht oben und unten wusste. Rupert braucht das Zimmer nicht.

Familienfeiern hat er meistens gemieden. Irrheim, schrieb er auf die Rückseite eines Bildes vom Pfingsttreffen in Hagen-Natruphagen bei Osnabrück, jahrelang her. Längst nicht alle waren seinerzeit gekommen. Jetzt sind alle da, es fehlen nur die früheren Geliebten und die Freunde und Maries Familie. Das Restaurant würde platzen.

Der älteste Sohn aus Alençon, Friedo, Psychiater, trägt sein allseits bekanntes Zauberkleid. Die ursprünglich grüne Jacke ist ausgeblichen, abgestoßen an den Handgelenken, fast alle Nähte sind von Hand repariert. Über die Jacke verstreut, übereinanderlappend, durcheinanderwachsend auf dem Rücken, der Brust und den Ärmeln allerhand selbstgemaltes Getier. Vögel, Mäuse, Eidechsen, Einhörner, Schmetterlinge, Schweine. Auch die Tiere sind verblichen, aber gelegentlich stickt Friedo einem noch mal eine leuchtende Schnauze auf, einen Huf, ein Horn, einen Schwanz oder Fühler. Friedo breitet die Arme nach Art des Schamanen aus. Er fragt den Vater, sein Timbre gleicht dem von Rupert: Zählst du die Häupter deiner Lieben? Es geht im Getümmel unter.

*

Übergroß wirkt sein Kopf. Als Ruperts Haare wieder ausfielen, schnitt er ein Büschel ab, band es mit einem Fädchen zusammen und gab es Marie. Sie legte es in ihren Schmuckkasten. Kann sein, es wächst wieder nach, sagte er. Bestimmt, sagte sie. Er ging dann über die Straße zum Friseurladen, zu Bizim Berber, und ließ die restlichen Haare schneiden.

In Verlaat die Ferienwohnung im ersten Stock neben Gerdas Haus, er sitzt am Fenster, das Fernglas vor den

Augen, und sieht hinaus auf den Deich. Neben ihm Marie und Thieß und ein hiesiger Freund, der Dorfpastor Heiko. Schon Mai, und immer noch fliegen Graugänse, die gehören um diese Jahreszeit eigentlich längst hoch rauf in den Norden. Ruperts Gesichtszüge wirken unscharf. Kortisonbäckchen, sagt er. Kann sein, dass jetzt, nach der Bestrahlung der Lunge, wieder eine Lungenentzündung im Anmarsch ist. In seiner Umgebung sind alle bemüht, nichts Ansteckendes ins Haus zu tragen. Sie schlucken vorbeugend Zink, Meditonsin, Echinacin, Umckaloabo. Im Röntgeninstitut heißt es, die Behandlung habe gut angeschlagen. So hat er Thieß gebeten, mit ihm und Marie ins Rheiderland zu fahren. Er öffnet das Fenster, um das Rufen seiner Graugänse zu hören.

*

Er steht zu Hause in Hamburg in der Küchentür. Eine Hand hält die Klinke, die andere stützt sich auf die Ablage beim Herd. Er bittet Marie, ein Bild von ihm zu machen. Dafür richtet er sich etwas auf und sieht genau in die Kamera. Irgendwann wird der Film entwickelt.

Am Abend vorher legte er sich nach dem Essen gleich aufs Bett. Marie hatte kaum fertig aufgeräumt, da sagte er, es stimme was nicht. Irgendwas sei mit dem Kopf. Schwindel, vielleicht ein Schlag. Sie fuhren im Taxi zur Notaufnahme ins Krankenhaus am Lohmühlenpark. Sie warteten, er wurde gefragt, untersucht, Papiere wurden geschrieben. Sie warteten. Stillstand. Kein Befund. Sie gingen zu Fuß nach Haus.

Heute ist er vormittags allein unterwegs gewesen,

zum Röntgeninstitut nach Altona. Von ihrem Tisch aus sieht Marie ihn mittags durch den Hof kommen, läuft ihm entgegen. Sie küssen sich, wie immer. Das Foto entsteht. Er setzt sich, er sieht sie an: In meinem Kopf sind jetzt doch Metastasen.

Schwer zu sagen, wie ein Satz ein Bild verändert.

Das Bild wirkt danach wie eine Illustration.

Rupert, schwächer werdend, begleitet von wechselnden Angehörigen oder Freunden, geht seither täglich zur Bestrahlung seiner Metastasen. Ende Juni 2008.

*

Briefe

Liebster, warum habe ich Dir bisher nicht geschrieben? 19. Januar 2009, abends im Dunkeln von draußen kommend, laufend zuletzt. Jetzt, ohne den Mantel aufzuhängen, die Küchenvorhänge noch offen, zu Dir an den Schreibtisch

Erst heute auf dem Heimweg fiel mir ein, Du sollst längst Post haben

Eben komm ich zurück von unserm Freund Bernhard, bei ihm in Altona im sechsten Stock der Blick auf die Elbe

Guten Abend, mein Herz, jetzt endlich will ich

Entschlossen endlich der Anfang, warum erst so spät dieser Brief an Dich, 19. Januar

Lieber Rupert, Du wartest bestimmt auf Nachricht, immer haben wir uns geschrieben

So viele Briefanfänge an Dich. Mijn leef, ich küsse Dich. Weißt Du das Alte noch, von '87? Es gilt noch immer. Weiß es noch. Willkommen. Du bist eingeladen, wo ich auch bin. Es lassen alle anderen Dich grüßen, Bernhard sah vorhin mit mir auf den Hafen, Eisschollen dieser

Tage auf der Elbe, Lotsenschiffe haben ihre Spur geschnitten,

Weißt Du noch unsere hinterlegten Zettel, wenn einer von uns nur kurz draußen war? Schon viel zu lange weiß ich nicht, wie es

19. 1. So lang schon die Stille, jetzt atemlos, noch heute einen Brief an Dich anzufangen

Auch jetzt in Hamburg ist es dieser Tage manchmal schön, sollst sehen. Mit Bernhard am Fenster, in der Dämmerung am Horizont die Köhlbrandbrücke, Stopfnadelbrücke, nannte mein Vater sie, das Abendlicht würde Dir gut gefallen. Dir Schönes finden. Die Fahrt allerdings, zur Rush hour stehend gedrängt in einem überfüllten S-Bahn-Wagen, viele versperrte Gesichter auch heute, aber wir könnten uns mit den Augen zeigen, welches Gesicht man gern ansieht, und bestimmt wärst Du froh mit Bernhard

Lieber Mann, wie kann ich Dir schreiben, dass Du

Du fehlst mir, mein Herz

In der Stadt ist Januar kein guter Monat, aber das soll uns nicht scheren, hörst Du? Wenn wir nur, Laurentia. Wollen wir einen Spaziergang durchs Viertel machen, Erbsensuppe essen auf dem Markt in der Langen Reihe, oder im Lohmühlenpark den vermummten Kleinkindern zusehen, wie sie mit ihren Winterstiefeln den vereisten Sand aufwerfen? Oder wir trinken in der Küche Tee, auf dem Bürgersteig die kleinen verschleierten Mädchen, Deine Kopftuchküsschen klauben Schnee von den Autodächern, ihre Gesichter in eine Richtung gewandt, wie Nonnengänse auf dem Acker. Sie warten auf die Pause in der Koranschule für die Jungen, um Schneebälle zu schmeißen, kannst Du es sehen? Wir können uns auch morgen im Rheiderland treffen. Beim Kieckkasten am Dollart? Zieh Dich warm an, es ist kalt. Du sollst nicht frieren. Wir sehen uns bestimmt, morgen im Rheiderland. Lass mich wissen, wo Du bist. Ich komm Dir nach, oder hol Du mich bitte ab. In unserm Versteck in den Büschen im Hammrich, oder am Bahnhof Leer? As you like

*

Guten Tag und guten Abend, lieber Rupert. 20. Januar. Rate, wo Deine M jetzt ist. Hör mal das Sausen der Stille. Verlaat. Neben Gerdas Haus in der Ferienwohnung im Obergeschoss. Wie immer hab ich zuerst die gehäkelten Ziergardinen vom Fenster genommen. Sieh mal den schwarzen Himmel, wie er mit allen Sternen immer noch tiefer wird oder höher. Kein Vergleich mit dem Fünfeck über der Böckmannstraße. Ja. Gut. Wir wollen Hier und Dort nicht länger gegeneinander ausspielen.
Jetzt wir beide wieder draußen. Sagst Du, das klingt verlockend? Am Horizont eine leuchtende Schnur, die Windräder bei Emden. Der Bus ab Leer heute Mittag fuhr durch den Autobahntunnel, immer noch ist die Brücke gesperrt, die Meyerwerft baggert wieder die Ems aus für ihre Kreuzfahrtschiffe. Der Bus fuhr eine

ungewohnte große Runde über Bingum, Weener, Holthusen, Boen, Bunde. Drinnen wurde das Übliche verhandelt, Google und Stampfkartoffeln, Du kannst Dir das Nölen denken. Ich bin ausgestiegen im Ortskern Verlaat und wollte Dich treffen gegenüber dem Laden von Klaus auf

20. Januar, draußen die Dunkelheit, sieben Uhr abends, ich stelle mir vor, bald kommst Du auch. Ich werde sehen die kleinen Lichter des 2 CV, wie Du blinkst. Du steigst langsam aus, nach der langen Reise Dein Rücken vielleicht verzogen? Du trägst die russische Pelzmütze, Dein Blick geht zum erleuchteten Fenster hoch, Du winkst, ich werde die Treppe runterlaufen, atemlos, Dich in die Arme

20.1., neun Uhr abends, Gerda hatte mich zum Abendessen nach nebenan eingeladen, hat mir was von Mittags in der Mikrowelle aufgewärmt. Wir sprachen kurz von Obama, länger von ihrer geplanten Reise mit Friedel. Dann fiel ihr ein, was Anfang der Neunziger war. Wir holten sie und Friedel ab auf eine Tour nach Groningen. Gerda sagte, ik stunn mit Friedel in't Doer, do stappt dien Kierl ut dej Auto un hett een Koekenhandoek um sien Kopp, as een Olschke. Es war der internationale Frauentag, und Du wolltest als Frau durchgehen. Das hat mir Gerda erzählt, ich hatte es vergessen

*

Lieber Mann, sei gegrüßt. 21. Januar. Dich und alle, die bei Dir sind, will ich grüßen.

Wie geht es Dir. Was machst Du, brauchst Du was?

Es soll Dir nichts fehlen. Hab keine Schmerzen.

Ich flüstere zu Dir: Bald, Grauchen, sind wir zu Hause.

Sieh zu, mein Herz, dass Du vorbeikommst, denn wir brauchen Dich. Es fragen alle nach Dir. Weißt Du, wie es unserm Pastor Heiko geht? Er schafft kaum mehr die Treppen. Wir dachten doch beim letzten Besuch, es wären seine Bandscheiben. Die Krankheit heißt ASL. Er ist siebenundvierzig. Ich bitte Dich und die bei Dir sind, achtet auf uns und schützt uns. Bitte schick Heiko Deinen

Liebster, willst Du nicht wissen, wie es Deiner Frau und Deinen Kindern, Deinen Enkeln und Deinen Freunden geht? Hast Du nicht Sehnsucht nach uns?

Grauchen, ich wünschte, du wärst zu Haus.

Hör, was ich Dir erzählen will.

Was könntest Du wissen wollen.

Obama will das Lager in Guantanamo auflösen.

Hast Du zu essen und zu trinken, wollen wir eine Zigarette rauchen?

Dein Sohn Friedo hat einen neuen Comic gezeichnet. Eli, Eli, lama asabtani, so heißt er.

Verzeih mir, und alles verzeihe ich Dir

Du sollst es gut haben

Was kann ich wissen soll ich tun darf ich hoffen, sag Du es mir, bitte

In der Kälte will ich auf Dich achten und Dich schützen in der Kälte

Grauchen, seit Deinem Tod bist Du nicht mehr krank

Hast Du jetzt keine Angst mehr, bist Du jetzt hell und heil?

Liebster, jetzt bist Du härter als je mit uns

Sieh mal das Schneetreiben draußen, bitte dreh Dich noch einmal um, mir zu

Du bist noch nie gestorben

Ihr alle seid willkommen. Du und Hermann, Babka, Hedwig, Claus, Gitta, Martina, Gisela, und Gert und Ida und Du besonders, besonders Du

Seid alle bedankt. Sei bedankt

Mein Herz kann nicht verstehen

Sag mir wo bist Du

Geht es Dir gut?

Schon fast fünf Monate sehne ich mir nach Dir

Komm, und bleib, bis wir die Erde sehen,

arm am stock im arm verzeih mir was ich dir getan mein herz glaubt nicht es ist verhüllt mein vogel ist gekommen ist die zeit der trennung bist du entbunden entflogen bist du im weiten gehst voraus wachst über deine die dich liebt dein elend deine freude sind aus leuchten soll dir der hebe sein angesicht über dich und schenke alle zeit dir frie dir frieden schenke deiner see dir frieden deiner see le

*

Brücken

22. Januar. Nichts schreibt Marie an Rupert, den es nicht mehr gibt.

Briefe an ihn, Versuche, zu überspringen, können nur scheitern.

Es gibt Ruperts Grab in Verlaat auf dem Friedhof der reformierten Kirche im Ortskern, gegenüber liegt der Laden von Klaus.

Beerdigst du auch Nichtchristen, hatte Rupert den Freund Pastor Heiko gefragt. Der wurde etwas rot. Wenn es nicht dumm wäre, würde ich sagen: Es ist mir eine Ehre, dass du am Ende hier bei uns im Dorf sein willst. Die Röntgenbilder von deiner Lunge sehen aber doch sehr gut aus?

Bestens. Aber du weißt, wie es heißt: Bestelle dein Haus. Ganz bestimmt wirst du es mit der Andacht gut machen. Ich trau dir. Und weiter? Onno hat früher schöne Kreuze aus Eisen geschmiedet. Ein Kreuz am Ende muss sein, wie anfangs ein Stern. Ich bin aus einer Tradition, ich bin kein Außerirdischer.

Bist du nicht, sagt Heiko. Nur, seit es schlimmer wird mit der Demenz von Onnos Frau, kommt er kaum noch raus in die Werkstatt.

Als Rupert im Mai 2008 mit Heiko sprach, muss er vergessen haben, dass er ein Grabkreuz hatte. Es war noch in der Verlaatszeit, als er und Marie ihren Freund Dirk auf seinem Polderhof besuchten. In einem der verrotteten Ställe lag ein unbeschriftetes Kinderkreuz, grauweißer Marmor, aufgerichtet gerade mal kniehoch. Eine seiner Schwestern sei in den siebziger Jahren tot geboren worden, sagte Dirk. Nach der Einebnung des Grabes habe er den Stein zu sich genommen. Rupert fragte ihn, ob das Kreuz eines Tages seins werden könne. Dirk sagte ja.

An einem stürmischen Tag im Spätherbst 2008 holte er Marie in Leer vom Bahnhof ab. Sie fuhren aus der Stadt, hielten an einem Feldweg. Ein Trupp Nonnengänse zog hoch über ihnen Richtung Dollart. Dirk öffnete den Kofferraum. Neben einem Werkzeugkasten und zwei Farbeimern ein Korb mit Einkäufen, mehrere Flaschen Rotwein. Dirk griff weiter nach hinten, zog eine Wolldecke nach vorn, schlug sie auf. Marie hatte keine genaue Erinnerung an die Form des Kreuzes. Jetzt sah sie, es war leicht ziseliert. Dirk sagte, meine Mutter lässt dich grüßen, und sie dankt für deinen Brief. Sie findet es gut, dass der Stein ihres Kindes jetzt eine Zeit lang an Rupert erinnert. Marie nahm aus ihrer Tasche ein ovales Porträt aus Porzellan, schwarzweiß. Rupert ließ es vor Jahren auf einer seiner Reisen in Polen machen. Ein Brauch in katholischen Ländern, sagte sie. Auch in Portugal hatte sie die Abbildungen von Verstorbenen auf dem Friedhof gesehen. Dirk nahm das Oval in die Hand, sah sich Ruperts Gesicht gründlich an. Vielleicht dachte er an harte Auseinandersetzungen über Filme und Literatur. Vielleicht erinnerte er sich daran, wie sie zu dritt im Herbst durch den Obstgarten liefen, der zu seinem Hof gehörte. Wie sie Fallbirnen auflasen und sich vor Wespen warnten.

Dirk, vor dem offenen Kofferraum stehend, legte das Porzellanbild aufs Steinkreuz. Passt, sagte er. Wie dafür gemacht. Das hier würde Rupert gefallen. Der Feldweg und der alte Volvo, das Kreuz, das Porzellanbild und der Wein, der Wind und die Vögel und unsere Verschwörung. Er hatte Sinn für so was.

Er fuhr mit Marie zum Steinmetz. Sie wählten einen kleinen Sockel, auf den der Name gesetzt werden sollte, Stern und Kreuz und zwei Daten. 25.12.1928, 26.8.2008. Dirk half Marie beim Aussuchen der Schrift.

Wie ist der Platz auf dem Friedhof zustande gekommen, neben Gretes Grab? Marie sagte stolz, das haben wir Gerda zu danken.

Vor der Beerdigung gingen die beiden Frauen gemeinsam über den Friedhof, auf der Suche nach einem Ort für Rupert. Unter den drei Birken am Zaun kaum ein Grab. Wer will sich schon mit dem Laub rumärgern, erklärte Gerda. Marie erklärte, wer will schon in Zaunnähe liegen. Neben meiner Mutter ist noch was frei, sagte Gerda. Wenn dein Mann zwischen ihr und Lönings Jüngstem liegt, ist das praktisch. Da hast du an den beiden Längsseiten schon mal die Einfassung. Brauchst nur noch Steinränder ans Kopf- und Fußende legen lassen. Kommst günstiger weg. Die Grabunternehmer verdienen sich allesamt dämlich an uns, und die Pfaffen wimmern dazu, sagte Gerda, nichts gegen Pastor Heiko, Heiko ist anders. Marie legte den Arm um sie. Neben Grete ein Platz! Gerdas Mutter hatte lange die Kneipe geführt, an der Brücke über dem Tief, an dem Marie und Rupert wohnten. Die beiden hatten sie gern, ihre unverhohlene Art, ihre scharfe Zunge. Gerda sagte, teegen Grete kumt dien Kierl nejit toe Woort. Arm in Arm stand sie mit Marie vor dem Rasenfleck zwischen Grete und Lönings Jüngstem.

Inzwischen gibt es das Grab mit dem Kreuz und dem Porzellanbild. Anstelle der steinernen Leisten liegen am Fußende und am Kopfende des Grabes einzelne kleine Steine, Quarz, Kiesel, auch ein Stück Granit aus der Quinta. Nach und nach haben Marie und Freunde aus dem Rheiderland Andenken hierher gebracht. Rupert mochte keine Zäune und Mauern, spottete, welchen Besitz müsse ein Toter noch verteidigen. Er war viel älter als sein Vater, als er nach dessen Grab in Polen suchte. Bestelle dein Haus. Wenn Gerda Marie sieht, fragt sie, ist es gut für dich, dass Rupert im Rheiderland liegt? Klar: He wull dat so. Marie sagt, es ist gut. Gerda hat die Dorfrede gehört, de Graft is een bietje besünners. Marie weiß, Ruperts Grab tanzt aus der Reihe. Bietje besünners, das bedeutet härteste Kritik. Die rauscht an ihr ab. Sie ist ein Stein, nichts rührt sie.

*

Es war nicht so schwer, als in Hamburg im Souterrainzimmer monatelang noch alles beim Alten war. Als auf dem rissigen Fensterbrett ein graublaues Stofftaschentuch ausgebreitet lag. Darauf eine Karte mit dem Bild von Helene Schjerfbeck, *Tür.* Außerdem Federn, Steinchen, Muscheln, eine Mausefalle. Und ein kerzentragender Engel, den Gerda Rupert mitgab für die erste Chemotherapie.

Jetzt haben alle Gegenstände neue Plätze gefunden. Jetzt steht im Kellerflur ein Schrank, in dem Ruperts

Manuskripte und Typoskripte lagern. Jetzt trägt der Engel seine Kerze neben einer Wasserpfeife auf dem Schuhschrank in der Küche. Jetzt ist die mechanische Triumph-Schreibmaschine verschlossen, der Koffer liegt auf einem Regal im oberen Flur. Jetzt ist das Zimmer leer bis auf die beiden Schreibtische, die der Nachmieter übernehmen wird.

*

Heiner spachtelt, streicht und sägt im Keller. Über Nacht hängt seine zerschlissene verbeulte Handwerkshose an der Leine im Wäscheraum, steif vor Dreck und Farbe, ein Denkmal. Die körperliche Arbeit steht ihm gut. Nach vielen Stunden Kopfarbeit wütet er gern mit den Händen, reißt ab und stellt her. Er pfeift eine endlose Melodie, Marie meint Fetzen wiederzuerkennen. Auferstanden aus Ruinen, und, ein Pferdchen wär' mein Paradies. Als sie zu ihm runterkommt, um Wäsche aufzuhängen, sagt er, guten Morgen, liebe Sorgen. Also geht es ihm gut. Alle Risse in den Wänden sind verschwunden. Die extra teure Farbe deckt tatsächlich. Er will keine Lakritzen, auch kein Radio gebracht kriegen, danke nein. Pfeift er vielleicht nicht schön wie eine Drossel?

Gestern hat er im kleinen Bad alle Rohre verkleidet. Das Ausmessen und Aussägen der Spanplatten war eine fiegeliensche Arbeit. Er fluchte, dass Marie es bis oben hörte.

Sie sieht den schmutzigen Verband um seinen linken Daumen. Blutvergiftung noch keine, fragt sie. Doch. Ich liege schon im Krankenhaus, sagt er. Im Schlauchkeller steht übrigens noch ein kleines Regal. Das könnten wir dem Nachmieter als Ablage ins Bad stellen. Du schmückst es mit einem Häkeldeckchen, wir schlagen ein paar Euro auf die Miete drauf. Genau, sagt Marie, und in den Vertrag kommt eine Klausel, dass er wöchentlich die Treppe putzt. Heiner wischt sich Farbe vom Hemd. Du weißt, er wird nur selten da sein. Was soll er hier unten ohne Küche, außerdem wohnt er ganz gern in Neumünster mit seinem Süßen. Er braucht nur Platz für seine unendlichen Comics. Du hast ihn ja gesehen, eine ruhige Natur. Jetzt könnte ich ein Bier gebrauchen. Warte! Deshalb musst du nicht gleich loszischen!

Spätnachmittags kommt er zu ihr: Soweit alles fertig. Muss noch trocknen. Morgen oder übermorgen bist du dran. Gardinen waschen, das Zimmer fegen und feudeln. Vergiss die Fenster nicht, einschließlich Rahmen. Und die Heizkörper! Wenn der Teppich wieder ausgelegt ist, schamponierst du. Das Bad muss nochmal gewischt werden, und die Kellertreppe. Ich geh jetzt in die Sauna. Weg ist er.

Rupert würde Marie einen Blick zuwerfen, warum erschrickst du.

Sie steht vor der Spüle. Heiners Gesicht taucht draußen vor dem Fenster auf. Heute Abend Wildschwein bei uns, ruft er.

*

Der Direktor und der Hausmeister wollen zum Abendessen zu uns kommen.

Schreckensnachricht. Marie freute sich, wenn Rupert

das sagte. Mathias leitet eine Schule für Pflegeberufe. Heiner arbeitet als Journalist und Verleger, nebenher hat er den Job als Hausmeister übernommen. Ohne die beiden wären wir aufgeschmissen, immer wieder sagte Rupert das nach dem Umzug. Es fiel ihm leicht, Hilfe anzunehmen, ohne den Krampf von Geschenk und Gegengeschenk. Er fragte Mathias, backst du bald wieder deine Schwabenseelen? Mathias übersetzte ihm französische Artikel, die Friedo schickte. Rupert bat Heiner, Nägel für die vielen Bilder einzuschlagen. Unter vier Augen sagte er zu Marie: Da haben die beiden selbst schöne Bilder, und hängen sie auf, als wäre es Wäsche. Aber das bleibt unter uns. Klar, sagte sie.

*

Schreiben ist Verraten. (Almut, ihr neues Mantra.) Schreiben besteht zum größten Teil aus Durchstreichen. (Heiner, der gerade an einem Artikel über die islamischen Gemeinden in Sankt Georg sitzt.) Schreiben kann eine Form des Betens sein. (Die Frau von Pastor Heiko.) Schreiben geht mir auf den Nacken. (Gerda, die zur Hochzeit ihres Sohnes ein Gedicht reimt.) Willst du schreiben oder leben? (Achim zu Marie, beide Oberstufe.) Das kleine G schreibt sich so schön. (Ruperts Enkel Jojo, hingerissen mit fünf Jahren.)

Marie im Alter von fünf Jahren sagte: Man darf einen guten Willen nicht haben. Höchstens ein gutes Möchten. Denn es heißt nicht, ich will. Ein willensstarkes Kind mit einer ausgeprägten Neigung, Jaina zu werden, noch ohne je von diesem indischen Orden gehört zu haben. Aber wie viele Ameisen tritt einer tot, der auf der großen Wiese mit den Schwestern tobt, während die Eltern Löwenzahn ausstechen? Besser, man sitzt im Sandkasten mit einem Bilderbuch. Auch dort im Sand erstickt man Lebewesen. Besser, man geht ins Buch. Wo steckt das Kind.

Den Krieg aller gegen alle wollte Marie nicht mitmachen. Wollte sich noch als Jugendliche raushalten. Siehe dazu auch Ingeborg Bachmann. *Malina: Es ist Krieg. Und du bist der Krieg. Du selber. Ich: Ich nicht.*

Leben, aber kein Täter werden, auch so kann einer zum Schreiben kommen. Während der Arbeit an ihren ersten Erzählungen hielt Marie das Schreiben nicht für ein Tun, verglichen mit Achims Arbeit. Worte, Worte, Sahnetorte, sang der Schulfreund, ich bin heiß, will Menschenfleisch. Als Assistenzarzt legte er Infusionen, schnitt, spritzte, verband. Beschriftetes Papier stillte weder Hunger noch Durst, es heilte nicht. Da stand das gute Möchten auf. Maries erstes Buch verletzte vor allem die Eltern, Doktor Phil und seine Frau. Sie wollte alles: Konventionen infrage stellen, Wunden offenhalten, Unerhörtes erinnern, die Gesellschaft des schönen Scheins entkleiden, hinter Fassaden auf Abgründe zeigen. Das volle Programm.

Als sie an einer Schule bald nach ihrem Umzug kreatives Schreiben unterrichtete, sagte Mihajlo, der wieder mal die Zeit nicht hatte für die Hausaufgabe: Die AG ist freiwillig. In allen anderen Fächern muss ich spuren. Mir reicht's, in deinen Stunden Spaß zu haben, fertig. Warum willst du mich auch noch zu Hause an den Tisch zwingen? Weil man beim Schreiben frei ist, behauptete Marie. Du kannst die Guten strafen und die Schurken retten. Du kannst machen, dass ein Stein spricht. Und dass aus Null mal Null zwei Menschenseelen werden. Ein Luftschiffer Gianozzo kannst du sein, ein böser Geist, der ins Posthörnlein bläst und über unbekannte Ländereien fliegt. Am Tisch redet dir keiner rein, du stellst die Regeln auf und stößt sie um. Das glaubst du selbst nicht, sagte Mihajlo. Auch die Gedanken sind nicht frei. Du hast einen an der Waffel, sagte Kolja, wer hindert dich daran, Amok zu laufen, wenn's auf dem Papier bleibt. Egal. Ich steh auf Bilder. Das Auge nimmt Millionen Pixel in Sekunden auf, man kriegt Infos in Nullkommanichts.

Als die anderen Schüler draußen waren, sagte Mihajlo: Dieser leichenfleddernde Doktor von Hagens, ist der frei? Ist Schreiben die Freiheit, schamlos zu obduzieren?

Marie sagte: Vielleicht schreibt man manchmal auch, um was zu schützen, um es zu verhüllen. Unlösbare Rätsel, die man kaum entziffern kann. Sie lassen sich allenfalls nachbuchstabieren.

*

Nach dem Verlust eines Menschen habe er sich gelegentlich gefragt, was sind jetzt weiter meine Aufgaben, sagt Bernhard.

Man muss aufstehen, sich waschen, Geld verdienen, an die Luft gehen und essen, solche Sachen, sagt Marie widerstrebend.

Hastig: Man sei aber nicht gezwungen, zu schreiben, kein Gott erwarte, dass sie am jüngsten Tag ein Regalbrett Bücher vorweise, es sei seit Homer viel Schönes entstanden, den Berg des Blödsinns müsse man nicht vergrößern. Man könne das Leben fortsetzen als Fahrradkurier oder Altenpfleger, ohne auch nur ein Jota ein schlechterer Mensch zu sein.

Sie habe nicht vor, Rupert zum Objekt ihrer Arbeit zu machen, er sei ein Subjekt. Immer noch sei er tot. Sie wisse nicht, was sie künftig allgemein Interessantes erzählen solle. Ein Text aus Trauer sei fad, und eine Bewegung, die durch Nacht zum Licht führe, finde sie unglaubhaft. Vielleicht sei nicht nur das Eine ans Ende gekommen, die Ehe. Vielleicht auch das Andere, das Schreiben. Sie beide seien zwar keine Symbiose gewesen, jeder habe den eigenen Ton gesucht, und doch sei es über zwanzig Jahre lang bei allen Entfernungen Hand in Hand gegangen, Arbeit und Liebe. Warum nicht jetzt auch das Ende der Arbeit. Sie wolle nicht über Rupert sprechen, sondern mit ihm. Was nicht gelinge, ihre Briefe erreichten ihn nicht, eine Unmöglichkeit. Sie wünsche sich seine Gegenwart, während es nur noch Vergangenheit gebe. Es komme nichts Neues hinzu, ihn und sie betreffend. Er könne dem, was sie schreibe, nicht widersprechen. Sie fürchte die Macht, die jetzt alle hätten. Rupert gehöre niemandem, nicht den Freunden, Genossen, Kindern, Kollegen, nicht den Geliebten und Ehefrauen, sie selbst eingeschlossen. Er gehöre allein sich selbst und sei immer noch tot. Sie wolle ihm nicht zu nahe treten. Sie wolle ihm nah sein. Wenn sie weiter schreibe, dann unweigerlich vom gemeinsamen Leben, worüber denn sonst. Sie habe aber nicht vor, den Schriftsteller Rupert zu deuten, so wenig wie den Kommunisten Rupert. Der Verwandtschaftshickhack interessiere sie so wenig wie ihre Ehekonflikte, sie wolle allerdings auch nicht ein Paar auf einen Sockel stellen, ihnen beiden Heiligenscheine andichten. Die Lust zwischen ihnen sei so tabu wie sein Sterben. Was dann bleibe. Er sei noch nie gestorben.

Bernhard gibt Marie ein Taschentuch, graublau kariert. Er fragt, vielleicht eine Geschichte von Liebe und Tod?

*

Weglaufen geht nicht, doch Marie läuft. Seit ein paar Wochen jeden Morgen eine halbe Stunde, sie trabt gleich in der Böckmannstraße ohne Aufwärmen los, an den Amalienstiften vorbei durch den Lohmühlenpark und wieder zurück. Ein sonniger Wintermorgen, viel Schüler unterwegs und Mütter, die ihre Kleinen in den Kindergarten Ecke Rostocker Straße bringen. Ein Plakat wirbt mit strahlenden schwarzen Mädchen und Jungen um Spenden: *Sie für Ihr Patenkind. Ihr Patenkind für seine Welt*. Als läge Afrika auf einem andern Stern. Über der Baustelle am Steindamm sind die Kräne schon in ihrer langsamen Bewegung. Überall liegt noch Schnee in harschigen Flecken. Giovanni vom Restaurant Famiglia führt seine drei Kläffer aus, drei Generationen: Die humpelnde Paola mit eingekniffenem Schwanz, deren Tochter, die falsche verflohte Carmita, die Rupert mal beim Hosenbein hatte, und lütten Pier. Der Lohmühlenpark: Kein Vergleich mit Jenischpark, Hirschpark, Volksdorfer Wald. Jedem Stadtteil, was er verdient. Bald nach dem Umzug hatte Rupert bestätigt gefunden, was er schon vorher wusste, der Lohmühlenpark ist nicht der Rede wert, ein Grünstreifen. Seine Haltung war höfliche Nichtbeachtung.

Mann! Natürlich ist das hier nicht der Hammrich mit seinem weiten Blick. Frau! Das musst du mir nicht erzählen.

Es fiel Marie schwer, ihn das Rheiderland vermissen zu sehen. Sie konnte kaum verstehen, dass sein Bewegungsdrang nicht ihrem entsprach, dass ihm der Hinterhof reichte. Wenn Almut immer wieder fragte, geht ihr nie zusammen raus, hätte sie der Bekannten eine runterhauen können. Die blöde Tucke meint, jeder muss rumflippen so wie sie.

Rupert im Krankenhauszimmer Großhansdorf, wie er nach der Infusionsflasche sah, Tropfen für Tropfen lief die Chemotherapie langsam durch. Selten lag er auf dem Bett, meist saß er am großen Fenster und sah hinaus. Sobald er fertig war, bat er jeden Besuch, mit ihm raus in den kleinen Park zu laufen. Eine der Krankenschwestern habe gesagt, er könne nichts Besseres tun. Almut sagte einmal zu Marie, jetzt plötzlich geht's. Marie hätte sie treten können.

Sie rennt ihre Morgenrunde im Viererrhythmus. Schritt, Schritt, Schritt, ein Tritt für Almut. Schritt, Schritt, Schritt, ihr fallen genug weitere Namen ein, auch der eigene. Warum hat sie nicht. Wie konnte sie. Die Runde durch den Park, ein Karussell von Vorwürfen und Selbstvorwürfen im Kopf. Wenn es gut geht mit dem Laufen, hebt man langsam ab, um anzukommen in den Füßen, den Beinen, den schwingenden

Armen, der guten Lunge, dem leichter werdenden und stur schlagenden Herzen.

*

Tage, an denen nichts gelingt. Man will ein aufrührendes Buch besprechen und schreibt dumme Sätze. Man versucht, den Staubsaugerbeutel zu wechseln, der Verschluss klemmt. Unmöglich, Heiner um Hilfe zu bitten. Man wagt es kaum, zum Briefkasten zu gehen wegen möglicher Behördenpost, einen Toten betreffend. Man öffnet den Staubsauger, der Beutel fällt auf den Teppich. Man lässt am Telefon den Wortschwall einer anderen Witwe über sich ergehen, einer Frau Jahrgang '24, die Rupert noch als Kranker pflichtbewusst besuchte. Man dreht den letzten Kontoauszug hin und her. Man liest die E-Mail eines Redakteurs, ein Artikel soll überarbeitet werden. Man ist sich sicher, künftig wird er auf die Mitarbeit verzichten. Man vermutet, man könne das Schreiben verlernen so wie das Denken. Man hört von einer der Schwestern, nun solle man nach vorne sehen. Man findet sich wehleidig und verängstigt. Man findet sich nicht.

Man weiß aus zwanzig Jahren freiberuflicher Arbeit, viele Sorgen sind übertrieben, man weiß, sie gehören in ihrer Verquertheit dazu.

Man denkt, Rupert konnte einem bei manchen Dingen nicht helfen, doch er war da, war solidarisch wütend oder froh, oder er gab was zu bedenken. Rupert war da mit eigenen Nöten und Freuden, die einen ablenkten und umtrieben, man war kein man, denn er war da und sagte du und Feder, Liebste, Frau, Marie, Süße und Grauchen, Tüschie, oder er schrie einen an mit seinem Schweigen, bis er wieder sprach.

Jetzt ist man eine Hohlform, was Umgestülptes und Entleertes, ohne Balance. Ein Mobile, dem das Gleichgewicht fehlt, verrenkt.

Man weiß, immerhin ist man gelaufen. Am Telefon von Portugal aus sagte die Malerin Lino: Besser, du rennst eine Stunde. Halbe Stunde, was ist das. Halber Kram.

Man denkt, die Freundin besteht aus Granit, und man selbst aus Schlamm.

Man besucht abends die andere Witwe, deren Mann ihr seit zwei Jahren fehlt, die andere wohnt gut betucht in Eppendorf. Und ist dabei schlecht aufgehoben, ohne Freunde und Arbeit, krank. Man hört ihr zu. Man sieht, ihr ist der Schmerz in das Gesicht geklettert und hat es erstarren lassen. Man fürchtet sich vor ihr, man fürchtet um sich selbst. Man hasst das eigene Selbstmitleid. Besser, Rupert würde einen dafür hassen. Man wäre dann nicht allein. Unablässig dreht man seine Leier.

*

Bitte noch mal Takt 74, alle zusammen. Den Achtellauf will ich nicht hören als Durcheinander von Hühnergegacker, sondern exakt wie er da steht, alle Stimmen im gleichen Schritt, und staccato.

Marie in der Kleinstadt am Rhein zu Besuch bei der Mutter, die spielt Bassflöte im Orchester der Musikschule. Der Dirigent Ganzer ist einverstanden, dass Marie beim Alt mitmacht. Händel und Humperdinck, die Instrumente sind zusammengewürfelt. Heute ein

Cello, zwei Bassflöten, drei Bratschen, eine Geige, zwei Querflöten, zwei Altflöten. Marie die Jüngste, Mutter mit achtzig Jahren die Älteste. Herr Ganzer möchte die erste Stimme allein hören, ist das so schwer mit der halben Pause? Tamm, tamm. Es sind zwei Schläge. Die Bratschen bitte nachstimmen, ein A bitte. Ganzers Nicken zu den Bratschen sagt, drei minus. Unter den Querflöten am Boden kleine Pfützen. Konzentrierte Gesichter. Er ist streng, flüstert die Rothaarige neben Marie. Herr Ganzer fragt, hat der Alt Probleme? Nein, nein. Die Rothaarige errötet. Jetzt bitte die Bassstimmen allein. Was höre ich? Ich höre weiche Triolen, wo markante Synkopen geschrieben stehen, den Unterschied kennen Sie. Jetzt bitte der Alt. Was sollen die Verlegenheitspausen Takt 92 ff? Wir hatten uns aufs Transponieren geeinigt, wenn Sie die hohen Töne nun mal nicht kriegen oder nur fiepen. Marie errötet. Herr Ganzer lässt den ganzen Satz noch einmal spielen, bei der Wiederholung verrennt das Orchester sich. Wie war das mit dem da capo letzte Woche entschieden worden? Der Bass scheint geschlummert zu haben. Die Bassspieler, ein Mann und zwei alte Frauen, erröten. Neues Spiel, neues Glück, sagt Herr Ganzer, als die Gruppe ihre Humperdinck-Noten aufgeschlagen hat und ihm entgegenblickt, auf den Einsatz wartend. Bei den Lieblingsstellen legen sich alle ins Zeug. Das sparsame Lob des Dirigenten macht die ganze Runde froh.

Auf dem Heimweg erklärt die Mutter, Frau Muscheid hat wieder unentschuldigt gefehlt, kein Wunder, ihr Mann hat Krebs. Welchen, weiß die Mutter nicht, obwohl Frau Muscheid es sagte, alles vergisst man, scheußlich, war es Lunge oder Magen? Wenn Frau Muscheid überhaupt noch kommt, hat sie zu Hause nicht geübt, aber Herr Ganzer hat Verständnis. Wir reden allerdings nicht viel Privates, schließlich sind wir kein Kaffeekränzchen. Er hält die Zügel straff. Mir rutschen oft die Notenzeilen weg, ärgert die Mutter sich, oder ich lese Violin- statt Bassschlüssel. Aber sie erzählen alle, wie gut es für die grauen Zellen ist, Musik zu machen. Der Händel war doch sehr schön? Neulich hat Herr Ganzer uns lateinamerikanischen Samba hingepfeffert, für jemand in meinem Alter ist das nichts mehr. Wie soll er das wissen, ein Hüpfer mit seinen kaum vierzig Jahren.

Maries Mutter, Witwe seit sieben Jahren, hat sich von Tag Eins an gerade gehalten. Sie spielt im Orchester, turnt in der Herzsportgruppe, besucht katholische und ökumenische Gottesdienste. Regelmäßig kümmert sie sich um zwei hinfällige Nachbarinnen, eine blind, die andere im Rollstuhl. Im Kindergarten heißt sie Vorlese-Oma. Die Mutter heult nicht vor anderen rum, erzwingt kein Mitleid. Ihre Sachen macht sie mit ihrem Gott ab.

Sie kocht abends Kartoffelklöße mit Zwiebelsoße, dazu gibt es Chicoree-Salat, Maries Lieblingsessen. Man kann mal Fleisch essen, aber nicht jeden Tag, sagt die Mutter. Mir bleibt es oft im Hals stecken. Dein Vater hat gemeint, es liegt daran, dass ich falsch atme und beim Essen rede, papperlapapp, ich komm nicht zurecht mit den Fasern, und ich bin mit meinen Fleischbedenken nicht die Einzige. Frau Borchert, weißt du noch, die aus dem Kirchenchor, deren einzige Schwester vor neun Monaten gestorben ist, ein Unfall auf der B 9, sofort mausetot, Frau Borchert sagt, nicht mal verabschieden konnte sie sich von der Schwester. Weggerissen von einem Moment zum nächsten. Der Schwager hat immerhin seine Frau verloren, lamentiert aber nicht halb so viel wie Frau Borchert. Wie war ich auf sie gekommen? Fleischsorgen, das war es. Frau Borchert war immer etepetete, alternativ angehaucht, weil das die Masche ihres Sohnes ist. Das Fleisch grundsätzlich bio, aber selbst Grünfleisch verträgt sie nicht mehr, es liegt ihr im Magen. Marie fragt, hatte Frau Borchert nicht immer irgendwas? Das ist es ja, sagt die Mutter, heute der Fleischquatsch, morgen der Fußpilz. Die stellt sich an mit dem Hörgerät, drei Exemplare hat der Ohrenklempner ihr mitgegeben, aber seit Wochen kann sie sich nicht entscheiden, lässt alles schleifen und klagt, verwöhnter Fratz, der sie ist. Ihr Mann hat sie zu lange auf Händen getragen.

In Mutters Wohnung ist immer noch alles beim Alten. Seit dem Tod ihres Mannes muss sie nicht mehr ihm zuliebe vom Limes der Römer bei Andernach, über die Politik im Nahen Osten sprechen. Sie spricht von Näherem und Nächstem hier in der Stadt. Wenig von sich.

Telefonklingeln im Wohnzimmer. Durch die offene Schiebetür sieht die Tochter ihre Mutter in den Hörer lachen. Natürlich kannst du sie sprechen.

Einen Augenblick lang wissen, leuchtend warm wissen: Du bist es, Rupert. Du wirst mir sagen: Sei wohlbehalten. Hier ist nichts los. Du fehlst, wirst du mir sagen, ich freu mich, dich wiederzusehen. Ich werde dir sagen, danke. Du fehlst mir auch. Sorg dich nicht, ich komm zurecht. Du sollst paar schöne Tage haben. Wenn dich einer ärgert, komm ich mit dem Gartenschlauch. Tüschie für Tüschie.

Austauschbare Floskeln. Lebensnotwendig, weil der Atem, die Stimmen, die beiden Körper damit verbunden sind.

Am Telefon eine der Schwestern. Die Mutter hätte sonst gesagt, lieber Schwiegerfreund. Der Vater Doktor Phil hatte den Ausdruck gefunden. Was sollte ihm ein Schwiegersohn im Alter seiner Frau? Im Sommer '88 fuhren die Eltern ins Rheiderland zu einer ersten Anstandsbegegnung. Als Treffpunkt bestimmte Doktor Phil den Grenzübergang zu den Niederlanden. Marie und Rupert waren beizeiten da, stellten den 2 CV auf dem Grenzparkplatz ab. Rupert strich durch das kniehohe Gras auf dem Grünstreifen neben der Straße, sammelte Kamille, Wiesenkraut, Schafgarbe, Storchenschnabel. Er gab der Mutter den Wildblumenstrauß mit einer kleinen Verbeugung.

Doktor Phil stellte im Lauf des Nachmittags fest: Rupert, obwohl zu alt für seine Tochter, obwohl zweimal geschieden, obwohl keiner Kirche steuerpflichtig, obwohl ein Kommunist und unlesbarer Schriftsteller, verstand was von Geografie und van Gogh. Abends erheitert, hatte der Vater gesagt, Rupert sei wohl keiner der Knilche, die Marie sonst abschleppe, siehe Achim. Rupert wandte ein: Achim war nicht verkehrt, wenn Marie mit ihm vier Jahre lang zusammen war. Man leidet nicht vier Jahre neben einem anderen. Man kann fast immer weggehen. Die Mutter sagte der Tochter damals unter vier Augen: Rupert hat ungewöhnlich zarte Hände. Fürs Cello geschaffen. Er ist ein Freigeist, siehe dein Vater. Aber doch ganz anders. Dabei nicht weniger gefährlich.

*

Die Geschichte vom kleinen Eisbär. Alles ist kalt und weiß. Seht Ihr? Ein weites Meer, bedeckt mit Eisschollen. Die Mutter schaudert. Sie hält in der Hand ein Bilderbuch, sie sitzt auf einem niedrigen Tisch. Zu ihren Füßen auf kissenbelegten bunten Matratzen im Schneidersitz Marie, neben ihr räkeln sich sechs kleine Kinder. Der Raum ist hellblau gestrichen, außer dem Tisch und den Matratzen gibt es drei Gitterbetten, von der Decke baumelt eine Papierlaterne. Ruheraum heißt dieses Zimmer im Kindergarten.

Die Mutter hält das Bilderbuch den Kindern entgegen und erzählt. Hier sehen wir den kleinen Eisbär Lars auf einer Eisscholle mit seinem Vater. Der will einen Fisch fangen und springt ihm nach, als eine hohe Welle kommt. Der kleine Bär auf seiner Eisscholle wird fortgetrieben. Da, jetzt ist er ganz allein. Der kleine Bär schluchzt seinem Vater nach. Huhu, weint Mutter. Außerdem, sie hebt den Finger und sieht drohend in die Runde, denn das Kind Malte zieht das Kind Jelena an den Zöpfen, außerdem schmilzt die Eisscholle unter den Krallen des kleinen Eisbären. Dabei kann er nicht schwimmen! Da taucht in den Wellen ein Fass auf. Was ist das, fragt ein Kind. Marie und ihre Mutter tauschen Blicke, die Mutter erklärt, macht weiter. Der kleine Eisbär reitet auf dem Fass, wenn aber Malte weiter versucht, Jelena ihr Armbändchen wegzunehmen, sollen die beiden rausgehen, in der Spielgruppe können sie toben. Hier trifft der Eisbär den freundlichen Wal!

Beim Frühstück erklärte die Mutter, es ist für die Kleinen schon viel, wenn sie ein Bilderbuch lang halbwegs still sind. Ihr wart in diesem Alter ruhiger. Ihr kanntet mehr Wörter, vor allem schönere Wörter. Ihr musstet auch nicht in den Kindergarten. Die Frauen arbeiten jetzt alle. Als wären vier kleine Kinder, keine Waschmaschine, deine Großmutter und dein Vater Schlendrian für mich gewesen.

Der Wal verspricht, den kleinen Eisbär zu seinem Papa zu tragen, sie finden ihn wieder. Die Mutter setzt den Klammergriff ein, um das Kind Sarah zur Ruhe zu bringen. Rupert wandte diesen Griff bei seinem Enkel Jojo an, schnell und unauffällig, wenn der seine Mutter reizte, Judith bekam es nicht mit. Sie wunderte sich nur, wie scheu ihr Sohn eine Zeitlang in einem Bogen um den Großvater herumschlich. Wenn Jojo leidlich war, stülpte Rupert ihm zur Freude die dritten Zähne vor und schnitt eine Fratze, so dass der Enkel sich jubelnd grauste, noch mal!

Die Mutter liest der zweiten Kindergruppe vor. Aschenputtel in der Küche. Stiefmutter und Stiefschwestern schütten Linsen in die Asche. Die muss das Mädchen auslesen. Da aber fliegen Tauben herbei, und schließlich helfen alle Vögel unter dem Himmel. Ich habe zu Hause auch einen Kanarienvogel, sagt das Kind Hinni. Sehr schön, sagt die Mutter. Aber jetzt wollen wir hören, ob Aschenputtel mit dem Prinzen tanzen darf.

Auf dem Heimweg sagt sie der Tochter: Ein Stuhlkreis wäre besser. Die Kleinen hampeln auf den Matratzen nur rum, und der Tisch ist für meinen Rücken die Pest, danach fragt aber keiner. Immerhin. Sie freuen sich, wenn ich komme. Du hast gesehen, wie sie um mich tanzen. Enkel wären schön gewesen, aber ihr habt euch anders entschieden. Ich sage immer, sie sind alle vier erwachsen, sie leben ihr eigenes Leben. Ich kann nicht mitmischen und will es auch nicht mehr. Wenn Frau Borchert von ihren Enkeln erzählt, gestern hast du beim Bäcker den jüngsten gesehen, siebzehn Jahre alt mittlerweile, seine Mutter ist gar nicht glücklich, er hat so schön Gitarre gespielt und gibt jetzt auf, wo war ich, Frau Borchert kann erzählen, was sie will, die Enkel von ihr sind mir schnurzegal.

*

Immer wieder bat Marie Rupert, ihr seine eigenen Kinderbilder zu zeigen, kleine, an den Rändern gezackte schwarzweiße Fotografien.

Rupert bäuchlings auf dem Schoß der Mutter liegend, in ein Tuch gehüllt, ein glatzköpfiges Rübchen. Neugierig sieht er der pummligen Schwester Gitta entgegen, einer Zweijährigen mit wildem Blick und schwarzen Pfoten, die ihm an die Nase greift.

Rupert, weißblond, in bestickter Strickhose und langen Strümpfen an der Hand des Vaters, strahlend schwingt er einen Löwenzahn.

Rupert im Bauernkittel mit niedergeschlagenen Augen, vor ihm auf dem Tisch ein Porzellanbecher. Mit einem Holzstab schlägt er Eischnee, er ist in die

Arbeit versunken. Auch wer seine Mutter nicht kannte, weiß aus Erzählungen, wie Babka sprach. Kindchen darf ein Eichen schlagen. Jahrzehnte später, im Altenheim zu ihrem Sohn: Herzchen, dreh mir noch ein Zigarettchen.

Der kleine Rupert auf dem Schoß des Vaters Hermann, ein hölzernes Lamm mit Rädern an sich gedrückt. Der Vater hält ihn etwas von sich ab, beide sehen sich an, ihre geschlossenen Münder lächeln.

Ein alter Mann mit Hut und geschwungenem großen Schnurrbart, er sitzt im Sessel, an der Lehne steht ein Stock. Rupert und Gitta klammern sich an die Sessellehne wie an ein Gitter, sie sehen zum Großvater auf.

Rupert im Matrosenanzug, er balanciert als Seiltänzer auf der Bordsteinkante, hinter ihm die Schwester. Auf der Rückseite des Bildes die Jahreszahl, 1933. Da ist er bald fünf Jahre alt.

Gitta, ihrem Bruder leise was ins Ohr sagend, ihre vor Lachen blitzenden Augen. Seine vorfreudige Erwartung. Manchmal erlaubten die Eltern ihnen, sich hässliche Wörter zuzuflüstern. Mauseköttel. Oder, noch schlimmer, Müll.

Schwester und Bruder streichen mit Blockflöten als ausgedachten Bögen über unsichtbare Geigen.

Beide in einem Karussell, Gitta wartet noch ab, bis es losgeht, Rupert streckt seine nackten Beine schon aus, holt Schwung.

Rupert im Bett, schlafend, eine Hand ist verbunden, er ist vom Fahrrad geflogen. Auf dem Kissen neben ihm liegt ein Buch, das Bild auf dem Einband zeigt Fische. 1937 ist er neun Jahre alt.

Wenn Marie mit ihm zusammen diese Fotos ansah, geriet ihr was durcheinander. Auch jetzt, sie sitzt mit seiner Tochter zu Hause in der Küche, Judith sucht im Fotokasten, um sich ein paar Bilder auszuleihen, auch jetzt die Mischung von Gefühlen.

Alles ist verkehrt. Alle Jahreszahlen wirbeln. Der neben dem Buch schlafende Junge Rupert mit seiner beim Sturz verletzten Hand von 1937 ist der Rupert von später im Kreiskrankenhaus in Leer. Die Dupuytren-Operation seiner rechten Hand. Mühsam schrieb er mit links an einem Text, den er *kinderlied* nannte, sein erstes Buch erschien 1960, er hatte schon einen Sohn, eine Tochter, es gab noch keine Marie. Sie hätte ein Kind mit ihm zeugen können, ein Rübchen wie das auf den Bildern, das er war. Einen labendelig regsamen Wurm. Labendelig, sagte von Regenwürmern einer der Enkel.

Und Rupert ist immer noch tot und es ist alles verkehrt und wie lässt sich die Richtung verkehren und das Verkehrte richten.

Und doch war alles an seinem Platz, als sie 1987, er neunundfünfzig Jahre alt, sie sechsundzwanzig, zueinander ja sagten.

*

Beieinander sein. So lange, bis euch scheidet. Es muss nicht der Tod sein, der Paare trennt.

Simon sagt, es war ein Schlag für alle, als der Alte abgehauen ist. Auch wenn ich erst drei Jahre alt war. Du kannst sagen, was du willst, egal, wie grausam Eltern zu ihren Kindern sein mögen, die Kinder hängen an ihnen. Trennung und Abwesenheit sind der Horror. Ich hab es auch nicht besser geschafft als der Alte. Linus und Nelly machen jedes Mal einen Riesenaufstand, wenn ihre Mutter sie abholt von mir, oder umgekehrt. Der Alte hatte Wahnsinnsglück mit seinen Frauen. Die haben nie versucht, ihn schlecht zu machen. Früher dachte ich, es ist die Künstlerexistenz, die ihn umtreibt, in die Ehen mit Elisabeth und Gudrun. Danach die beiden Kebsweiber, Hermine, dann Wiehießsienoch, Ingrid, und schließlich du. Ich konnte mit sämtlichen Frauen, die der Alte fing oder sich zuzog, je nachdem. Mir war eine so recht wie die nächste. Ich hatte auch keine andere Wahl, sonst hätte er mich rausgeworfen. Im Zweifelsfall ging das ratzfatz bei ihm, du weißt Bescheid.

Marie nickt.

Früher dachte ich, der Alte als Künstler ist eine Kuckucksnatur, dagegen bin ich brav, und meine Ehe bleibt rund. Hat sich was. Trennung und neue Liebe sind bei jedem drin. Ich bin zwar kein Genie, bloß Koch, keine Ahnung von Büchern, aber, Marie unterbricht. Stimmt beides nicht. Koch ist nicht bloß, außerdem liest du, und selbst wenn nicht, was soll's. Das hat der Alte auch immer betont, sagt Simon, aber man macht sich doch seinen eigenen Kopf. Musiker oder Stepptänzer, das wär's vielleicht für mich gewesen. So wie für ihn das Streunen und Butschern im Wald als Förster. Dabei hat er über das Eichenlaub auf den Uniformen gespottet, über den Standesdünkel. Es gefiel ihm auch nicht, sagt Marie, dass Förster Wilderer gejagt haben, um gräflichen Besitz zu schützen. Wie auch immer, sagt Simon, er mit Füchsen tanzend oder ich mit fettem Bass vor dem Bauch. Der Alte ist Dichter geworden, er hat seine Kuckuckslieder gesungen, ich bin der Esel. Meine Band hat er nie ernst genommen. Von wegen Kapelle. Das hat er gesagt. Das war lustig. Das war oft, das war trotz allem oft lustig mit ihm. Aber er war streng. Wie er rumgeritten ist auf dem Lernen. Armer Linus. Solltest mal meine Predigten hören, wenn er nicht spurt mit den Hausaufgaben.

Simon ist mit seiner neuen Freundin Kerstin gekommen. Verfrorener Rockerbräutigam samt Rockerbraut, beide in Leder, beide lang und steckendünn. Sie wollen Andenken abholen. Rupert bat Marie, ein paar Sachen aufzuschreiben, die er den Kindern geben wollte. Marie hat sie später ihrerseits gefragt, was sie sich wünschten als Erinnerung an ihren Vater.

Simon sagt, wie gut, dass mich der Alte noch gesehen hat, mit Kerstin zusammen. Wie gut, dass er gesehen hat, ich bin nicht mehr allein. Er lag. Er lag schon im Bett. Er hat nicht mehr gesprochen. Er hat uns. Simon zieht die Nase hoch. Er hat uns beiden zugenickt. Als würde er sagen, ja. Simon geht ans Fenster. Er lässt in der Spüle das Wasser laufen. So, sagt er dann zu Marie. Hast du alles eingepackt, was wir neulich rausgesucht haben? Nehm ich dir auch nichts weg?

Rupert wollte, dass Simon seinen Feiertagsanzug bekäme, mit Weste, und, wenn er sie möge, die wollenen Schottenschlipse in ihren leuchtenden Heidefarben. Außerdem eins seiner Taschenmesser. Außerdem den kleinen Holzfrosch, der ein Quaken nachmacht, wenn man ihm mit einem Stift übers geriffelte Rückgrat ratscht. Marie hatte ihm den Frosch geschenkt in Erinnerung an die Verlaatszeit. Sie versteht, dass er dem Sohn die Anspielung auf die Musikkapelle schenken wollte. Außerdem soll Simon das gerahmte Foto vom Vater der Malerin Lino haben, dem Bauern aus Feital. Auf dem Bild liegt er in der Quinta neben der Feuerstelle am Boden, in eine Decke eingehüllt, schlafend. Rupert und Simon waren einmal gemeinsam in Ungarn, auf den Spuren von Ruperts Zeit in der HJ, im Krieg. Sie waren Zigeunern begegnet, aßen mit ihnen gemeinsam an ihrem Feuer. Linos schlafender Vater, ein Sehnsuchtsbild für beide.

Simon fragte vor Monaten auch nach dem Wolfshundfell, das immer in Ruperts Zimmer auf seiner Couch lag. Er hatte es dem Vater während seiner Lehrzeit geschenkt. Das Fell war wegen Haarausfall schon Ende der Verlaatszeit ins Tief geflogen zur letzten Ruhe. Natur zu Natur, sagte Rupert.

Nach einem Besuch im letzten Winter hatte Simon, der lange im Zimmer seines verstorbenen Vaters gesessen hatte, Marie einen Zettel dagelassen. Was er gern hätte, fünf Wünsche: Das Radio. Die schwarze Schreibtischlampe. Die dicke graue Strickjacke. Die Schreibmaschine. Meinen Papa.

Jetzt steht die Schreibmaschine auf dem Küchentisch. Simon kriegt den Deckel nicht auf, Marie hilft ihm. Obenauf liegen Durchschlagpapier, Kohlepapier und mehrere Bögen Schmierpapier. Marie erklärt, er hat es immer untergelegt, um beim Tippen die Walze zu schonen. Der Sohn streichelt die Walze. Er spannt ein paar Bögen ein. Das lange nicht mehr gehörte vertraute Geräusch, das Tastentippen, der Klingelton am Schluss einer Zeile, der Schlag auf den Hebel des Wagens.

Sie denkt an Simons letzten Wunsch. Deshalb bringt sie es fertig, ihm die Triumph zu schenken.

Meine Kinder wollen darauf bestimmt nicht schreiben, sagt er, die jagen dem Computer nach. Sehr gut. Dann hab ich die Triumph für mich. Er hebt sie leicht an. Gediegen, sagt er, schwerer Brocken. Marie dreht aus seinem Tabaksvorrat drei Zigaretten. Starker Schwarzer Krauser, den sie und Rupert in der Verlaatszeit rauchten. Immer noch Ofenrohre, die du fabrizierst, Frau Stiefmutter, sagt Simon zu ihr, die so alt ist wie er. Pass auf deine Lunge auf. Und wenn du bei uns bist, in Osnabrück, spiele ich für dich auf der Schreibmaschine Musik.

*

Im fünften Stockwerk des Klosters Maria Laach in der Eifel, nahe am Rhein, ein Vogel hat sich verflogen. Greta, Greta. Er sollte überm Watt fliegen, im Rheiderland. Von dort oben der Blick auf die Hamburger Kirchturmsilhouetten, Sankt Petri, Sankt Jacobi, Sankt Katharinen, der Michel, Sankt Nikolai, gleich daneben der steinerne Gast. Undeutlich, ob es der von Don Giovanni ist, oder Bismarck. Das Kloster ist ein Krankenhaus. Der Arzt lobt sehr: Sie haben den gleichen Krebs wie Ihr Mann. Endlich ist alles gut. Darf man die Chemo überspringen? Laurentia, die kleine Zeit. Das Personal rüstet sich für die Bestrahlung. Leitern und Laternen, Ofenrohre werden hin- und hergetragen, ein Esel trippelt herum. Man verläuft sich, verzweigte Flure und Treppenhäuser. Hanna und die Pflegeschwester Maier schleppen eine Kiste, die Rupert nicht gehört haben kann, in der Holzwolle liegt allerdings sein Lineal mit eingeritztem rotgefärbten fünfzackigen Stern. Da ist auch seine Pistole, die hat er doch vor dem Umzug in den Fluss geworfen in hohem Bogen, die Pistole rostet längst am Grund der Ems. Hammer und Zange gehören Heiner, die tickende Armbanduhr aber ist die von Rupert. Eine, die an der Schnalle geschmückt ist mit winzigen Perlen aus Glas, es ist die dritte seiner mechanischen Uhren, an die er niemanden heranlässt, die nur er allein aufzieht, Rupert lebt!

*

Wieder mal wacht Marie schweißnass auf. Sie weiß, es haben viele, viele mit ihm einen Menschen verloren.

*

Niemand ließ Rupert, als er in der Krebsbehandlung war, je warten, um Schuhspanner zu kaufen vor dem Besuch bei ihm.

Niemand bedauerte, die Feste bei den Inuit verliefen schöner, während bei seiner Geburtstagsfeier der Rahmen fehle.

Niemand hat ihn, der eingesponnen war in rätselnde Ehrfurcht, mit Geschichten von Rotpunktaktionen abzulenken versucht.

Niemand überzog ihn mit Ratschlägen, welche Behandlungsformen anderswo besser wären. Niemand sagte, seine beste Zeit seien die sechziger siebziger Jahre gewesen, danach sei nichts mehr gekommen.

Niemand drängte den Kranken, seine oft geträumte Reise nach Island zu machen, oder wenigstens in den Chemopausen an die Elbe nach Övelgönne zu fahren.

Niemand missachtete den Rat des Arztes, man solle ihm nicht mit Grippe kommen.

Niemand schrieb öffentlich, er sei desorientiert und wahnsinnig, ohne den Artikel zumindest unter vier Augen zu widerrufen.

Niemand hat ihm, dem Agnostiker, ein Glaubensgebäude künftiger Freuden errichtet.

Niemand hat tot ist tot gesagt zu ihm, der seine Mutter manchmal fliegen sah als Eule, und der für sich selbst unter anderem den Kuckuck oder die Uferschnepfe Greta erwog.

Niemand versprach einen Besuch, den er herbeisehnte, und meldete sich nicht.

Und wir erschraken und flohen in den innersten Winkel.

Niemand blendet uns.

Niemand hat sich, als er schon lag, um nicht mehr aufzustehen, so auf sein Bett gestützt, dass es vibrierte.

Niemand versandte Formulare, in denen der Minutenaufwand für seine Pflege addiert werden musste.

Niemand sagte, er ist wach, er stellt sich schlafend, wieder mal flieht er.

Niemand schüttete in der Küche Linsen in die Asche, um eine Tür weiter zu gehen.

Niemand verweigerte eine Arznei gegen seine Angst und bot ein psychotherapeutisches Gespräch an.

Niemand machte sich in der Küche laut Gedanken über die selbständige Verabreichung von Morphium, das doch im Haus vorhanden sei.

Niemand bedauerte telefonisch, wie lange das Sterben brauche.

Und wir erschraken und flohen in den innersten Winkel.

Niemand, der nicht verstand, dass die so lange offene Tür sich langsam schloss.

*

Junge und Alte, Tätowierte und Kostümierte, Kiez, Uni, Provinz, es waren anfangs immer ganz unterschiedliche Leute in eurer Küche, wenn ich da war. Dein Mann hat sich über unsere Besuche nicht gefreut, auch wenn er ungewöhnlich höflich war. Der Patient bestimmt, das ist das A und O unserer Arbeit, sagt Schwester Maier.

Marie unterbricht: Rupert hat keine Schmerzen gehabt? Das weißt du, nein. Ich habe allerdings auch oft erlebt, selbst Kranke mit starken Schmerzen wollen nichts dagegen, sie wollen klar sein. Dein Mann schien mir, selbst wenn er kaum sprach, seine Augen nur selten aufschlug, er schien mir intensiv da zu sein, bei sich. Wie sagt man, ganz gegenwärtig.

Schwester Maier, so alt wie Marie, sitzt in der Küche am Tisch. So war es immer, wenn die Leute vom Pflegedienst ihre Papiere fertig schrieben. Wochenlanges Immer. Wie immer isst sie jetzt einen Keks zum Tee, sie raucht wie immer, ist wie immer mit dem Rad gekommen. Sie trägt wie immer einen ihrer wadenlangen weiten Röcke, obwohl es noch kalt ist, obwohl draußen die ersten Krokusse und Schneeglöckchen den Atem anzuhalten scheinen. Als auf dem Display des Telefons die Nummer 63973230 erschien, wusste Marie nicht gleich Bescheid, sie wusste nur, sie kannte diesen Zahlenrhythmus auswendig. Ihre beherrscht-gereizte Frage, wer heute vom Hospizdienst kommt, und wann, mit einem Praktikanten oder allein. 63973230. Ein Hilferuf, ein Stoßgebet, ein Mantra.

Du hattest immer Angst, etwas zu übersehen oder falsch zu deuten. Bei unsern Dienstbesprechungen haben wir dich Frau Übergabe genannt. Du hast uns kaum was machen lassen. Vielleicht sind wir vor allem deinetwegen gekommen.

Schwester Maier, einfach zu merkender Name unter all den Pflegedienstleuten, die seit Mitte Juli einmal täglich vormittags klingelten. Komparativ von Mai. Seit Mitte August duzt sie sich mit Marie. Andrea also. Sie hat von sich aus angerufen, sie weiß das Datum noch. Sechsundzwanzigster August. Sie ist nicht mehr verpflichtet, zu kommen. In Maries Zimmer keine Hautcreme und kein Waschlappen, im Kühlschrank in der Küche keine Morphiumspritzen.

63973230, ein unverhofftes Geschenk. Andrea fragte, ob Marie Besuch wolle. Heute vor sechs Monaten war sie nicht nur vormittags da, sondern kam abends, blieb die halbe Nacht. Marie fragt sie auch jetzt nicht, warum trägst du immer Röcke. Die Frage heißt anders. Was war zuletzt. Marie kann es nicht fassen. Die Erinnerung kommt ungefragt, ungeordnete Bilder, ohne logischen Zusammenhang. Ruperts aufgestelltes bloßes Bein. Der Schnabelbecher. Von seinem Finger ist der

Ehering gerutscht, er greift danach und steckt ihn wieder an. Mathias sitzt an seinem Bett und liest. Um Ruperts Handgelenke Maries grüne Pulswärmer aus Nickistoff. Es ist um die Bilder ein Nebel. Nichts ist eingebrannt. Alles unscharf, verwässert. Es ist der Nebel über einem dunklen Wasser.

Es kommt eine Abwesenheit. Sie nähert sich. Alles bebt. Atemzüge fehlen. Alles ist gut, denn Rupert atmet. Alles ist gut, denn Marie gibt ihm was gegen das Zittern, das neu ist. Alles ist gut, denn die Spannung lässt nach. Alles wird sein wie immer. Wie immer werden wir es schaffen. Immer wird alles gut. Immer, selbst wenn man sie nicht sieht, draußen Sterne. Atemzüge fehlen. Es öffnet sich eine Abwesenheit. Es ist eine Nacht, die sich öffnet und schließt hinter Rupert.

flieg herzlieb bist du mein licht ist aus bist du verhüllt mein vogel leuchten soll dir frieden allzeit deiner seele

Andrea hat ihren Stuhl neben Maries gerückt. Sie gibt ihr ein Taschentuch und steckt zwei Zigaretten an. Sie rauchen. Marie kocht noch mal Tee.

Seine Tochter Judith war gut, sagt Andrea. Die hat manchmal gesummt. Ich hab es in der Küche beim Papiereschreiben durch den Türspalt mitbekommen.

Das mit der Wasserschüssel habe ich von dir gelernt, sagt Marie. Als ihm sogar Klaviermusik zu viel wurde, war es manchmal gut, so etwas Einfaches zu hören wie das Wasser. Plätschern. Rinnen. Einzeln fallende Tropfen. Loslassen und sich treiben lassen. Die Wellen am Dollart oder der Regen, Rupert hörte gern Wasser.

Andrea sagt, ihr habt es alle gut gemacht.

Er vor allem, sagt Marie. Er hatte keine Schmerzen? Angst kann doch auch ein Schmerz sein?

Ja. Ein Gesicht bei Schmerzen ist aber verspannt, verzogen, zerfurcht, und die Hände verkrampfen sich, sagt Andrea.

Wie oft haben sie und andere in der Küche diese Sätze gewechselt. In Ruperts letzten Wochen immer wieder Maries Angst, ob Rupert Schmerzen hatte.

Ein entschiedenes Leben, sagt Andrea, nach allem, was ihr erzählt habt. So also auch der Entschluss, sich auf den Weg zu machen, als es ihm zu schwer wurde.

Sie sieht auf die Fotografie, die am Küchenschrank hängt. Ein schönes Bild von Rupert. Er war aber wohl ein Strich in der Landschaft, auch in gesunden Tagen. Trotzdem der lange Weg. Eine schwere Arbeit manchmal, sich gehen zu lassen.

Dabei keine Schmerzen, sagt Marie.

Keine Schmerzen, sagt Andrea. Keine körperlichen, keine Angst, soweit es sich erkennen ließ. Und ich meine, dein Mann hat genießen können. Die offene Tür, so lange er es wollte. Das Summen. Das Wasser. Das Streicheln.

Bei dir war er in guten Händen, sagt Marie. Ein Satz, den sie sich schriftlich nicht durchgehen ließe, eine Floskel. Aber sie hat Andreas Hände gesehen, die Rupert berührten.

Andrea sagt, ja. Das war er. Übrigens habe ich mich anfangs zur Zeit der offenen Tür gefragt, wie hast du dich mit seinem Harem gefühlt, mit den früheren Ehefrauen und Freundinnen. Eifersüchtig, sagt Marie. Wer ist schon ein Jaina. Das sind Mönche in Indien, die nichts falsch machen wollen. Es war Rupert aber wichtig in den letzten Jahren, abgerissene Fäden wieder aufzunehmen. Auch wenn er die Brüche in seinem eigenen Leben sah und aussprach, sehnte er sich nach was Rundem, bis hin zum Frieden mit seinem Vater. Er versuchte oft, den Abgrund in seinem Herzen zu überspringen, sagt man so? Oder sich in den eigenen Schatten zu stellen. Keine Ahnung. Vielleicht haben die, die ihn mochten, das auch versucht. Es waren viele. Natürlich sind wir, ihn eingeschlossen, keine heilige Heerschar geworden.

Andrea sagt, das wäre auch seltsam. Krankheit und Sterben machen niemanden zu einer unverletzbaren sanftmütigen Vollkommenheit.

Ich will, dass er keine Schmerzen hatte und keine Angst, sagt Marie.

Weißt du noch, fragt Andrea, wie er, du lagst bei ihm im Bett, deine Hand

Marie erträgt Erinnerungen manchmal nur mit großen Pausen. Hastig fragt sie, wie bist du eigentlich an den Beruf gekommen? War das schon während der Schulzeit ein Wunsch? Eine einschneidende Erfahrung, oder eine Familientradition? Nein, sagt Andrea. Auch keine prägende Lektüre. *Susanne Barden – Hinaus ins Leben*, kennst du noch diesen Schwesternroman? Mich hat nur interessiert, wann sie den Arzt kriegt. Alles war eher verschlungen bei mir. Die Ausbildung zur Steuerfachfrau hab ich kurz vor Schluss abgebrochen. Da hätte ich eine ruhige Kugel geschoben, aber die Luft hat gerufen. Ich war lange Stewardess. Überseeflüge, selten mehr als siebzig Stunden an einem Ort, mein Mann hat damals noch in Köln gewohnt. Schlechte Luft in den Flughäfen, in den Jets. Die Enge, unmögliche Passagiere oft. Und glaub nicht, man sieht so viel von der Welt.

Marie sieht ihre Hand auf Ruperts Herz liegen.

Sie fragt, man sieht nicht viel?

Andrea sagt, man sieht bunte Städte, bunte Menschen, hört bunte Sprachen. Das Interesse flaut aber ab. Die Flughäfen liegen meist außerhalb. Man ist müde, das Dröhnen der Maschinen macht im eigenen Puls weiter. Man geht in eins der Hotels für die Angestellten, um nur noch zu schlafen. Aber in jedem Hotel, in Rio und Tokio, New York und Mumbay die Kollegen. Wir erkennen uns ohne Uniformen. Wir sind ein Team über die ganze Welt. Dieses Wir ist ein Rausch. Nachts die stille Zeit über den Wolken, wenn alle Passagiere ruhig geworden sind. Wir sind ein Boot im Himmel, wir bleiben wach und schenken uns Wasser nach oder Cola. Wir erwarten den Sonnenaufgang, wir sehen uns an und wissen, der Boden unter den Füßen fliegt, wir fliegen.

In der Quinta sah Rupert die Mutter als Eule.

Andrea sagt, nachts lösen wir im Flugzeug Kreuzworträtsel. Sudoku gab's noch nicht. Wir dämmern, aber wir schlafen nicht. Wir wischen uns den Schweiß mit heißen feuchten Tüchern ab. Wir machen unsere Streck- und Dehnübungen. Wir putzen uns die Zähne, ziehen die Lippen nach und bürsten das Haar. Wir bereiten das Frühstück vor. Wir sind im Rausch der Wachheit, des Teams, der fliegenden Zeit. Wir stellen die Uhren um. Wir sagen guten Morgen, lächeln. Von dort aus zu Flügelhemden, Pflegebetten, Zäpfchen, Schnabelbechern, Einwegunterlagen. Ich weiß nicht, warum. Ich hatte kein Erweckungserlebnis, so wie einer meiner Kollegen. Ich bin auch eher nicht der Typ dienstbarer Geist. Frag meinen Mann. Wir heißen die hilflosen Helfer. Mir schnurz. Ich bin nicht psychologisch interessiert. Ich will meine Arbeit gut machen, so wie früher die als Stewardess. Jetzt soll ich für einen Querschnittsgelähmten kochen, und ein kluger Kopf hat ausgerechnet, Kochen und Füttern wäre zu machen in fünfzehn Minuten. Der kann nur Essen auf Rädern denken, oder Mikrowelle. Kauen und Schlucken stellt er sich schon gar nicht vor. Der war niemals in einer Wohnung, wie wir sie oft sehen. Eine Kollegin, die es mit dem Zen-Buddhismus hat, würde mir sagen: Die Welt braucht solche Bürokraten auch, um vollkommen zu sein. Die Welt braucht pöbelnde Passagiere, Nacktschnecken, Hautunreinheiten, was weiß ich.

*

Schluss, sagt Mihajlo. Maries früherer Schüler aus dem Schreibkurs, mittlerweile Student, Literatur und Journalistik, geht mit ihr um die Außenalster und erklärt ihr, warum es aus ist mit Swantje.

Ewig beharken wir uns. Sie gibt keinen Millimeter nach, zieht ihr Ding gnadenlos durch, nur hinterher ist sie es nicht gewesen. Vorletztes Wochenende waren wir in Aurich bei ihrer Familie. Strenge Landschaft, in der ihr gelebt habt. Seltsame Leute auf den Dörfern. Swantjes Familie ist Kleinstadtadel. So würde Rupert sagen. Ihre Alten haben auf sie abgefärbt. Es sind alles beinharte Egoisten, die das Kinn hoch tragen. Selbstgerechte Unschuldslämmer. Ein Widerspruch, ich weiß. Swantje weiß alles. Die ganze Fahrt über haben wir uns gefetzt, für mich keine Freude. Sie fährt wie ein Henker und nennt es cool, dass sie den Typen bei sich übernachten ließ, auf einer Fete hatte sie ihn aufgespießt. Ich sage, tu nicht harmlos. Sie sagt, sie ist frei zu entscheiden, Grenzen zu ziehen oder die Pforte zu öffnen. Wunderbar. Dann fick mit dem Typen, und alles ist gut. Nichts Neues unter der Sonne. Ich bin auch kein Asket. Aber sie wollte es nicht! Es ist ihr passiert! Was, bitte, ist das für eine Freiheit und Selbstbestimmung, wenn ihr Dinge widerfahren. Was wundert sie sich, wenn sie den Hurensohn mitnimmt. Er darf aus ihrem Becherlein trinken, von ihrem Tellerchen essen und bei ihr pennen. Aber dann Rehaugen, wenn's passiert? Sich bisschen ausweinen an meiner Brust? Und weißt du, was sie antwortet? Serbenfascho. Ok, wir sind allesamt Machos und Patriarchen, Faulenzer und Fleischfresser, aber den Fascho nimmt sie zurück. Von wegen. Sie singt es! Wenn ich am Steuer gesessen hätte, wären wir gegen den nächsten Brückenpfeiler gedonnert. Fünf Minuten später Wetterwechsel, alles nicht so gemeint, alles Sonnenschein, Windmühlen, Schafe, Vogelpieps. Der Schnee von gestern geschmolzen. Genauso wie das Geschwätz, das ihr noch kaum von der Zunge hüpfte. Die FDP betont auch gern, man muss nach vorne sehen. Sie verstrahlen einen mit ihrem Gesumse, mit ihrer gewaltig verzuckerten Rede. Swantje kann sehr charmant sein. Ich find's auch geil von mir, dass ich zu ihren Leuten mitkomme. Zu Haus bei denen geht die Schreierei gleich weiter. Swantje gegen ihre Mutter, die gegen den Vater, der gegen den Sohn. Der Alte hatte runden Geburtstag, das war der Anlass für das Familientreffen. Du denkst, die haben alle Lack gesoffen. Swantje macht mit. Was interessiert sie sich für Merkel, diese Ossihure, und die ganze Blase? Aber Swantje liebt Streit. Sie nennt es Diskussion. Ich denke, ok, kämpf dich matt. Erstmal Frieden auf dem Rückweg.

Euer komisches Dorf haben wir leicht gefunden. Ich wollte mal nach Rupert sehen, weil ich doch die Beerdigung verpasst habe. Draußen noch kaum Grünes, ich hab bei ihren Eltern eine Gerbera aus einem der Geburtstagssträuße gestohlen, und sie befreit vom Mörderdraht um den Hals. Die hab ich auf Ruperts Grab gestellt. Wirst sehen, wenn du wieder mal vorbeikommst. Die Leute sind reichlich neugierig, woher, wohin, Verwandtschaft? Kurz hat mich die Lüge gekitzelt. Ich bin Ruperts Bastard, aus einem seiner Seitensprünge. Aber der Frau vor dem Nachbargrab hab ich die Wahrheit gesagt. Draußen auf dem Gottesacker war der Frieden.

Drinnen im Auto hat Swantje weitergemacht mit gesalzener Rede. Meine Fehler, ihre Freiheit. Ich will zur Abwechslung von Liebe sprechen. Ich sage: Ich habe Lust auf deine Lust. Und niemand zwischen uns. Sie sagt: Ich habe Angst vor deiner Lust. Du sperrst mich ein. Ich sage: Ich habe Angst vor deiner Angst. Die führt dich von mir weg auf andere Schöße. Sie sagt: Ich habe Lust auf deine Angst. Ich schrei sie an, ok, fick dich selbst. Da waren wir schon wieder hier in Hamburg, Berliner Tor, wir standen vor einer Ampel bei

Rot. Swantje ist ausgestiegen! Tasche geschnappt und raus und untergetaucht im Fußgängerwimmeln. Hinter mir Hupen, Grün. Ich auf den Fahrersitz rüber. Ordnungsgemäß das Auto vor ihr Wohnheim gebracht. Den Schlüssel in ihren Kasten geworfen. Zurück zu mir. Feierabend. Letzte Woche haben wir entschieden, Schluss zu machen. Und jetzt erzähl du mir was Nettes, Einfaches, sagt Mihajlo. Puh, sagt Marie.

Ihre Runde um die Außenalster, in den Pfützen spiegelt sich das Frühjahrslicht. Sie reden über Nähe und Distanz. Abstrakt ist alles leicht, sagt er. Aber Swantje ist wie der Leibhaftige, der mich reitet. Sie soll verdorren.

Als sie bei Marie in der Küche sitzen und noch mal alles rauf und runter erwogen haben, sagt er, genug. Erzähl mir jetzt bitte was Einfaches. Eine Märchenstunde, ohne Gehörnte, bitte.

*

Ein armes Ehepaar lebte recht lustig, in einem kleinen Haus mit einem kleinen Garten am Rand eines kleinen Dorfs.

Ok, sagt Mihajlo, hießen die beiden vielleicht Osiris und Isis? Falsch. Siebenkäs und Lenette? Falsch. Dann also Rupert und Marie, sagt er.

Eines Tages wollten die beiden für einige Tage nach Hamburg fahren, auch, um ein großes Bild gegen eine Holzfigur auszutauschen. Sie packten ihren Korb voll mit Geschenken für die Freunde in der Stadt. Räucheraal, Quittengelee, Ostfriesentee, neue Kartoffeln. Natürlich auch Brote und Thermostee für die Reise. Sie schlugen das Bild in eine Decke ein, verschnürten es.

Im Lauf des Vormittags legte sich ein Geruch übers Haus. Es roch wieder mal nach Schweigen. Erst mittags sagte Rupert: Es ist ein gefährlicher Unsinn, am Freitag Nachmittag mit unserm 2 CV nach Hamburg fahren zu wollen. Der hat keine Chance auf der Autobahn. Sie bauen das Modell nicht mehr, weil es zu langsam ist. Verkehrsgefährdend, sagen sie. Sie sagen nicht, das Tempo der anderen Fahrzeuge ist die Gewalt. Ihre Rede ist eine einzige Lüge. Marie sagte, man könnte auch den Zug ab Leer nehmen. Er winkte ab, unmöglich mit dem Gepäck. Die Angst vor der Reise schlug ihm auf den Magen. Die Angst um ihn schlug ihr auf den Darm. Rupert hatte doch aber vielerlei Städte und Länder bereist. Hatte mehrfach die Autobahnkreuze um Antwerpen geschafft und die Stadt Bayonne, um bis nach Lusitanien vorzudringen. Beklommen starteten sie am sonnigen Nachmittag, aus ihrer Gartenarbeit winkte die Nachbarin einen Gruß. Marie und Rupert waren aber ganz versteinert. Auf den Äckern rollten die Traktoren lange Bahnen. Ein Molkereiwagen tauchte auf. Schon vor Leer der erste Stau, sagte Rupert, ich werde nicht selbstmörderisch überholen. Sie krochen hinter dem Milchwagen her auf die Autobahn. Im Emstunnel eine Spur gesperrt, danach die Straße verdächtig frei. Die Tachonadel kletterte auf achtzig, neunzig. Ein Klopfen unter der Motorhaube ließ die beiden aufhorchen.

Alles klar, sagt Mihajlo, nein, sagt Marie, doch kein Klopfen.

Als das sicher war, drehte Rupert das Radio an, um rechtzeitig den Stau vor Oldenburg zu hören. Es wird nichts nützen, sagte er, sie verpesten die Sender mit höhnischen Staumeldungen, unterbrechen die besten Features. Der ADAC hat seine Klauen überall, der gibt sich fürsorglich, verführt. Wem nützen diese Meldungen? Die Landstraßen um die Brennpunkte rum sind auch immer verstopft. Freie Fahrt für freie Bürger. Die Autogesellschaft gebiert Monaden, isolierte Egoisten, gepanzert in ihrem Blech. Egal, wie schwach und krank sie sind, im Auto fühlen sie sich mächtig, nageln los. Die Massenkarambolagen werden von Volk und Regierung hingenommen, es herrscht auf den Straßen Krieg. Marie bot Rupert eine Zigarette an, er sagte: Ich muss mich auf die Straße konzentrieren. Sie goss aus der Thermoskanne Tee in den Becher. Ohne sie anzusehen, streckte er die Hand danach aus.

Mihajlo sagt, das lässt hoffen.

Der Kladderadatsch wird kommen ab Delmenhorst, sagte Rupert, als Oldenburg schon weit zurück lag, spätestens kommt er ab Bremen, zur Rushhour. Da, und da, und da, jeder hier vor und hinter uns hat mindestens zwanzigtausend unterm Hintern, und die Gesichter ausgeleert, verzogen. Er nahm einen großen Schluck Tee und zündete sich eine Zigarette an. Hinter Bremen gab er Gas. Das Auto flog dahin mit 120 km/h. Wie gut, dass wir das Bild mitnehmen konnten, sagte Rupert, im Zug wäre uns ein Wochenendsoldat dagegen getreten. Er scherte aus, um einen LKW zu überholen. Beiseite, Knecht, sagte er. Der Fahrer wedelte sie lässig vorüber. Nuckelpinne, sagte sein Gesicht. Zu gütig, sagte Rupert. Wer überleben will auf der Straße, gibt Zeichen, anders kommt man nicht durch. Er stieß mit dem Ellbogen das Klappfenster an seiner Seite hoch, ließ den Arm draußen im Fahrtwind baumeln, klopfte aufs Außenblech seiner Tür. Das Radio brachte Mendelssohn-Bartholdy, Rupert dirigierte mit der Zigarettenhand, Marie brummte den Tenor. Erhöhtes Verkehrsaufkommen um Hamburg. Rupert blinkte, fädelte sich ein und fegte so dahin und sprach mit allen, bitte sehr, guter Mann, wenn du's eilig hast, kriegst du die Vorfahrt, man zu. Er tippte grüßend an den Schirm des Elbseglers. Denn es ist alles Kommunikation, sagte er, es will auf der Straße jeder Einzelne bestimmt nach Hause kommen, also hilft man sich gegenseitig. In Hamburg nahmen sie die Ausfahrt Horn. Danach sauste Rupert Tempo achtzig weiter, im schnellen Strom der anderen. He, sagte Marie. In Städten fünfzig! Ach was, er drehte das Radio lauter, panta rhei! Er schlug mit dem Finger den Rhythmus der Italienischen Sinfonie auf das Steuer und ließ sie am Steindamm raus, wo sie einen Freund treffen wollte. Er nannte drei Stunden Rheiderland-Hamburg von Tür zu Tür ihren neuen Rekord. Tschüss, Süße, sagte er, und seine Nasenflügel hüpften, acht Uhr Abendessen draußen bei Hanna in Volksdorf.

Wie stolz Marie auf ihren Mann war. Entwicklungsfähig und widersprüchlich. Stark und schwach und schnell und schön und klug. Sie sagte ihm: Ich zeig dich wegen mutwilliger Raserei bei der Regierung an. Er kitzelte sie am Ohr.

Mihajlo denkt an den Satz, der viele Märchen beendet. Und wenn sie nicht. Er hält seinen Mund.

Marie sagt, so etwas lässt sich nicht schreiben. Rupert

spottete zwar gern, besonders über sich selbst, aber solche Erinnerungen fände er albern. Mihajlo sagt, Frau Lehrerin, wenn man Sie hört, ist es erstaunlich, dass Sie je einen eigenen Satz zustande gebracht haben wollen. Sind Sie es, die schreiben, oder ein Dschinn? Du hast früher im Kurs gepredigt, man wäre als Autor zuerst und zuletzt nur sich selbst verantwortlich. Keinem Ehemann, keinem Verleger, keinem Gott, nur sich selbst. Das war für mein Gefühl eine Hokuspokus-Rede. Wer soll denn dieses Ich sein? Das ist ein fauler Zauber, eine Konstruktion. Wenn ich über Swantje schreibe, quatscht sie in meinem Kopf dazwischen. So wie du auch. Im Kursus bist du gern über abstrakte Wörter hergefallen. Wenn wir schrieben, jemand ist ein widersprüchlicher Charakter, fandest du das fad. Du hast uns damals schon von Ruperts Verwandlung beim Autofahren erzählt. Warum ich dich vorhin nicht unterbrochen habe? Ich wollte wissen, welche neue Variante der Geschichte es jetzt gibt. Ich hab nichts gesagt, sagt Mihajlo, aber deine Ehefrau an Ruperts Seite ist immer noch reichlich blass. Stimmt, sagt Marie. Vielleicht kann eine Gestalt so wie beim Puzzeln durch die umgebenden Figuren entstehen, als Hohlform? Mir zu hoch, sagt Mihajlo. Du könntest doch sie ans Steuer setzen und gegen die Autogesellschaft wettern lassen. M und Autobahnen und Fahrten in Hamburg, sagt Marie, so siehst du aus. Das ist surrealistisch. M wäre eine elende Fahrerin, und R ein lausiger Beifahrer. In dieser Ehe gäbe es eine klassische Rollenverteilung. Er Fahrzeug und Müllraustragen, sie Feudeln und Kochen, jedenfalls alles jenseits der Nudeln. Mihajlo sagt, ok. Vielleicht fällt dir was anderes ein, um sie kenntlich zu machen, wenn du von M und R schreiben willst.

*

Wetterumschwung wagt man es noch nicht zu nennen. Der Plattenweg im Hof ist aber jetzt seit Tagen trocken. Märzbecher und Krokusse, die lange innegehalten haben in ihrem Wachstum, scheinen die Flügel auszubreiten. Marie schwingt sich aufs Fahrrad. In Wandsbek gibt es einen Second-Hand-Laden, in dem man Kleider nach Gewicht bezahlt. Der Kilo-Shop vom Roten Kreuz. Die Räume sind so vollgestellt, dass die Kunden sich unvermeidlich berühren, Pardon, konzentrierte Gesichter, kurzes Lächeln. Ein Mann trägt einen Schwung langer Röcke für seine verschleierte Frau auf dem Arm, er sagt: Nächstes Mal gehst du wieder mit deiner Mutter. Marie ist schnell fertig mit den Einkäufen, einschließlich Anprobe. Bezahlt vier Euro für ein langärmliges schwarzes T-Shirt und einen schwarzen Pullover von Benetton. Beide Teile ohne Flusen, nicht ausgeleiert, die Nähte komplett. Die Kabine war geräumig. Kein Schweißausbruch beim Umziehen, kein klaustrophobisches Gefühl. Alles erledigt, ohne großen Aufwand. Nachlässig sieht sie an Kleiderreihen entlang. Dann geht sie noch mal in eine Kabine, zieht ein Kleid über. Anthrazitfarben, Leinen, Viskose, Seide. Am Rücken mit einem Reißverschluss zu schließen, der Rock ist in drei übereinanderlappenden Bahnen gearbeitet, er fällt etwas schwingend, bedeckt die halbe Wade. Der Blick in den Spiegel. Sie rafft den Stoff an den Seiten nach hinten. Das Kleid würde nur mit Abnähern passen. Dann wäre es ideal. Dieses Kleid, mit ein paar Abnähern, das wäre, das könnte Rupert gefallen.

Er nahm kein Blatt vor den Mund, wenn Marie von einem Besuch bei der Mutter zurückkam und Abgelegtes von Tante Gilgi mitbrachte. Sekretärinnencharme, sagte er, oder: Tantenschick. Das Second-Hand-Kleid würde ihm gefallen. Bestimmt. Marie hört ihn sprechen. Mit dir drin ist das Kleid eine stimmige Schönheit, sagt Rupert.

Jetzt ist die Kabine eng. Kein Mensch kann sich hier umdrehen. Die Luft im Laden voll Motten und Flusen, Schweißgeruch, dass man erstickt. Ein Hustenanfall. Marie fährt in Hose und Pullover, schnappt das Kleid, schludert es auf den Bügel, haut es auf den Ständer zurück. Wäre, könnte, würde. Sie jagt auf dem Fahrrad durch Seitenstraßen nach Haus.

Scheibenkleister, Himmelarsch, die Pest sollt ihr kriegen, zur Hölle mit euch, ihr könnt mich kreuzweise.

Was denn. Keiner hat ihr was getan.

*

Natürlich hat ein Schuppen wie der Kilo-Shop in Wandsbek samstagnachmittags geschlossen. Marie fährt nur vorbei, um sich davon zu überzeugen. Und um die regenschweren Wolken über sich zu genießen. Vor dem Secondhand-Laden stehen so wie am Vortag einladende Ständer mit T-Shirts. Im Verkaufsraum kein Schild: Damenmode ausgelagert nach Tostedt. Maries Kleid hängt noch da. Ist immer noch zu groß. Vormittags hat sie Mathias erklärt, warum die Anschaffung unsinnig wäre. Leinen und Viskose sind Sommerstoffe, und im Sommer trägt kein Mensch Strumpfhosen. Die müssen aber sein, denn bleiche nackte Beine scheuen das Tageslicht. Mathias sagte, er wisse von seiner Mutter, es gebe neben Sommer- und Winterzeit auch die Übergangszeit. Im Übrigen hätten Kolleginnen in der Schule erzählt, sie würden ihre Beine färben. Ob er sich vorstelle, Marie würde in ihrer Küche mit Bräunungscreme experimentieren? Vielleicht noch Gurkenscheiben auf die Augenlider legen, damit Volker aus dem Hinterhaus vorbeikäme, ein Buch zurückzugeben? Ihr Ruf wäre dahin! Solche Anwendungen nehme man im Badezimmer vor, sagte Mathias. Zeitaufwändig, maulte Marie, und sowieso müsse das Kleid geändert werden für teures Geld.

Wieder ein Sack Goldstücke weg, sagte Mathias.

Marie bezahlt samstags das Kleid, zwei Euro neunzig. Danach am Grabbeltisch, müßig. Ihr gegenüber hebt ein magerer Mann lächelnd Bügelfaltenhosen vom Ständer. Er trägt einen Anzug, Weste, Hemd, dazu eine Halskette aus rosa Kugeln. In seinen Ohrringen dasselbe Rosa. Auf dem Kopf ist ein getupftes Taschentuch in wenigen flaumigen Haaren befestigt, mit glitzernden Strassklemmen. Die Hände des Herrn sind Damenhände. Schmal, gepflegt, beringt, die Nägel rosa lackiert. Die dürre Frau wühlt in der großen Schultertasche. Sie oder er, unklar. Krebs vielleicht, oder Aids, oder eine andere Sorte heutiger Pest. Der Mann oder die Frau lächelt in sich rein. Gönnt sich Zeit im Secondhand-Laden.

Man solle es sich schön machen, auch in den Wochen von Chemotherapie und Bestrahlung. Viele Freunde hatten Vorschläge, fahrt mal zu Thieß nach Bordesholm, der bringt euch zum Einfelder Moor. Oder, wenn die Behandlung vorbei ist, eine Woche lang Rügen. Ihr könntet Seeadler beobachten. Rupert winkte ab. Nicht jeder konnte sich denken, dass auch bestens organisierte Reisen ihn anstrengten, schon in der Vorstellung. Dass es ihm reichte, mit Marie Shortbread zu backen, wie immer. Alles wie immer. Monatelanger Ritt über dünner werdendes Eis.

Aber jetzt trudelt Marie von Wandsbek zurück nach Sankt Georg, am Fahrradlenker baumelt ihr Einkaufsbeutel. In der Wohnung streift sie das Kleid über, führt es oben erst Mathias vor, der backt gerade Rosinenschnecken und sagt, perfekt. Ein Stockwerk drüber sieht Heiner nach seinem Lavendel auf dem Balkon. Schön, sagt er herzlich. Zu welchen Anlässen willst du das Kleid denn anziehen? Marie blafft ihn an. Nur allein! Nur so, ohne Hochzeit, Kindstaufe, Trauerfeier! War nur eine Idee! Heiner empfiehlt ihr die Änderungsschneiderei in der Danziger Straße. Rupert sah es gern, wenn Marie schwarz trug. Wirst mal meine schöne Witwe, sagte er.

*

Es war nicht so schwer, als es regnete.

Als alle im Viertel mit hochgezogenen Schultern jede mögliche Abkürzung nahmen, als sie Schutz suchten unter jedem vorspringenden Dach.

Als alle Fußgänger den großen Pfützen auswichen

und von vorüberfahrenden Autos bespritzt wurden, als sie vielsprachig fluchten.

Als es schon nachmittags dunkel wurde. Als auch tagsüber in den Wohnungen die Lampen brannten.

Jetzt fallen die Mützen, Kapuzen, Kappen, Wollschals, und die Regenschirme hängen eingerollt in den Garderoben. Jetzt sind die Bänke im Lohmühlenpark besetzt. Jetzt halten die Leute ihre Gesichter der Sonne entgegen. Jetzt stehen vor dem Café Gnosa in der Langen Reihe erstmals wieder Tische draußen auf dem Bürgersteig. Jetzt blühen im Hinterhof Märzbecher, Krokus, Winterlinge und Christrosen.

*

Auf dem Verlaatsfriedhof gräbt Marie Tulpen ein. Nieselregen, verhangener Himmel, Windstille. Dohlen kreisen schreiend um den Kirchturm, an dem eine Fahne angebracht ist, die reformierten Gemeinden feiern das Calvin-Gedenkjahr. Am Kopf- und Fußende von Ruperts Grab schimmern die Steine, die Marie und Freunde aus Ostfriesland mitbrachten. Mihajlos Gerbera ist verschwunden, wahrscheinlich hat Gerda sie weggeworfen, als sie verblüht war. Kein Mensch um die Mittagszeit auf dem Friedhof.

Onnos Schmiede ein paar hundert Meter weiter ist abgeschlossen. Marie geht durch den Hintereingang ins Wohnhaus, dem Geräusch des laufenden Fernsehers nach, klopft an der weiß gestrichenen Stubentür. Onno liegt auf dem Sofa und ist sofort auf den Beinen. Seine Frau steht aus dem Sessel auf und setzt sich wieder. Ihre Hände zittern unaufhörlich. Onno und Marie umarmen sich. Ich wusste, du siehst heute rein, sagt er. Klaus im Laden hat von Gerda gehört, dass du kommst. Er hat's mir gleich gesagt.

Der Dorfschmied: Achtzig Jahre, wie immer in der blauen Arbeitsjacke, Mütze auf dem Kopf, die Hände kaum ölverschmiert, das ist ungewohnt. Er kommt fast gar nicht mehr zum Arbeiten. Die Trecker mit der Computertechnik schickt er sowieso schon seit Jahren gleich weiter nach Bunde, aber zu Anfang des Frühjahrs ist es doch immer wieder dasselbe. Plötzlich fällt allen Nachbarn ein, die Rasenmäher und die Räder müssen nachgesehen werden.

Onnos Frau steht auf und setzt sich. Marie geht zu ihr und gibt ihr die Hand, Moin, Jakoba. Sie erkennt dich nicht mehr, sagt er. Mich vielleicht noch manchmal, selten. Mit dem Essen geht es schlechter, ich füttere sie. Der Pflegedienst würde das übernehmen. Aber noch kann ich. Die Bronchitis in den letzten Wochen. Die hat mich umgeworfen. Zwei Wochen lang Antibiotika. Und dann hat sie sich angesteckt. Sie schläft aber die letzten Nächte durch. Sonst immer zweimal mit ihr raus. Wie gut, dass wir das Badezimmer ausgebaut haben. Sie hat darauf bestanden. Ich wollte nicht.

Im Wohnhaus bei Onno und seiner Frau ist fast alles beim Alten geblieben. Möbel und Blumentische, fünfziger Jahre. Allerdings mittlerweile ein schnurloses Telefon. Er fragt, ob Marie Tee trinken will. Nein danke, Formalitäten sind zwischen ihnen nicht mehr üblich. Im Zweifelsfall würde Marie in der Küche Tee für sie beide machen. Onnos Frau steht auf und setzt sich. Lev, sagt er, bliev man sitten. Wenn ich mal nicht mehr kann, was soll dann werden? Deine Schwester und der Pflegedienst und Pastor Heiko, fragt Marie, berätst du dich mit ihnen? Hier und da. Es muss erst was passieren, bevor die Ämter sich blicken lassen. Gegen den Pflegedienst ist aber nichts zu sagen. Und meine Schwester kocht jeden Tag hier für uns alle drei. Dabei läuft ihr Laden noch immer. Ganz aus Bunde und Weener fahren sie her, um bei ihr Schuhe zu kaufen. Ich bin mit den Rasenmähern im Rückstand, ich komme kaum raus in die Schmiede. Neulich, ich war nur eben bei Klaus im Laden, ist Jakoba zu Fricke gelaufen, da wohnten früher ihre Eltern. Sie hat sich wohl erinnert. Alles nur noch alte Leute bei uns, vom Kriegerdenkmal bis zum Abzweig nach Heinitzpolder. Bald gehen in Verlaat die Lichter aus.

Onnos Frau steht auf und setzt sich. Er sagt, sie lebt und lebt auch nicht. Und keine Kinder, keine Enkel. Aber der Neffe ist gut. Der hat im Herbst die Walnüsse gesammelt. Du nimmst ein paar mit. Wie sollen wir Nüsse kauen mit unseren Zähnen. Onno füllt Marie eine Tüte ab. Ich fahr dich gleich rüber zu Gerda. Musst du dich nicht abschleppen.

Als Marie und Rupert noch im Dorf wohnten, kam er gelegentlich auf einen Tee vorbei. Seine schwere schwarze Ölhand rührte in der Ostfriesentasse die Sahne um. Er griff nach dem Shortbread. Gern sprach er mit Rupert über Vögel und Philosophie. Warum muss Bauer Bronsema die Schwanennester und sämtliche Eier zerschlagen aus Angst um seine Böschung am Tief. Bronsema versucht auch, Nonnengänse zu vertreiben, die auf seiner Wintersaat hocken. Vergeblich will er zeigen, wer der Herr im Haus ist. Onno fühlte wenig Mitleid mit Bauern. Natürlich waren nicht alle Polderfürsten wie Dierksen, der seiner Mutter, Melkmagd, verboten hatte, die Küche je zu betreten. Es waren aber auch unter den kleineren Polderbauern viele Nazis. Onno und Rupert landeten immer beim Krieg und den Nazis. Immer von dort aus die Frage nach dem Gehorsam. Sie alle hätten damals nicht gehorchen dürfen, fanden sie. Onno kam dann auf die Bibel, der man folgen müsse. Bis dass der Tod euch scheidet. Kinder wären schön gewesen, sagte er jedesmal. Im Dorf hieß es, Jakoba is een bietje besünners. Nur unter vier Augen schwang Gerda sich einmal auf zu der Bemerkung, Jakoba putzt gründlicher als wir alle zusammen. Irgendwann stellte Marie fest, dass Rupert die Küche verließ, wenn Onno nach den üblichen drei Tassen Tee aufstand. Rupert machte sich draußen zu schaffen, damit der Nachbar sich allein von ihr verabschieden konnte. Marie überlegte damals, ob sie selbst so was wie Tee und Shortbread wäre. Was alles man dem Gast anbietet. Sie musste das mit sich zuerst alleine klären. Dann war es einfach, denn sie mochte Onno gern.

Seine Frau steht auf und setzt sich. Er holt ihre Medizin, drink dat man ut, lev, sagt er. Jakoba ist im fünften Jahr demenzkrank.

Nu heb ik mit achtig Joohr an lütje olle Wicht, sagt er, blot, det sej mi nie erkennen deijt. Jakoba steht auf und setzt sich.

*

Und morgen. Vielleicht bin ich morgen ein Argentinier, dann werde ich mir Argentinierinnen spendieren. Oder ich werde aus den Schaufenstern der schönen Viertel Amsterdams die schlanken Lianen pflücken. Sie haben die Hautfarben der Frauen, die man aus romanischen Städten exportiert.

Ein Chanson von Jacques Brel, Friedo hat aus dem Text einen Comic gemacht, er schickte ihn auch an Marie. Schon aus den Bildern wird klar, das ist ein Liebes- und Sehnsuchtslied, mit düsterem Ausgang anscheinend. Mathias warnt Marie, er könne höchstens eine Rohübersetzung versuchen.

Morgen will ich die Frauen katzenhaft. Ich will sie mit ein wenig Brillantine auf den Zungenhaaren. Mathias sagt: Haare, die an der Zunge kleben? Ziemlich obszön, ein Wortspiel vielleicht, keine Ahnung.

Die Frauen werden frisch wie Mangofrüchte sein, und ihre Ungeschicklichkeiten mit Stößen der Brust und dem Arsch ausgleichen. Morgen werde ich Spanier sein. Kleiner Arsch, großes Auto. Ich hau sie mir alle in die Pfanne. Oder ich jage in Hamburg den Carmencitas aus der Vorstadt hinterher. Sie holen uns ein mit Syphilis. So ähnlich meint er das wohl, sagt Mathias.

Oh, ich will die Frauen frisch und froh, sie sollen rangehen an den Mann, ohne Palaver. Halb Andalusierinnen, halb onduliert. Versteh ich nicht, sagt Mathias, ich mach erstmal weiter. Was heißt das? Gestapotter? Tapoter heißt tätscheln. Will Jacques Brel damit sagen: Frauen, die man nach Art der Gestapo packt? Was für eine Tür geht auf, wenn man sich identifiziert mit der Gewalt der Gestapo. Andererseits, die Dämonisierung der Nazis, ihre Abtrennung vom Rest der Menschheit ist auch ein Irrtum.

Frauen, die man hart anpackt, weil sie noch immer nicht wissen, Franco ist tot. Es gibt Abende, an denen bin ich Caracas, Panama, Partagas. Kein Wunder, dass Brel Hafenstädte aufzählt, sagt Mathias. Rotlichtmilieu für Seeleute.

Ich bin der Schönste und geh auf die Jagd, ich schwebe von Palast zu Palast, um das große Los aus dem Nest zu ziehen. Die Frauen warten nur auf meinen Gnadenstoß. Brel wird in Frankreich immer wieder von Feministinnen angegriffen.

Ich will die Frauen durchgeknallt wie Tunten. Mit alten Vorhängen bedeckt, verflüchtigen sie sich nach und nach. Wer verschwindet, fragt Mathias, die Vorhänge?

Die Frauen würden immer schon auf mich warten. Umgeben von Schlangen und Pflanzen, umgeben von den Büchern Dutourds. Aber heute Abend gibt es keine Argentinierinnen, keine Hoffnung und keinen Zweifel, nein. Heute Abend regnet es in Knokke-le-Zoute. Heute Abend gehe ich nach Haus, wie immer abends, das Herz verloren, und unter dem Arm der Schwanz. Mathias sagt, wie macht er das.

Heute Abend keine Argentinierinnen in Knokke-le-Zoute.

Friedos genießerisch gezeichnete bunte Bilder. Nur für die letzten drei Panels hat er dunkle Blautöne gewählt, die begleiten den schweren Abend ohne Argentinierinnen, das schwere Aber. Ein Mann kniet im Halbdunkel vor seinem Fahrrad, schraubt vergeblich, dann geht er zu Fuß durch Regenwind nach Haus.

Heute abend keine Argentinierinnen in Knokke-le-Zoute, und Sublimierung in Alençon. Gezeichnete Wünsche und Wirklichkeiten.

Mathias sagt, aus der ganzen Bande von Ruperts Kindern ist Friedo der freie Geist. Gut für die Patienten bei ihm in der Psychiatrie.

Marie sieht den Stiefsohn vor sich, wie er die Hände ausbreitet in einer ergebenen Geste, die Rupert gern nachahmte. Bei den beiden steckte allerdings in aller Ergebenheit immer ein Aber. Zu seinem Comic schrieb Friedo, ihn interessiere der Widerspruch zwischen Alltag und Abenteuer, Ordnung und Chaos. Viele seien zufrieden mit ihrem Leben, oder sie fürchteten Überraschungen. So begnügten sie sich mit Vertrautem. Bei anderen dagegen eine unstillbare Sehnsucht. Zugegeben, er selbst habe Alles. Es müsse aber mehr geben als Alles.

Marie sieht seine Arme ausgebreitet. Und Häwelmann rief dem Mond zu, mehr! Leuchte, alter Mond, leuchte!

Sie hatte Friedo in ihrem letzten Brief von einem Wiedersehen mit Achim erzählt, dem Freund aus der Schulzeit, der unlängst mit ihr am vereisten Elbufer durch den Sand lief. Sie überreichten sich Strandgut, ein schwarz verbranntes Wurzelstück, einen vom Wasser glattgeschliffenen roten Glassplitter. Sie wärmten Geschichten aus der Zeit auf, als sie sich nur zu knuffen wagten. Achim, dreizehnte Klasse, Marie in der elften, ihre Radtouren durch den Westerwald. Besuch bei einem Imker, die Stiche der Bienen. Da merkt man, dass man lebt, hatte Achim gesagt. An der Elbe legte er

Marie den Arm um die Schultern. War ich anfangs so fromm im Weltschmerz? Sie legte ihren Arm um ihn. Wir zogen uns damals die Stacheln aus, strichen uns gegenseitig Spucke auf die Einstichstellen. Wir sind fast weggeflogen vor lauter Leben.

Marie hatte Friedo von diesem Wiedersehen geschrieben. Jetzt schickt er seine Zeichnungen, Brels Text. Er hat ihr was anvertraut von sich selbst, von seiner Zerrissenheit zwischen dem Alltag und den Träumen.

Vielleicht will er ihr außerdem etwas raten. Sie ist nicht sicher, was er meint.

Sie knurrt ihn in Gedanken an. Jawohl, Herr Psychiater. Wer morgen erst im Westerwald schöne Spanier pflückt, wer morgen erst schwebt von Palast zu Palast, der steht heute Abend im Regen. Wer morgen erst frisch ist wie eine Mango, sieht heute Abend alt aus und geht, das Herz verloren, allein nach Haus. Meinten Sie das, Monsieur? Wollten Sie mir sagen, es ist notwendig, in der Gegenwart anzukommen, bei alten Schulfreunden oder neuen Männern, alles jetzt heute und hier? Vielleicht auch noch was mehr als Alles? Sie zischt Richtung Frankreich: Es ist nicht mal neun Monate her!

Vor ihren Augen trägt der Stiefsohn wieder sein grünes Zauberkleid mit den gemalten und gestickten Tieren. Er breitet die Arme aus wie ein Priester, murmelt sein Aber, sein Abrakadabra.

Lass die Faxen, sagt sie scharf. Gib mir meinen Mann wieder.

*

Ein Abendessen im Juli. Rupert hatte sich Hühnersuppe gewünscht. Während er bei der Bestrahlung seiner Metastasen war, gestützt von Thieß, zupfte Marie das Fleisch vom gekochten Huhn, schnitt Sellerie, Lauch, Möhren, setzte Reis auf. Rupert hatte gesagt, sein Sohn Florian, aus England zu Besuch, würde abends kommen, er könne mit ihnen essen.

Rupert kam von der Bestrahlung zurück, er legte sich gleich hin. Thieß sagte Marie in der Küche, das sei die letzte Bestrahlung gewesen. Sie zeigte auf den Plan an der Küchentür, auf weitere Termine. Und war aber dabei gewesen, als der Arzt im Röntgenhaus Rupert gesagt hatte, die Bestrahlung sei nun nicht mehr kurativ, lediglich palliativ, und wenn es zu schwer würde, könne er jederzeit abbrechen. Judith und Marie hatten den Arzt hinter Ruperts Rücken gefragt, wie das wohl weitergehe. Er hatte ihnen gesagt, was eintreten könne, nicht müsse. Eine Aufzählung hässlicher Möglichkeiten. Judith hatte Marie in den Arm genommen.

Florian kam zum Abendessen, auch der Hausarzt, den Rupert dringend gebeten hatte, auf einen Sprung vorbeizusehen. Die beiden kannten sich seit den siebziger Jahren, aus Diskussionen innerhalb der Linken.

Marie löffelte Reis in die Teller, schöpfte Suppe darüber. Rupert wollte nur die Brühe, in einer Henkeltasse. Ihm fiel neuerdings oft etwas aus der Hand. Er sagte: Ich geh nicht mehr zur Bestrahlung. Ich setz das Kortison und die anderen Medikamente ab. Ich höre auf zu essen.

Der Arzt fragte ihn, hast du Schmerzen? Nein? Also bedenk mal alles. Das Kortison kann deine Metastasen eindämmen, außerdem kann es dir helfen, klar im Kopf zu bleiben.

Rupert lächelte ihn an. Vielleicht will ich nicht klar sein. Vielleicht schafft Klarheit auch mein Herz.

Jetzt sind alle Besucher weg. Jetzt zieht er sich aus, jetzt nimmt er aus den Hosentaschen Lupe, Messer, Taschentücher, Schlüssel, seinen Lieblingskiesel, und das Portemonnaie mit der Pirolfeder. Jetzt legt er alle seine Frösche auf den Küchentisch wie immer. In Maries Zimmer hängt er jetzt seine Kleider über den Stuhl. Jetzt legt er sich ins Bett.

Ein paar Tage lang auf dem Stuhl die Kleider, helle Leinenhose, weinrote Weste, grünes Flanellhemd, Tuchjacke, Unterwäsche. Wie immer hat er seine gestopften Socken über die Schuhe geworfen. Alles wie immer.

Bald kommt zum großen Bett ein Pflegebett. Bald bringt Marie Ruperts Kleider in sein Zimmer runter. Sie trägt eins seiner Lieblingsbilder nach oben. Sie weiß nichts.

Wirst du nie wieder deine Leinenhose anziehen? Fragen, die man nicht stellt.

Ein neunter im Juli. Ein beliebiger Tag, ein beliebiger Monat. Ein Datum, eingeritzt.

Das war, als mein Liebster sich aufgab.

*

Nein, sagt der Arzt, sagen Hanna und Judith. Aufgeben ist das falsche Wort. Sieh es so: Er hat sich selbst bestimmt. Als es ihm zu schwer wurde, hat er das Seine getan oder eben gelassen. Du hast gehört, welche Entwicklungen der Strahlenarzt erwog. Rupert hat sich auf seinen Weg gemacht. Marie sagt ja.

*

Das Beruhigende der Chronologie liegt im Vorgang des Zählens. Schritte, einer nach dem andern. Über eine Ebene, bergauf oder bergab. Einer Liebeserklärung folgt die Ehe, der die Trennung folgt. Aber solch eine Ordnung gibt es nicht in der Erinnerung, in den Gefühlen.

Und als das Zittern kam, Aurum lavandula, dein aufgestelltes Bein bebend, du wolltest dich aufrichten, dunkel der Raum, ein Dazwischen. Die Vorhänge waren zugezogen, es ist dunkel im Abteil im Zug von Westberlin Richtung Hamburg. Am Bahnhof Zoo auf der Brücke über dem kleinen Wasser fragtest du mich.

Etwas fliegt auf.

Ein Zweig trieb auf dem Wasser als Zeuge, wir werden im Zugabteil alles sagen. Wir nannten uns eine Unmöglichkeit. Wir stehen am Abteilfenster der Reichsbahn. Das Zittern kommt vor dem Morphium, dazwischen war ein grüner Kuss. Wer sollte nicht gehen, mich ruft mein Liebster. Wie ich dich. Wir sind eine Möglichkeit und alle Vögel schrien, als wir mit dem Teppich auf dem Acker landeten. Du schweigst, in deinem Koffer meine Scherben, mehrfach bis aufs Blut gereizt, und wir sind eine Wirklichkeit und eine Zeit in anderen Gleichzeitigkeiten.

Wann war es, dass zuletzt die Balz der Schwäne mit grüner Schleife geschmückt war, sie tunken die Hälse rhythmisch ins Wasser, kopfüber schnäbeln, der Himmel im Wasser gespiegelt. Weiter draußen fliegt im Siechkobel Gianozzo.

Auf dem Krankenbett Großhansdorf lagen wir, zwei Löffel sind wir ohne jede Angst während der zweiten Chemotherapie. Nach der dritten Therapie die zweite Lungenentzündung, bitte iss noch einen Löffel, drei vier fünf sechs sieben, Leib bleib lieb.

Es tanzt Mijnheer Liebermann auf dem verschneiten Acker, über den Steindamm, er zündelt, wer sollte nicht gehen.

Wann war unser letzter Spaziergang. Deine Brust gezeichnet mit der Schrift, der Atlas der Bestrahlungen. Doch weichet, doch wei-hei-hei-chet, doch weichet ihr tollen vergeblichen Sorgen, das Wasser fließt in die Badewanne, die fremden Zeichen verschwimmen. Es bleibt die Landkarte der Leberflecke.

Nebel über dem Polder, wir werden weit hinausgehen und einen einzigen Schatten werfen im Licht der Kerze im Badezimmer, der Spiegel beschlagen. Das Zimmerfenster nachts weit geöffnet, wie es der Brauch ist am Ende.

Anfangs sind eins und eins ein grüner Schoß, und auf die Entdeckung der Lungenentzündung folgt die Entdeckung des Tumors, August, es ist im Hof ein Sommerfest während du wartest, jeden Tag weniger Schlucke Wasser, sieben, fünf, ein Becher an deinen Lippen. Nuscheln und Lallen, tonlose Rede, wir schweigen.

Wer wollte nicht sehen die Schritte von dir, dein roter Fuß. Unausgesprochen bleiben falsche Wörter. Dehydrierung, Infusion.

Augenlider sprechen. Wann wüsste man, nach diesem Kuss wird nie mehr einer kommen. Schreiben, um zu vergessen, dass wir Vergangenheit sind. Erst dies vergessen und dann das. Wer raucht, wird Asche werden, Staub, apenas pó, und Linos Vater in der Quinta schläft am Feuerplatz. Ein Löffel voll Staub ist kein Essen, sieben Schluck Wasser, fünf, unter der Brücke der Zweig auf dem Wasser hat alles gehört. Aurum Lavandula heißt die Salbe für das geängstigte Herz, der Zweig ist fortgetrieben, als wir zitterten.

Wann hat das Zittern angefangen. Mathias ist Zeuge, jeden Tag im Sommer eine Stunde, bis ich wieder bei dir bin. Es ist eine grüne Schleife. Es war eine rote Ferse. Ließ schlafen, ließ dich, schlief ich, wachte auf und wartete auf was.

Wann war es auch vorbei mit unsern gemeinsamen Wörtern. Die Sorge um ein Hemd aus Federn, ums Rot der Ferse, um deine verletzte Zunge die tollen vergeblichen Sorgen, wer sollte nicht gehen.

Wann kann ich sterben, fragst du. Du isst nicht, sage ich. Dann ist es gut, sagst du.

Im Bett sind wir Löffel. Genug, dass ich dort reich und selig bin. Wir können uns noch ansehen.

Wann wird der letzte Blick gewesen sein.

Schreiben, um zu vergessen. Für einen einzigen Satz werden zahllose Bilder gelöscht. Du gehst den Weg am Tief entlang, den Einkaufskorb am Arm, du winkst mir ins Zimmer. Du richtest dich auf, greifst nach dem Wasserbecher, setzt ihn selbst an deine Lippen. Das ist ein guter Tag.

Wir sind keine Gegenwart, keine Wirklichkeit, wir sind nichts. Die Frösche liegen auf dem Tisch. Wir können uns noch fühlen im dunklen August. Der rote Vorhang vor dem Sonnenlicht, der Schatten der Kastanie. Haarbüschel auf dem Kopfkissen. Das Leben in dir riechen, dir vom eigenen geben wollen, mehr Küsse, mehr Wörter. Grün sind wir verschlungen.

Offene Augen, die nicht mehr sehen. Wie du willst.

Tonloses Betteln, bitte. Wie ich will. Ein Jahr noch, einen Monat, einen Augenblick, zurück. Alle Zeit noch einmal. Um alles gut zu machen, dir zuliebe.

*

Warum noch immer nicht fertig in einer runden Ruhe, Tante Gilgi versteht es nicht. Sie selbst hat ihren Mann verloren vor zwei Jahren, aber es war gleich alles gut, sie konnte Cornelius ziehen lassen. Euch fehlt der Glaube. Sie sagt Marie am Telefon: Das Schlimmste ist das Warten auf den absehbaren Tod des Partners. Das hast du hinter dir.

Was meint die Nichte? Marie behält den Satz für sich.

Man möchte das Schlimmste manchmal nicht hinter sich haben.

Natürlich, sagt die Tante, war ich traurig, aber ich hab an den Kindern und Enkeln viel Freude. Du kannst das nicht verstehen. Stiefkinder und Stiefenkel sind etwas anderes. Du musstest nie stark werden für ein Kind. Du weißt auch nicht, was man für eine Last mit ihnen hat, oft bis ins hohe Alter. Erst müssen sie unbedingt heiraten, dann kriseln die Ehen. Hier eine Trennung, da ein Seitensprung, dort eine ernste Affäre, man kommt überhaupt nicht mehr mit! Tante Gilgis eigener Sohn meint mit fünfzig, noch einmal neu anfangen zu müssen! Will die Frau mit dem Haus im Stich lassen! Zugegeben, die Schwiegertochter war immer, hier wollen wir schweigen. Wer hat aber schon vor zwanzig Jahren gewarnt und gesagt, deine Künftige hat ihren eigenen Kopf? *Häschen Prosit wird durch Schaden klug*, sagt Tante Gilgi, weißt du noch? Klar, sagt Marie, das Buch kam von dir. Aber mein Sohn hört auf seine alte Mutter zuletzt, sagt die Tante. Diese Neue, wenn sie es denn ist und bleiben wird, hat einen Tonfall am Leib, da wird ein sensibler Mensch gleich hellhörig. Sie kann sich selbst gut ausmalen, was los sein wird nach dem ersten Frühling, und wenn er auch dreißig Jahre dauert: Der Sohn wird gestehen müssen, seine alte Mutter hatte recht. Dann ist er achtzig, sie jenseits der hundert, wieder steht er mit leeren Händen vor ihr, also was soll das Theater.

Er hätte gleich bei dir bleiben sollen, schlägt Marie vor.

Eben! In diesem Sinn hat die Tante auch Maries Mutter aufzubauen versucht. Sollen die anderen Töchter in ihren gefährlichen Liebschaften taumeln, lass sie. Eine trauernde Marie kann man verstehen. Die ist jetzt eine von uns, die wird sich jetzt etwas mehr um dich kümmern, das steht zumindest zu hoffen. So Tante Gilgi zur Mutter. Und weiter zu Marie: Hast du dir eine Zigarette angesteckt? Ich hör doch ein Streichholz, sagt sie der Nichte ins Telefon. Die bläst geräuschlos einen Schwall Rauch aus dem Mund und faselt was von einer angesteckten Kerze. Lügen, lügen, immer nur lügen.

Tante Gilgi hält sich damit nicht auf, nur einen Rat will sie noch geben. Stell dir das Leben als Witwe nicht einfach vor. Du hast noch deinen Ring? Trag ihn weiter, sonst bist du Freiwild. An jeder Ecke lauern sie, um unschuldig nach der Uhrzeit zu fragen, die Tante hat es erlebt. Nicht mal Alter und Ring sind ein Schutz! Die jagen am helllichten Tag, in tiefster Nacht, beim Schlachter, besonders gern in der Kirche. Besser, man hält sich an die, die man kennt. Aber glaub nicht, du wirst mit Freuden von ihnen empfangen. Du bist nicht mehr Teil eines Paares. Du bist ein potentieller Jäger, und so werden deine Freundinnen dich ansehen, wenn du mit ihren Männern lachst. In deinem Alter sollte man ohnehin seine Balance gefunden haben, bedauert Tante Gilgi. Aber du warst schon als Kind nur Himmelhochjauchzend oder Zutodebetrübt. Mitleidige Freunde werden dich vielleicht verkuppeln wollen. Hier ist besondere Vorsicht geboten. Welche Männer deines Alters werden schon allein sein? Die Tante will nicht gleich den stillen Killer an die Wand malen. Aber irgendwas muss dran sein. Oder eben nichts ist dran an einem Mann, wenn der alleine ist. Solltest du je an schuldlose Witwer denken: Die schlag dir gleich aus dem Kopf. Sie hängen an ihren toten Frauen, gegen die kommst du nie an. Lass die Finger von den Männern, rät die Tante, bleib bei uns.

*

Obama im Helikopter mit Frau Merkel. Ach so. Den kennst du schon?

Ein Essen beim Chinesen. Die Journalistin Almut, mit der Marie zusammen studierte, möchte nach allerhand schlechten Männererfahrungen wissen, was andere von ihrem neuen Freund halten. Stefan der Zweite rettet sich in Witze, während sie essen. Er und Almut sind geschickt mit den Stäbchen, schieben sich gegenseitig die Bissen zu. Das letzte Stück Ente nimmt Almut in die Finger, steckt es ihm in den Mund. Später, während er draußen ein langes Telefonat führt, die Tochter aus seiner ersten Ehe wird heute zwanzig, sagt Almut: Es fing in der Sauna an. Er hat mich angestarrt und ich zurück. Drei andere schwitzten neben uns. Die Atmosphäre fing an zu knistern. Wir haben uns nicht angefasst, kein Wort gewechselt, aber mit Blicken Unzucht getrieben. Ich steh auf den Hemingwaytyp, und ich steh dazu. So lang er nicht dumm ist wie Stefan der Erste. Der hat sich für intellektuell gehalten, weil er Hegel referieren konnte. Ich nenne das einen Irrtum.

Almut klappt ihr Handy auf und liest Marie zwei SMS vor. Sie sagt, je größer die Lust, desto barbarischer die Sprache. Da kannst du sehen, wie es abging. Ganz und gar nicht literaturfähig. Letzte Woche schließlich hat er mich besucht. Wir haben es nicht bis ins Bett geschafft, es ging noch im Stehen zur Sache. Mein Sohn wäre vom Glauben abgefallen, wenn er uns gesehen hätte. Die Youngsters haben keine Ahnung. Unschuldig ist antibiotisch. Weißt du noch diese junge Autorin mit ihrem Spruch, wir rauchen beim Vögeln? Die hat was falsch verstanden, wenn sie dabei die Fluppe braucht. Mein Sohn kommt nicht in die Hufe. Vierundzwanzig, immer noch allein. Er denkt, bei unsereinem ist der Ofen aus. Rot wäre er geworden! Hast du auf Stefans Schlips das Muster gesehen? Weiß nicht, sagt

Marie. Den hab ich ihm gestern gekauft. Er ist dezent gemacht, subtiler als Arcimboldo, sagt Almut. Wie ist es, nickst du Stefan ab? Ich weiß schon, was du denkst, ich zieh mein Ding ohne zu fragen durch. Richtig. Ich fühl mich unvollständig ohne einen Mann an meiner Seite. Es hat gedauert, sich das zuzugeben. Vielleicht machst du es anders. Jeder, wie er kann. Und weißt du was? Ich hab einen richtigen Arbeitsschub! Alter Erfahrungswert: Wenn es auf einer Ebene gut läuft, geht's auf der anderen auch ab. Stefan quasselt aber lange da draußen. Du siehst übrigens gut aus. Nicht mehr so dürr. Schau mich mal an. Bin ich vielleicht zu dick? Marie sagt, höchstens an den Ohrläppchen. Immer noch die spitze Zunge, sagt Almut, aber da siehst du, es tut dir gut, rauszukommen. Immer nur zu Haus, da fällt dir doch die Decke auf den Kopf. Lass stecken, wir bezahlen. Und glaub mal: Alles kommt bald wieder, Arbeit und Liebe. Was brauchen wir mehr? Oder sieh es so: Du hast jetzt eine Auszeit. Du darfst befremdlich sein, und jeder hat Verständnis. Du bist frei. Vergiss auch nicht, wie oft du früher fertig warst. Jetzt kannst du tun und lassen, was du willst. Alle sind nett. Vorhin bei dir in der Wohnung immer noch so viele Blumen! Weißt du noch unsere Uni-Zeiten? Wir haben uns gegenseitig mit Hasch, Tsatsiki und kryptischen Büchern beglückt. Ein Husch, sagt Marie, und wir sind in dem Alter, uns gegenseitig Kognakbohnen zu schenken, oder 4711. Almut klapst sie auf die Hand, hör auf zu unken. Wir werden nicht wie unsere Großmütter, und bis dahin ist es noch weit. Jetzt sind wir in der Blumenphase.

*

Marie quetschte den Strauß in einer Hand, die andere hielt einen Schirm. Sinnlos bei Platzregen in New York City. Sie war nass von Schweiß und Regen. Es war noch in der Verlaatszeit gewesen, als sie zehn Wochen lang Stipendiatin in den USA war, in Ghent, zwei Zugstunden nördlich New Yorks. Manchmal fuhr sie dorthin, um die Stadt zu entdecken, vor allem die Brücken. Bernhard hatte sie eingeladen, Ruperts früherer Lektor lebte dort einige Jahre. Es war nicht ihr Tag. Sie verlief sich im Schachbrettmuster Manhattans, als sie nach Blumen suchte. Sie kam zu spät.

Bernhard nahm ihr den Strauß ab, löste die knisternde grellbunte Folie. Im Deli hatte es keine große Auswahl gegeben, sie hatte fast blicklos zugegriffen. Jetzt sah sie: Drähte um Blumenhälse. Eine besenreitende Hexe. Einen kleinen Halloween-Kürbis aus Plastik. Künstlich gefärbte Blätter, mit Goldstaub überzogen. Marie, atemlos von den vier Stockwerken zu seinem Apartment hoch, schwitzte und tropfte. Er gab ihr ein Handtuch, suchte nach einer Vase, stellte den Strauß zur Probe hinein. Sie rubbelte das feuchte Haar. Er schnitt den Faden auf, mit dem die Blumen zusammengehalten waren. Er befestigte die Hexe am Kühlschrankgriff, den Kürbis legte er in eine Nussschale.

Er ließ sich Zeit. Die Gerbera befreite er von den Drähten, er schnitt alle Stängel frisch an und fand eine Vase mit breiterer Öffnung. Marie putzte die Brillengläser trocken. Schöne Chrysanthemen, sagte Bernhard und stellte sie in das Gefäß. Sonnenblumen hatte ich mal in Hamburg in einem Hinterhof, sagte er und stellte die Sonnenblumen zu den Gerbera und Chrysanthemen. Es war, als begrüße er jede Pflanze, die er nach und nach zu einem neuen Strauß anordnete. Welke Blättchen zupfte er weg. Bernhard kannte Rupert seit den sechziger Jahren, sie waren Freunde geworden, auch wenn sie oft über Sprache stritten. Brauchte man neue Ausdrucksformen, Gegenläufiges, weil die alte Sprache verhunzt war, gründlich verkommen, oder taugte sie als Suchinstrument nach wie vor? Die beiden sahen sich selten, es war aber eine schweigsame Zuneigung zwischen ihnen geblieben. Satte Solidago, sagte Bernhard. Der Strauß vor ihm wurde voller. Unter seinen Händen wurden die Blumen schön. Rupert machte es damit wie er. Es war ein gewaltloses Tun bei beiden. Bernhard war in die Arbeit versunken. Marie versank in dem Anblick. Sie sah seine Hände, der kleine Fingernagel an der linken Hand war etwas verwachsen. Sie strich das Haar aus der Stirn. Es war, als zupfe Bernhard sie zurecht. Ihr Herz beruhigte sich. Er setzte Tee auf, stellte einen Aschenbecher für sie auf den Tisch. Er rauche nicht mehr, möge aber den Geruch von Tabak. Er sagte: Willkommen.

*

Er bringt ihr eine Literaturzeitschrift mit, die er sich ausgeliehen hat. Sie erschien zu Ruperts siebzigstem Geburtstag. Auf dem Cover eine Collage aus Fotos, auch das Kinderbild ist dabei, auf dem Rupert mit verbundener Hand im Bett liegt, schlafend, ein Buch neben sich auf dem Kissen.

Bernhard gibt ihr die Zeitschrift, und er hat ihr ein Buch mitgebracht. Svend Fleuron, Schnock, ein Hechtroman. Unter dem Titel ein Holzschnitt, im aufgewühlten Wasser ein Schwarm kleiner Fische, wehende Pflanzen, zwei ineinander verbissene Hechte. Bernhard hat Ruperts Kinderbild vergrößert, bis der Buchtitel lesbar war. Er besorgte übers Antiquariat im Internet ein Exemplar.

Marie schlägt das Buch auf. Verlegt bei Eugen Diederichs in Jena, 1924. Als Rupert noch klein war, lag der Schnock im Bett bei ihm. Marie holt Luft. Solche Einfälle hatte nur er. Solche Einfälle hat Bernhard. Marie wird rot. Er sagt, du musst es nicht lesen. Man sollte vielleicht keinen Kult treiben, er zuckt die Schultern. Ich mochte als Junge auch gerne Tierbücher lesen, so wie fast alle Kinder. Vielleicht kennst du den Klassiker noch, Karl Ewald? Romane, in denen Tiere vermenschlicht werden. Wie oft ist die Rede von Heimtücke, Rachdurst, Mordlust. Und doch, sagt Bernhard, der den Hechtroman gelesen hat, man hört Flossenschläge, riecht sumpfiges Wasser, sieht moosüberwachsene Steine an einem Ufer. Man fühlt die schleimige Haut eines Fisches, schmeckt rohes grätiges Fleisch. Als wäre man unter Tieren ein Tier.

*

Papierstapel auf dem Tisch, dem Teppich, dem Bett, verschiedene Formate. Quittungen für Porto, Rechnungen der Telekom. Honoraranweisungen, Spendenbelege, Kontoauszüge. Einnahmen aus selbständiger Arbeit einschließlich Lesungen und Buchverkäufen. Minus Ausgaben für Kranken- und Rentenversicherung. Aufzulisten sind auch Reisetage. Marie blättert in ihrem Kalender von 2008. Ameisenschrift. Viele Termine in Hamburg und außerhalb. Von Mitte Juli bis Ende August die weißen Tage. Zinsen nicht vergessen. Mit trockenem Mund bereitet sie ihre Steuererklärung vor, ängstlich und wütend, überdrüssig. Festgezurrt im Hier und Jetzt.

Dankeschön, genau da will sie sein. Heiner installiert ihr ein Computerprogramm, erklärt ihr sein System der Ablage und bringt ihr bei, auf der Bildschirmmaske zu buchen. Bisher hat Rupert den Löwenanteil der Steuererklärung erledigt. Sie gab ihm ihre Aufstellung, er sah meist, was noch fehlte, kam in ihr Zimmer. Wir brauchen noch deine Belege von der Verwertungsgesellschaft Wort, hast du sie weggeworfen? Dreck. Gib mir deine Kontoauszüge noch mal. Rupert rechnete, tippte akribisch Zahlenkolonnen, formulierte ein Anschreiben. Niemals füllte er die Formulare des Finanzamts aus. Es hat auch Vorteile, ein Greis zu sein, sagte er.

Marie tippt in seinen Taschenrechner Summen, die mit der Steuer nichts zu tun haben. Sie denkt, sie wird nicht mehr lange hier wohnen können, auch wenn der Nachmieter für das untere Zimmer schon zahlt. Er räumt seine Bücherkisten mit Comics aber nicht ein. Das leere untere Zimmer, es taucht in den Alpträumen auf. Oben, hier, sind Küche, Bad, Flur und Zimmer zu groß. Die Haushaltsausgaben lassen sich runterschrauben. Wann hört sie endlich auf zu rauchen. Sie hätte letzten Herbst nicht um sich werfen dürfen mit Ruperts Geld, gegen den Rat von Bernhard, Hanna, Heiner und Mathias. An einem Tag der Panik hat sie den Sportverein Vorwärts-Sankt Georg gekündigt, hat auch die

Spenden für Pro Asyl verringert. Der PEN kostet 160.– im Jahr. Sie verschleudert größere Summen, geizt mit kleinen, sie malt sich aus, wie es sein würde ohne den Ausweis der Hamburger Bücherhallen. Sie findet sich maßlos, ohne Proportion. Versteinert rechnet sie, teilt eine Summe durch Monate. Die Zahl gibt ihr Zeit. Andere Freiberufliche an ihrer Stelle stehen viel schlechter da. Sie könnte Luft holen. Keine Angst, sagt sie in die Stille zu Rupert, wir schaffen das.

Letzten Herbst die Rentenfrage. Almut sagte zu ihr, der Behördenkram habe auch seine gute Seite, er lenke sie ab. Willichnicht, schrie Marie tonlos. Von Tag zu Tag kamen Vordrucke verschiedener Ämter, Nummer 666 fragte nach Forstbesitz und anderen Nutzflächen. Ist beigefügt, liegt noch nicht vor, hälftige Steuerbefreiung nach Paragraph soundso, nicht anerkannt, Versicherungsverlauf, militärischer Dienst, Flakhelfer wann, Belege keine. Ruperts Dokumente in einem einzigen schmalen Ordner. Sie wusste doch, es gab keine Rente. Teilweise ganz umsonst schlug sie sich mit Papierkram rum. Rupert bekam die monatliche Unterstützung von der VG Wort, der viele viel zu danken haben.

Marie bucht Beträge, sie beschwört Rupert, wir schaffen das. Haben wir nicht die Lungenentzündung geschafft, Krebs Fieber Chemotherapie Bestrahlungen Metastasen, sollen wir jetzt also nicht ein paar Formulare bewältigen können? Hab keine Angst, sagt sie zu ihm. Und zu sich selbst, hol mal Luft.

Wohin mit der Luft. Wenn Rupert drei Atemzüge mehr getan hätte in der Nacht. Was wäre anders gewesen? Das Bett umdrehen. So dass der Gevatter am

Kopfende steht, so dass die Lebenszeit nicht abgelaufen ist. Er wird aber auch Freund Hein genannt.

Man kann das Buchen am Computer lernen. Willst du auch mal, fragt sie. Ruperts Lust an Ordnung. Er wäre nicht nur gern Förster geworden, auch Bahnwärter kam infrage. Dreimal täglich pünktlich die grünweißrote Kelle an einer entlegenen Station im Höllental im Schwarzwald schwingen, fahrplangerecht die Schranke runterkurbeln und winken, keine verkehrte Idee. Nachher den Garten umgraben. Er konnte sich auch als tüchtigen Schreiber von Zahlen sehen, jede entsprach für sein Gefühl einem Farbton. Also Ärmelschoner angezogen, Streusalz her und ab die Post.

*

Ruperts Heiligenschein leuchtet bunter von Tag zu Tag, wenn du von ihm erzählst. Marie im Selbstgemurmel. Sie spricht nicht viel über ihn, aus Sorge, den Freunden lästig zu werden. Wenn von ihm die Rede ist, dann freundlich. Schonungsvoll, beschönigend.

Innen sieht es anders aus. Die Ehe muss von Tag eins an bestanden haben aus lauter Angst und Gewalt, Lug und Schuldgefühlen, aus Fluchtgedanken, bei beiden. So ist es richtig. Wären sie eine glückliche Liebe gewesen, Ruperts Tod wäre nicht auszuhalten.

All I want is out.

Ehen sind nie ein Entweder – Oder. Ehen sind und und und. Mihajlo würde Marie jetzt daran erinnern, abstrakte Sätze langweilten sie.

Zielbahnhof der U1 Richtung Nordost ist Ohlstedt oder Großhansdorf. Der Name Großhansdorf hat ein

Gesicht. Ein paar Stationen vorher liegt Volksdorf, wo Hanna wohnt. Marie und Rupert hatten überlegt, ob sie dorthin ziehen wollten, beinahe ins Grüne, fast schon in Schleswig-Holstein.

Ihre Wohnung zehn Fußminuten entfernt vom Hauptbahnhof, und von dort nur ein Sprung bis zum Hühnerposten, einem neugotisch geprägten Gebäude. Der Volksmund weiß, das weibliche Personal der Telefonvermittlungsstelle schnatterte dort den ganzen Tag, daher der Name. Im Hühnerposten die Stadtbücherei, deren Bibliothekare sich freundlich Zeit nahmen für Ruperts Suche nach alten Filmen. Im Keller eine vom Rotstift vergessene Postfiliale, in der die Angestellten hinter den hohen Schränken rauchten und vorn am Tresen apfelkauend bedienten. Gar keine Hetzerei im Hühnerposten.

Leben in Sankt Georg. Marie und Rupert mochten den Ruf des Muezzins, der zwar nicht öffentlich erklingen darf, den man aber je nach Windrichtung freitags im Hinterhof hören konnte. Sie sahen gern die Lademanöver von Marmor-Möller, schwebende schwere Marmorplatten. Sie schimpften über das sinnlose Hupen der Autos, über laufende Motoren, wenn doch offensichtlich Stillstand auf der Straße war. Der Briefträger Maxim erzählte von Astrachan und von seinem Roman, an dem er nachts schrieb. Spielzeit, sagte er, zwanzigtausend vor Christus bis zwanzigtausend danach, also tüchtig zu tun. Giovanni lachte mit seinen drei Hunden und winkte Ciao ins Küchenfenster. Nur einmal flammte der Friseur Rupert die Nasenhärchen ohne zu fragen weg. Vor dem Bizim-Berber auf dem

Bürgersteig ein Vogelbauer mit Kanarienvögeln, in der Einfahrt zum Hof der Wäscheständer, auf dem seine Handtücher trockneten.

Trotzdem, ein Stadtteil voll Hast und Gedränge. Nur Rupert und Marie durften stöhnen. Wenn die Witwe aus Eppendorf das harte Pflaster im Problemstadtteil Sankt Georg beklagte, stimmte Rupert mit einer Verbeugung zu: Immer wieder peitschen Schüsse durch die Böckmannstraße. Höchstens er und Marie durften fluchen. Den Mond sahen sie nur für Augenblicke, bis er aus dem schmalen Himmelsfünfeck hinter dem IBM-Turm verschwand. Dreck und Geschiebe, sobald man die Hoftür schloss und auf der Straße stand. Grob gelegtes Kopfsteinpflaster. Kronkorken und Spuckebatzen, Rupert hatte das Gefühl, er laufe auf den Händen. Der Verbrauch an Pears Soap nahm zu in der Stadt. Seine Kindheit hatte er in Ahrensburg verbracht, in Fahrradnähe zu Volksdorf. Beides bürgerlich-ländliche Vororte.

Als sie den Umzug nach Hamburg erwogen, sagte Marie: Wenn Großstadt, dann richtig. Er sagte: Volksdorf ist für mich bis heute Mozartzopf und Geigenkasten. Marie in der Bahn Richtung Hanna. Sie hört Ruperts bündige Sätze, das leichte Timbre.

Bis Wandsbek-Gartenstadt fährt der Zug unterirdisch, danach sind draußen die ersten blühenden Erlen, Haselsträucher und Weiden zu sehen.

Sie steigt Meiendorfer Weg aus, geht durch den Volksdorfer Wald. Sie wünschte, sie könnte mit Rupert den Rabenhorst teilen, hoch oben in einer Baumkrone. Und den Trommelwirbel der ersten Spechte dieses Jahr.

Und die seltsam gewundenen schweren Arme der Wurzeln, als wären sie in der Bewegung erstarrt. Dabei arbeiten sie immer noch. Marie löst ein Stück Moos von einem Baumstumpf, riecht an der nassen Unterseite.

*

Sie hockt mit Hanna im Garten. Sie klauben Laub und keimende Kastanien aus den Blumenbeeten, legen Knospen von Akeleien, Lupinen und Pfingstrosen frei. Der große schwarze Hund gräbt unter einem noch kahlen Jasminstrauch, findet ein vergessenes Schweineohr, schon reichlich angegangen. Er trabt zu Hanna, im saftigen Maul das saftige Ohr, sie könnten gemeinsam damit spielen. Lass, Phoebe, sagt Hanna. Der Hund legt sich auf die hölzerne Rampe, die zum Wohnzimmer führt.

Die Rampe wurde angebracht, als Hannas Mann nach seinem zweiten Schlaganfall im Rollstuhl saß. Sie ließen das Haus umbauen, damit Jan sich weiter bewegen konnte.

Verwandtschaft über sieben Ecken: Ruperts Schwester Gitta war mit Jan verheiratet. Sie lief ihm davon, ließ den Sohn und die Tochter bei ihm. Hanna und Jan wurden ein Paar. Der Zorn seiner Kinder wuchs, als ihre Stiefmutter schwanger wurde. Der Säugling brachte sie einander näher. Es schien, als könnten sie eine Familie werden. Als Jan den ersten Schlaganfall bekam, war Hanna wieder schwanger. Eine Abtreibung hätte bedeutet, aufzugeben. Vier Kinder also. Hanna schrieb an ihrer Dissertation, als auch die beiden Jüngsten außerhalb Hamburgs studierten. Jan traf der zweite Schlaganfall, danach saß er im Rollstuhl. Hanna erfuhr, sie habe die Krankheit Retinitis Pigmentosa, an der sie erblinden würde. Sie schloss die Doktorarbeit ab. In ihrem Alter war es zu spät für eine akademische Karriere, auch ein berufsfremder Job kam nicht infrage. Sie mochte Jan nicht oft alleinlassen. Er war, so heißt es umschreibend, eine andere Persönlichkeit geworden. Diabetes, nacheinander wurden ihm die Füße amputiert. Hanna schrieb Aufsätze, hielt gelegentlich Vorträge. Es wurde schwer, mit ihrer Sehbehinderung ins Archiv zu fahren, zurechtzukommen mit Treppenstufen und Türen, mit Hell und Dunkel. Jan starb 1998. Der Tunnel vor ihren Augen. Sie dachte, was jetzt noch. Sie schrieb ihre Artikel, besorgte Haus und Garten, ging mit dem Hund.

Jörg kommt mit einer Schubkarre vorbei. Hanna hatte den Schulfreund zufällig wiedergetroffen. Sie hatte sich gesagt, sie wolle nie wieder Tisch und Bett mit einem Mann teilen. Nie wieder jemandem so nahe kommen, dass man sich gegenseitig alltäglich verletzt. Nie wieder einschleichende Resignation und endlich Kapitulation. Jörg und sie entschieden aber bald, zusammen zu leben, er zog zu ihr. Es war zwischen ihnen einfach. Als schließe sich ein Kreis. Marie und Rupert besuchten die beiden gern.

Im Garten duften aufgeblühte Tulpen. Tapfere Blumen, sagt Marie, die können selbst Nachtfrost ab. Weißt du, dass Tulpen und Graugänse Verwandte sind? Das helle quietschende Schreien der Vögel, wenn sie abends im Rheiderland in schöner Formation ans Watt ziehen, und die quietschigen grünen Blätter der Tulpen. Die

Verwandtschaft leuchtet Hanna ein. Nur, sagt sie, bedächtig Laub ausraufend, an Tulpen rieche ich oft, an Wildgänsen bisher nicht. Sie lachen. Marie hat oft bei Hanna geweint.

Sie gehen ins Haus, schrubben Gartenerde von den Händen, blasen in die Kaffeebecher, Jörg hat Kuchen besorgt. Später ruft Hanna den Hund, um Marie durch den Wald zur Bahnstation zurückzubringen. Die kurze klirrende Strophe der Heckenbraunelle, mehrfach hintereinander zu hören. Wie gut, dass Ruperts Lieblingstiere nicht Schildkröten oder Delfine waren, sagt Hanna. Phoebe zieht sie zu ihrem Lieblingsbaum, in seiner Wurzelhöhlung hat sich Wasser gesammelt. Der Hundekopf verschwindet ganz in der Öffnung, die Vorderpfoten scharren störendes Laub beiseite. Heftiges Schlabbern und Schnaufen. Das Wasser schmeckt so schön nach Moder, sagt Hanna. Für Phoebe ist das wie für unsereinen Rotwein. Rupert wäre froh, wenn er mich sehen könnte, denkt Marie. Sie sagt, mit dir geht es mir gut.

*

Es war nicht so schwer, als es Erinnerungen gab, die trugen Gefühle, Farben, Töne.

Ruperts Stimme, sein Blick, seine Berührung, sein Geruch, sein Geschmack.

Nichts ist jetzt da.

Wörter und Redewendungen lassen sich reproduzieren. Sie lösen nichts aus. Keine Saite klingt jetzt an, wenn man flüstert: Grauchen. Tüschie. Es ist, als spreche man Silben aus einer Fremdsprache nach. Man kann sich Fotos ansehen, betrachtet sie aber verständnislos. Man kann eines von Ruperts Hörspielen hören, in dem er eine der Rollen spricht. Das Timbre der Stimme verhallt. Man kann seinen grünbraunorange melierten Pullover anziehen, kann Gegenstände in die Hand nehmen, die er täglich berührte. Die Erinnerungen zerfallen. Herbeigezwungene Szenen verflüchtigen sich sofort, nichts lässt sich festhalten. Nichts ist geblieben. Es gibt kein Gefühl.

*

Im Zug Richtung Leer aber redet sich einer alles vom Herzen. Ein zerzauster Mann im Rentenalter lässt Marie nicht zum Lesen kommen. Erst hat er Fetzen der Deutschlandhymne gesummt, jetzt legt er los. Schöne Melodien, die deutsche und die europäische Hymne. Im Radio werden sie jede Mitternacht weichgespült. Alle Betonungen falsch, keine Gestaltung, Schmierseife. Jeder Hamster hält sich die Ohren zu. Das Radio bringt danach die Nachtgespräche am Telefon. Eine Möglichkeit, kostenlos Krach zu schlagen. Mir reicht es, zuzuhören. Ein schillerndes Wort, die Tafel. Da schwingt gehobenes Speisen mit. Vielleicht auch Jesus und sein letztes Abendmahl. Vor schlicht gekalkter Wand ein schlichter Holztisch, schlichte Decke, schlichter Faltenwurf. Als ich noch gut verdiente und zur Kirche ging, waren mir solche Bilder lieb. Jetzt geh ich selbst zur Tafel des Herrn. Freundliche Ehrenamtliche organisieren das Essen. Tadellose Produkte. Das Fleisch nicht vom Hamster, sondern vom Huhn. Die Lebensmittelketten müssen ihren Abfall nicht mehr selbst entsorgen. Man kann das Essen nicht beim Staat einklagen, es ist kein Menschenrecht. Da regen sie sich auf im Radio bei Nacht. Banken werden mit Milliarden unterstützt, heißt es, und was ist mit dem mittellosen Rentner, der sein Meerschweinchen nicht füttern kann? Ich habe nie ein Meerschweinchen geschlachtet. Ich bin kein chinesischer Wanderarbeiter. Tafeln für Tiere, das ist für mich ein neuer Ansatz. In meinen Träumen fall ich aus dem Karussell. Mein Sohn hat mir gegen die Einsamkeit einen Hamster geschenkt, den hab ich freigelassen. Hamster, Meerschweinchen, Kanarienvogel: Oldenburger Stadtmusikanten. Tiere machen sich auf ihren Weg. Ich sterbe vielleicht in Thailand. Warum soll man die gelben Frauen zwingen, ihre Familien zu Hause im Stich zu lassen, um hierzulande Arbeit zu finden. Mein Sohn bringt nicht mal Enkel zustande. Deutsche Demente unter Palmen knuddeln ihre Lieblingsteddys. Im Augustinum sitzen brav in Strickjacken die alten Spitzenleute aus der Wirtschaft, aus den Medien und aus der Politik. Alle Eisbärenjungen im Zoo und die Spitzen sind hilfsbedürftig wie unsereiner. Ich habe mal Grund zur Hoffnung gegeben. Jetzt vergess' ich alles. Nur über Hamster denke ich nach. Ich konnte den Ton beim Singen nie halten. Das Pfeifen des bangen Hamsters ist keine Musik.

Der Mann steigt in Oldenburg aus. Marie denkt an Zugfahrten früher, zusammen mit Rupert. Er war geduldig mit verwirrten redseligen Zeitgenossen. Er argumentierte nicht und hetzte nicht. Man sah ihm das Bemühen an, den anderen zu verstehen. Etwas Entwaffnendes, Begütigendes war in seiner Art. Marie hört

Tante Gilgis hohes Lachen. Die glaubt, sich verhört zu haben. Rupert und entwaffnend? Immer hat er versucht, Cornelius aufzuwiegeln. Als wäre ihr verstorbener Mann nicht seinerseits ein Extremist gewesen, ein Pfarrer in der Kirche gegen die Kirche. Dein Rupert war ein Radikaler!

Die erste Zeit einer Liebe: Man entdeckt und bewundert die Eigenschaften des Anderen. Der Andere ist anders, alles wird neu. Und doch klingt etwas in einem an. Als spräche er aus dem eigenen Herzen. Die erste Zeit einer Liebe: Man fängt sich selbst noch einmal an. Neugierig mit dem Anderen, man macht Entdeckungen. Später weiß man besser, woher die Eigenart des Anderen kommt. Mit dem Verstehen nimmt die Toleranz nicht selbstverständlich zu. Wenn das, was mal Integrität und Unweigerlichkeit hieß, in einem Streit plötzlich Sturheit genannt wird: Was ist passiert, und bei wem? Wer hat die Macht, eine Eigenschaft zu benennen, sie zu bewerten?

In der Verlaatszeit hängte Rupert jedes Jahr am ersten Mai sein rotes Halstuch an die Wäscheleine. Niemals mähte er sonntags den Rasen, da hielt er sich an die Dorfregeln. Kaugummi und Coca-Cola standen für Kapitalismus und Verblödung. Er wusste, dass Marie anfallsweise gern Cola trank, und brachte ihr von unterwegs nicht nur Zeitungen, Lakritzen und Marienkäfer mit, sondern auch Cola.

Sie weiß nicht, wer er war und wer sie ist. Diese Fragen sind ihr zu hoch.

*

Heute Abend Mädchenprügeln, kommst du mit? Ti-mo-und-Frau-Drey-er, Ti-mo-und-Frau-Drey-er, so-ein-schö-nes-Paar! Schüler malen an die beschlagenen Fensterscheiben des Busses. Während der einstündigen Fahrt von Leer nach Verlaat noch einmal Schneegraupel. Dann Regensturm und Frühjahrssonne. Ich krieg jetzt auch eine Klammer. Auf Playstation gibt's das Spiel schon ab sechzehn, das ist aber Scheiße, nicht wie im Computer, das ist nur die Baby-Fassung, sie haben das Blut gelöscht. Viel Spaß mit Atombomben und Orgasmus, und tschüss. Du bist doch hyperaktiv! Und du hast ADHS. Eine alte Frau in der Bank vor Marie erzählt einer anderen, was Doktor Lürsen zu ihrer Hüfte sagt. Marie könnte sich einmischen, wie gut er spritzt. Vor der Israelreise hatte sich Rupert den Rücken verrenkt, er konnte kaum laufen. Doktor Lürsen hat ihm geholfen. Der Bus hält bei der Hauptschule in Bunde, der Fahrer stellt sich in die Tür. Drängeln hat keinen Zweck, ruft er und fragt den Lehrer, ob er was gehört hat vom Unfall gestern auf Bunderhee. Der vermutet, es waren Drogen im Spiel. Der Fahrer lässt die Schüler einsteigen. Rechts und links der Straße auf den Äckern vollgeregnete Treckerspuren, ein Schwanenpaar.

Marie steigt in Verlaat aus, geht zum Friedhof. Aus dem Rucksack nimmt sie einen Umschlag, ihr Mitbringsel aus Hamburg. In den schweren Kleieboden zu Füßen des steinernen Kreuzes steckt sie Federn, die meisten sind von Tauben, nur eine große weiße kommt von einer Möwe.

Sie geht zu Klaus in den Laden. Ich wusste, du kommst, Gerda hat heute Morgen Bescheid gesagt. Ich bring dich zu ihr rüber, das Wetter soll unsicher bleiben. Marie deckt sich mit Thiele-Tee ein, findet Blumen für Gerda und Rupert, rote Bellis, dann fährt Klaus sie zwei Kilometer weiter. Wie es im Laden und mit der Familie geht? Unter uns: Fraukes Arthrose wird nicht besser. Aber wir können nicht klagen, jetzt mit dem Partyservice. Gulasch, Gyros, Krautsalat, Reispfanne, Schnitzel, Grünzeug mit und ohne Putenstreifen: Alles im Angebot. Neulich zur goldenen Hochzeit von Tammens für sechzig Leute ein Essen. Ich hab meinen Jüngsten in Pogum gefragt, ob er hilft. Der nölt was von freiem Wochenende. Auch eine Antwort. Aber dann stand er Samstagmorgen doch in der Küche. Sein Bruder hat ihm den Kopf gewaschen. Ich sag mal so: Wir haben uns wegen der Kinder vieles nicht gegönnt. Aber jetzt ist Verlass auf sie. Vor Gerdas Haus stellt Klaus den Motor ab. Er sagt, Onno kommt jetzt wieder jeden Morgen zum Einkaufen zu uns, während der Pflegedienst bei Jakoba ist. Onno nennt es Tapetenwechsel. Acht Häuser weiter zu mir in den Laden. Er ist froh, wenn er das schafft. Er lässt Jakoba nicht gern allein.

Gerda wärmt Marie etwas vom Mittagessen auf, sie trinken Tee. Dann gibt sie ihr eine kleine Schaufel, leiht ihr eine dicke Weste, wenn du das Radfahren schon nicht lassen kannst. Berthold pumpt ein Fahrrad für sie auf und schraubt Sattel und Lenkrad runter.

Wie immer ihre Runde Richtung Bohrinsel, dann über den Polder am Deich entlang. Schafe, Lämmer, Lerchen. Der schöne starke Wind. Wieder auf dem Friedhof, sie pflanzt die Bellis ein. Rupert und sie hatten ihren Gästen manchmal die alten ostfriesischen Namen auf den Grabsteinen gezeigt. Ukeline, Seidine, Schwanette, Jürine. Büürma, Lührsen. Sie mochten die vielen ü's und i's, das kühle Licht in den Namen.

Friedhöfe, sonst? Marie stand beklommen mit ihrer Mutter am Grab des Vaters, sah, wie Frauen sich zu schaffen machten, hörte die Mutter murmeln. Marie sah ihren Vater weder in der Erde noch in den Wolken, er ruderte in einem Boot in ihrem Herzen weit raus. In ihrem Herzen kein Bild für Rupert. Nur Zittern, nur die dunkle Nacht, nur Bilderfetzen.

Wie macht man es, dass ein Verstorbener bei einem ist. Es heißt, so was braucht Zeit zum Wachsen. Sie kann solche Sätze nicht leiden. Sie fragt, wie findest du die Bellis. Stille.

Rupert hatte sich gewünscht, im Dorf beerdigt zu werden, nah am Tief, auf dem Enten paddeln, oder sich von den Windstößen treiben lassen. Gräber sind für die Lebenden da, heißt es. Sie wollte seinen Wunsch erfüllen. Sie wusste, für seine Kinder aus Frankreich und England würde es mühsam, sein Grab zu besuchen. Ilse und Gregor kommen, Janette und Fokko, Gerda und Berthold, Onno, Klaus und Dirk und seine Schwester Geeske, Gabi mit ihren Kindern, Pastor Heiko. Die Hiesigen sehen nach ihren Toten. Sie zählen Rupert nach seinen vielen Jahren im Rheiderland mit dazu. Jedesmal, wenn Marie hier ist, will sie im Dorf bleiben. Unrealistisch, sagt sie sich, sentimental. Auf dem weißen Steinkreuz das Porzellanbild, Rupert lächelt. Die Möwenfeder ist verschwunden.

Der Wind hat sie verweht. Oder eines der Kinder von Heiko, die mit ihren Freunden auf dem Friedhof oft Verstecken spielen, hat sie gepflückt. Wäre Marie abergläubisch, würde sie denken, Rupert hat sich die Feder genommen. Marie ist aufgeklärt. Es ist über vierzig Jahre lang her, dass sie ein Bild von Tut-Anch-Amun mit Mutters Parfum besprengte, als Ersatz für Weihrauch. Die Feder ist weg. Marie murmelt Floskeln, allgemeine und dann andere aus der gemeinsamen privaten Sprache. Entschuldigungen, Bitten, Dank.

Vielleicht wollte Rupert hier begraben werden, damit sie immer wieder ins Dorf käme, an den Deich, in den salzigen Wind. Hast du eine Ahnung, wie schwierig das von Hamburg aus ohne Auto zu organisieren ist, sagt sie zu ihm. Vielleicht wollte er hier sein, um im Weiten zu fliegen. Rupert war aufgeklärt. Er nannte sich Agnostiker. Das ist einer, der sagt: Ich kann es nicht wissen. In seinen Büchern aber flogen die Toten. Marie zündet sich eine Zigarette an, nach zwei Zügen steckt sie sie aufs Grab. Es ging ganz gut, die Fahrt und die Unterkunft vorzubereiten, sagt sie, mach dir keine Sorgen.

Sie stellt das Rad bei Gerda ab, geht im Sonnenschein den matschigen Fußweg am Tief entlang. Der Maurer Fokko hat sein Elternhaus für seine Tochter umgebaut, als Rupert und Marie zurück nach Hamburg zogen. Schon von weitem erkennt sie Fokko an seiner Haltung, seinen Bewegungen. Er klopft am neuen Carport rum. Das Haus hat sich verändert.

Alles wird wie immer sein. In der Küche setzt Rupert Wasser auf, sie werden mit den Teegläsern an der Stallwand lehnen, ins Licht blinzeln, über Lönings Radiodudeln lästern.

Marie begrüßt den Nachbarn, der längst in Rente ist. Die Knie kaputt, trotzdem hat er immer zu tun. Er sagt, sie soll schon mal vorausgehen zu Janette.

*

Sie nimmt die Hintertür, wie es hier üblich ist. Im Hausflur zieht sie die kleieverschmierten Schuhe aus. Janette gibt ihr Pantoffeln. In der Verlaatszeit sonntagabends der Tee bei den Nachbarn. Rupert hatte das Ritual eingeführt. Marie blieb oft zu Hause. Wortwechsel und Schreiereien zum Thema Zwang. Jetzt sieht sie sich zufrieden in der Küche um. Neue Tapeten? Sonderangebot, sagt Janette.

Ihre Gespräche, wie sonst auch. Im Rheiderland ist es ein Lob, wenn es von einem heißt, der versteht es zu schweigen. Hier unterhält man sich in langsamen kleinen Schleifen. Ein Mäander ist die Suche eines Flusses nach dem Weg. Widerstände umgehen, Umwege suchen, sachte sich vorwärts tasten. Solange Fokko unterwegs ist, kann Marie beinahe geradeaus nach Janettes Gesundheit fragen und nach der ältesten Tochter. Wieder ein neuer Freund, sagt Janette, arbeitslos, ein Kind. Im Flur geht eine Tür, sie legt den Finger auf die Lippen. Fokko hat Maries Drecksschuhe draußen abgewaschen, er stellt sie auf die Küchenheizung, da können sie trocknen. Marie wird rot, nicht aus Beschämung. Danke. Sie hatte ihr Mitbringsel ganz vergessen. Goldstücke aus Schokolade waren nicht zu kriegen, nur Bernstein-Bonbons. Sie lutschen.

Mäandrieren, wandern, einen Weg suchen. Wie geht es euch? Der Garten kommt zur Sprache, die Nachbarn rechts und links, der Bauer gegenüber. Fokko sagt, Bronsema will diese neue Technik einführen. GPS, sagt Janette, alles mit Satellit und Computer. Bronsema muss nicht mehr zwei Mal am Tag die Kühe von der Weide holen, sagt Fokko, er muss auch nicht mehr zum Anmelken in den Stall. Dabei erkennt er seine Pappenheimer schon am Euter. Marie nickt. Manchmal waren Rupert und sie mit den Enkeln zum Bauern gegangen, sahen beim Melken zu. Fokko sagt, das geht jetzt alles vollautomatisch. Bronsema bestimmt am Computer, was läuft. Die Kühe sollen nicht mehr aus dem Stall rauskommen. Eine Maschine misst, was sie fressen. Zu wenig Milch, das heißt: Mehr Futter und mit Zusätzen. Gibt es zuviel Milch, tippt er was ein, und die Küche bleibt kalt für die Kuh.

Die Nachbarn warten ab. Wer zu schweigen versteht, erzählt wohl mal, er urteilt aber nicht, nie direkt. Was sagt Marie? Sie fragt: Das Vieh soll nicht mehr aus dem Stall? Warum? Selbst die älteste Kuh macht im Frühjahr den Freudensprung, nach einem langen Winter das erste Mal auf der Weide. Darum, sagt Fokko. Springen ist überflüssig. Die würden gerne Kühe züchten, die nur aus Maul und Euter bestehen. Augen, Schwanz und Fell und Muhen überflüssig. Macht euch die Erde untertan, das schreibt Gott schwarz auf weiß in der Bibel. Ist eine Kuh nur Gras rein und Milch raus? Er will noch was sagen und fängt an zu weinen. Er geht aus der Küche, kommt mit der Katze im Arm zurück. Marie fragt, wie weit ist das mit GPS bei Bronsema. Janette sagt, die Anlage ist teuer. Sie macht auch schnell Fehler, sagt Fokko. In der Rheiderlandzeitung, warte, er holt eine Zeitung, hier steht Pro und Contra. Leistungssteigerung, optimale Kontrolle. Sie schreiben aber auch: Für die Touristen gehören die Schwarzbunten wie die Windmühlen und Deiche zum typisch ostfriesischen Landschaftsbild. Marie sagt: Nicht nur Touristen sehen gerne Kuhherden. Wir sind aber keine Einnahmequelle und kein Standortvorteil, sagt Fokko. Verlaat verändert sich. Immer mehr Holländer kaufen Häuser, ziehen aber nicht ein. Immer mehr Nachbarn wandern in die neuen Altenheime nach Bunde und Weener. Es kommt auf uns was zu, sagt Janette, darum: Was sie mit den Tieren machen, springt auf Menschen über. Füttern und alles vollautomatisch. Marie sagt, Rupert würde sagen: Was wir mit den Tieren machen, springt auf Menschen über. Meinst du? Fokko ist nicht sicher. Aber Pastor Heiko hat ihm neulich was erzählt, von einer Demenzkranken, die lag im Heim, fest im Bett. Auch für die künstliche Ernährung gibt es einen Schlüssel, BMI, und eine feste Zahl Kalorien am Tag. Durch eine Sonde. Die alte Frau hat in vier Wochen zwanzig Kilo zugenommen. Die war nicht gemacht für den Schlüssel. Herzklabaster. Fast ein Kollaps. Heiko hat den medizinischen Dienst alarmiert. Die Schwestern erklärten, sie müssten sich an den Schlüssel halten. Wenn wir beide erstmal im Pflegeheim sind, sagt Fokko, werden wir ferngesteuert wie Bronsemas Kühe. Er will lachen, es wird nichts. Er greift sich die Katze und bringt sie raus. Rein, raus, rein, raus, ärgert sich Janette leise. Sie rückt näher zu Marie, wir haben auch eine gute Nachricht. Es gibt nicht nur Automaten und Alte. Unsere Tochter ist schwanger. Fokko will nicht, dass es die Nachbarn wissen. Der Arzt hat Rita krankgeschrieben. Sie soll sich schonen, was soll das heißen? Warum viel liegen? Wir hoffen, es wird gutgehen. Im September soll es soweit sein. Kein Wort zu Fokko. Alles macht ihn unruhig.

Fokko hat aus dem Eisschrank eine Tupperdose mit Rhabarber geholt. Die packt er gut ein. Backst du mal Kuchen, lädst dir Besuch ein. Rita wollte es dir selbst erzählen, aber sie hat sich hingelegt. Sie kriegt ein Kind. Gib's nicht weiter, auch nicht an Gerda. Er berührt seine Frau. Janette schläft seit Wochen schlecht, aus Angst, ob alles gut geht. Das wird, sage ich ihr, er lacht. Wenn es ein Junge ist, soll er Fokko heißen, sagt Janette. Nur, Rita ist sechsunddreißig, hart an der Grenze. Tante Lini malt schlechte Bilder, du weißt schon.

Janette wartet mit Marie, bis Fokko wieder draußen ist. Fehlgeburt, fragt Marie. Oder Behinderung, sagt Janette. Ich bete jede Nacht, für uns alle. Nachts zwischen drei und fünf Uhr ist es schlimm mit der Angst. Rita darf es nicht wissen. Ich höre, wie Fokko sich wälzt. Die Untersuchungen vor der Geburt, soll man sie machen, sind sie schädlich? Und wenn man hört, das Kind wird behindert. Wer will entscheiden?

*

Was tun, wenn in Zeiten der Krise das Geld knapp wird, fragt das Hamburger Abendblatt und sagt, die Lösung liegt hautnah. Die Zeitung nennt Verdienstmöglichkeiten, bekannte Details. Blut- und Samenspenden, ein florierendes Geschäft. Frau Dana P aus North Carolina verkaufe ihr rotes Haar als Echthaarperücke. Gutes Geld winke auch Spenderinnen von Eizellen. Über fürstliche Entlohnung freue sich Paul D, der sich selbst als menschliche Laborratte bezeichne, er biete sich für klinische Experimente an und verdiene jährlich über 20.000 Dollar. Überschrift: Mit körpereigenen Rohstoffen gegen die Finanzkrise.

Diesmal keine Rede von verkauften Kindern.

Körpereigene Rohstoffe. Notleidende Banken, Morbiditätszuschlag. Pflegeheime, die sogenannte Menschenreste versorgen. Im zynischen Neologismus wispert das alte Menschenrecht.

Rupert und Marie verbissen sich in solche Nachrichten, nahmen sie auf wie ein geliebtes Gift. Er sammelte solche Meldungen in einer Kladde mit der Aufschrift Dreck. Dann fanden beide sich kaputt. Dann fing wieder einer von ihnen zu zischeln an, mal bisschen positiv denken, wie wär's mit Wohlfühlaromen. Dann haute es beide um, die Welt zu reduzieren auf Verkommenheit oder Heilesegen. Dann wollten sie sofort mit Thieß und den anderen aus der linken Runde eine theoretisch fundierte kritische Analyse versuchen, die sie glauben lassen würde, man könne Dinge zumindest abstrakt begreifen und damit das Ohnmachtsgefühl überwinden. Dann waren sie gern im Konkreten: Bohnenernte mit den Nachbarn in Verlaat, oder Frühjahrsputz in Sankt Georg.

*

Marie wartet, bis sie oben Schritte hört. Dann leiht sie sich die Trittleiter von Heiner und Mathias. Du kommst damit nicht zurecht, sagt Heiner, ich hab keine Lust, den Notarzt zu rufen. Auch Zwerge fangen klein an, erklärt sie. Vielleicht fragst du den Hausmeister um Hilfe, schlägt er vor. Du weißt, was Hausbesorger für Figuren sind, sagt sie. Lungern rum, wenn man mit Löwenzahn kommt, und glänzen dann wieder durch Abwesenheit. Schlägertypen, die vergeistigte Sinologen um den Rest des Verstandes bringen!

Unten zieht sie ihre Espandrillos aus und feste Schuhe an.

Die Fenster in der Küche und im Zimmer sind 3,20 hoch. Mit der Trittleiter ist das von innen gut zu schaffen. Marie tunkt die Stielbürste in den Eimer. Schrubben, Wischen, Abziehen und Nachtrocknen. Kaum Schlieren. Raus auf die Straße, die Küchenfenster von außen. Sie hat die Stufen vergessen, die zwischen Wohnung und Bürgersteig liegen. Unerreichbar grinst das Oberlicht sie an. Den Schrubber holen, von der Leiter aus wischen, aber wie zieht man die Scheibe sauber ab? Das wird nichts. Der Ägypter von gegenüber sagt, bonjour Madame, rien ne va plus. So sehen das auch die Verkäuferinnen vom Baklava-Laden. Lächelnde Passanten. Giovanni klopft Maries Schulter, herrscht seine falsche Hündin Carmita an, die wieder mal schnappt. Marie beeilt sich, die Leiter ins Haus zu schaffen. Von seinem Fenster aus hat Heiner zugesehen. Trink erstmal Kaffee bei uns, dein Küchenfenster mach ich nachher von innen. Sie gehen zu Mathias in den zweiten Stock, der schrubbt da oben den Balkon. Dein Putzwasser ist schwarz, sagt Heiner, vielleicht leerst du mal den Eimer aus? Du kriegst ihn gleich über den Kopf. Mathias trocknet die Hände ab. Wir holen uns die große Ausziehleiter für dein Küchenfenster aus dem Keller, sagt Heiner. Wie hat Scotty das in den letzten Jahren geschafft, der schottische Fensterputzer. Wir hätten zusehen sollen, das rächt sich jetzt in Krisenzeiten, sagt Mathias. Wenn wir es eine Krise nennen wollen, den eigenen Dreck selbst wegzumachen.

Heiner trägt die Ausziehleiter aus dem Keller. Um von außen an Maries Zimmerfenster zu kommen, muss man die Pflanzsteingrube vor Ruperts Zimmer im Souterrain überwinden. Nicht mal der lange Heiner würde den oberen Fensterrahmen erreichen, wenn die Leiter auf der Wiese steht. Also wuchtet er sie in die Grube, da steht sie schön steil, in einem spitzen Winkel. So möchte es gehen, sagt Heiner, steigt Sprosse für Sprosse hoch. Maries Beine zittern schon beim Zusehen. Stielbürste, sagt er, sie reicht sie ihm vom Grubenrand aus an. Tupfer, Skalpell, sagt sie, und gibt ihm den Wischer.

Volker aus dem Hinterhaus schießt ein Foto. Kann ich die Bürste nachher leihen? Die sieht ganz praktisch aus. Rupert hat sie in Bunde gekauft. Marie will schon mit Dorfgeschichten prahlen. Sie sagt, klar kriegst du sie. In den Fensterscheiben spiegelt sich der Hof.

Den ganzen Nachmittag geht es weiter so. Mathias begutachtet Volkers geputzte Fenster. Heiner bringt einen Spiegel im Souterrain-Bad an, Marie assistiert. Dieter zieht Moos aus den Blumenbeeten, Volker tritt Pappkartons für die Mülltonne klein, Natalia wischt ihre Gartenmöbel. Alle arbeiten beschwingt und wissen, ähnlich sieht es jetzt bei Sonnenschein in Hamburg überall aus. Schließlich sitzen sie miteinander im Hof, verschwitzt und schmutzig. Marie fragt: Habt ihr als Kinder auch gestaunt, wie stolz Erwachsene über den Hausputz waren, statt in einer Bande zu kämpfen? Hausputz oder Bande, sagt Mathias, das nimmt sich nicht viel.

Rupert hatte, auch hier in der Böckmannstraße, Tage wie diesen genossen. Er vermied es, Leitern zu tragen, stieg sie aber schwindelfrei hoch. Er tat das Seine, und er strich zwischen den anderen herum. Sie allesamt wie Kinder, tatendurstig, beifallheischend und lobend, hilfsbereit und aufgeregt.

*

Aaargh! Markerschütternd hallte es durch den Wald. Ritter Nemo wendete Rosinante, sprengte zur Lichtung und sah, wie sein Erzfeind Santer die eisernen Krallen um den Hals der Scheherazade schloss, während ihr Bräutigam Batman in einer Blutlache verröchelte. Santers Augen funkelten teuflisch.

Konrad, Kölner Freund seit der Stipendiatenzeit in Berlin, lehnt sich ins Küchensofa zurück.

So viel fürs erste, sagt er. Willst du mit einem solchen Anfang weitermachen? Marie sagt, nein. Man fragt sich nur, warum man so oft Harmoniezeug schreibt. Idyllen in Pastellfarben, kurz, Tantenschick. Konrad fragt, hat dieses rätselhafte Man den Abstand, um das zu beurteilen? Wir sind keine Bauchredner, sagt Marie. Bis zu einem gewissen Grad wissen wir, was wir tun.

Das Wir stimmt nicht, sagt Konrad, der seit der Zeit im Literarischen Colloquium nichts schreibt außer Briefen. Er jobbt, zu Hause liest er die Texte seiner verstorbenen Frau, liebt seine neue Freundin, spielt mit der Märklin-Autobahn, klebt Collagen. Sein Chef sagte unlängst, Konrads Arbeit bestehe anscheinend vor allem darin, sich sehen zu lassen. Damit, schrieb er Marie, sei seine renitente Existenz gut erfasst. Ihm, der kein zweites Buch veröffentlichen wollte und der behauptet, fast nicht mehr zu lesen, wirft Marie ihre Fragen hin.

Oft scheint es ihr anmaßend, von Rupert zu schreiben. Sie hat vieles nicht miterlebt. Sie sagt: Natürlich gibt es Schriftsteller, auch junge, die aus der Zeit des Nationalsozialismus nachvollziehbar erzählen können. Oder von der Französischen Revolution. Das kann aber nicht jeder. Es gibt vielleicht auch ein privates Bilderverbot. Rupert beschäftigte sich vom ersten Buch an immer wieder mit dem Faschismus, auf verschiedene Art und Weise. Für die Jerusalemer Freunde Zvi und Mascha schrieb er vor zwei Jahren eine Kindheitserinnerung, Indianerspiele von Jungen und Mädchen nah einer jüdischen Schule. Wenige Seiten, die fand er gültig. Ein Interview, das Thieß drei Tage lang mit ihm führte, wollte er nicht veröffentlicht sehen. Er fand sich in seinen eigenen Sätzen nicht wieder.

Konrad sagt, ich war anfangs verblüfft über die Brüche in seinem Leben. Nazijunge. Erschrockener strenggläubiger Katholik. Kommunist, auch wenn er kein Parteimensch wurde. Die Diskussionen mit der RAF. Vielleicht waren es nicht Brüche. Vielleicht war es ein Prozess, die Folgerungen aus einem immer schon radikalen Denken. Welchen Schluss zieht einer aus der Nazizeit? Nie wieder Politik, oder künftig eine fundamental andere? Viele aus seiner Generation wollten es moderat, vielleicht bequem. Mit meinem Vater konnte ich nur selten sprechen. Ich kann das Reden von Ersatzvätern nicht leiden.

Rupert hat es auch sich selbst mit seiner Konsequenz oft schwergemacht, sagt Marie. In der Verlaatszeit war es, als ihm die Raucherbeine wehtaten. Er ging nicht zum Arzt. Das wäre eine Unverschämtheit. Er konnte die Zigaretten nicht wegwerfen. Er hatte Schmerzen und war hart zu sich. Ich wünschte damals, er wäre zum Arzt gegangen und hätte sich Beistand gesucht. Jahre später war er mal länger Nichtraucher.

Klammer zu, sagt Konrad, wir waren bei der Frage, was du schreiben willst. Sie sagt, es wäre schamlos, sein Leben ausmalen zu wollen. Ob es nun folgerichtig oder brüchig war, wer will das wissen? Ein Leben ist doch kein Konstrukt! Natürlich will ich ihn nennen. Vielleicht lassen sich nur Elemente aus der eigenen Zeit mit Rupert schildern. Oft geht nicht einmal das. Manches spricht man nicht öffentlich aus. Manches bespricht man nicht mal mit sich selbst. Oder nur auf langen Umwegen. Wer ist der andere, wer ist man selbst? Soll ich den Klassiker rausholen: Die Liebe des Mannes ist die Welt, die Welt der Frau ist die Liebe? Wer ist man jetzt, allein? Sie faucht Konrad an, was soll ein einziger Ton der Klage. Eine traurige Witwe tut Rupert nicht gut. Außerdem sind auch seine Kinder und andere traurig, der Zustand ist nichts Besonderes.

Das weiß ich, sagt Konrad. Er fehlt mir.

Dreimal fuhr er im letzten Sommer von Köln aus nach Hamburg, morgens hin, abends zurück, um bei den beiden zu sein. Rupert lag im Bett.

Als ich im Februar vor dem Karneval zu euch floh, sagt Konrad, hatte Rupert gerade eine Chemotherapie und eine Lungenentzündung hinter sich. Es ging ihm so gut, dass er Besorgungen machte. Er war in Bussen unterwegs, ohne die Angst, sich anzustecken. Ich kam vom Bahnhof, traf ihn zufällig am Steindamm. Er trug ein Päckchen, mit Zeitungspapier umwickelt. In der Küche hat er es vorsichtig ausgepackt. Siebzehn Messer, Brotmesser, Ausbeinmesser, lauter verschiedene Größen. Das kleinste hieß krummer Tod, sagt Marie, und du hast ausgesehen, als ginge es dir an den Kragen. Die Messer waren wie Rasierklingen, sagt Konrad, und sie: Einmal im Jahr hat er sie schleifen lassen. In der Nähe vom früheren Schlachthof. Er fragte überall im Haus und Hinterhaus, wer stumpfe Messer geschärft haben wolle. In der Küche hat er eure aus dem Haufen rausgesucht, sagt Konrad, und du hast ihm angeboten, das Spülen zu übernehmen. Das wollte er nicht. Du hast schon während unserer Stipendiatszeit immer wenig Wasser und viel Spülmittel genommen. Rupert wusch lieber unter laufendem heißen Wasser ab, ohne Zusatz. Hektoliter Wasser für einen einzigen Teller, sagt Marie, lauwarmes Wasser. Ständig blieben Fettspuren. Oder der Giftfilm von meinem Spüli. Ihr habt euch möglichst nicht gegenseitig beim Abwaschen zugesehen, sagt er, das war überdeutlich. Wer nach dem Essen sitzen blieb, pfiff so leger wie möglich. Rupert hat die restlichen Messer im Haus und Hinterhaus abgegeben und abgerechnet. Dann sein Spruch: Auch schon wieder erledigt. Wie froh das klang. Wie gut es uns ging.

Marie sagt, wir werden elegisch.

Oh dear, sagt er.

Ich hatte die Messerarie ganz vergessen, fällt ihr jetzt ein.

*

Die Messer sind stumpf. Natürlich kann man sie schleifen lassen. Man kann auch Hektoliter Wasser über einen Teller laufen lassen. Nichts lässt sich ungeschehen machen, ausstreichen oder überschreiben. Man kann versuchen, Erinnerungen herbeizubeschwören, oder sie kommen ungerufen, dann entziehen sie sich wieder. Ungeordnete Einzelheiten, es gibt keinen verlässlichen, tröstenden Rhythmus wie den von Ebbe und Flut.

Natürlich gibt es eine Abfolge von Erfahrungen in sieben Wochen. Fünf Schnabelbecher sind ein Liter. Schlucken wird eine Arbeit. Wenn Rupert seine Augen öffnete, fragte Marie ihn oft, möchtest du Wasser trinken. Er schloss seine Augen. Der Arzt und Andrea sagten, was sie sagen mussten: Man könne eine Infusion legen. Alle wussten, Rupert wollte es nicht. Marie hörte, auch Durst sei ein subjektives Gefühl. Rupert lag mehr und mehr auf seiner rechten Seite.

Sie hatte 1980 nach der Schule im Sozialen Jahr gelernt, wie ein Dekubitus aussehen kann. Prophylaxe-Maßnahmen: Durchblutungsförderung, Hautpflege, Druckentlastung durch Umlagern. Das waren objektive Notwendigkeiten. Subjektive Gefühle bei den Patienten: Manche genossen die Pflege, andere litten unter der Betriebsamkeit.

Marie saß im umgeräumten Zimmer in Hamburg am

Schreibtisch, las und rezensierte, schrieb an einem Vortrag. Ihr Rücken war Rupert zugewandt, sie wollte ihn nicht stören. Sie wollte da sein, wenn er etwas brauchte. Unruhige Nächte. Oft lag sie tagsüber im Halbschlaf bei ihm. Als Freiberufliche war sie privilegiert. Heiner und Mathias sagten ihre Urlaubsreise ab. Jeden Tag saß Mathias eine Stunde an Ruperts Bett, damit Marie an die Luft gehen konnte. Oft brachte Heiner abends das Essen runter, sie aßen zu dritt.

Der Tag, an dem Marie Ruperts Adressbuch von seinem Schreibtisch in die Küche mitnahm. Sie würde bald Post auch an Leute schicken, die sie nicht oder nur vom Erzählen kannte. Sie konnte ihn nicht fragen, ist das in deinem Sinn. Ruperts Gewissenhaftigkeit, seine Pünktlichkeit und Korrektheit in Alltagsdingen. Sein Selbstspott oft, man sehe es ihm an der Nase an, er schreibe auf kariertem Papier. Dagegen seine ungestüme Handschrift, für ihn selbst schwer zu lesen. Marie fragte sich nicht, was tust du. Sie entzifferte Adressen aus seinem Notizbuch, konnte sie nicht abschreiben. Sie fand sich pietätlos. Beim kleinsten Geräusch ging sie zu ihm ins Zimmer. Sie dachte, ob ihn ihre Blicke störten. Knastwärterin, dachte sie.

In der Metastasenzeit sagte er einmal: Ich wollte im Rheiderland sterben, aber das geht nicht mehr. Und dann: Ich will zuletzt bei uns zu Hause sein.

Was ist ein Knastwärter. Was ist ein Zuhause.

Marie in der Küche. Sie kochte nicht mehr, sie saß dort, telefonierte, rauchte, horchte. Andrea hatte ihr erzählt, manche könnten erst gehen, wenn die Angehörigen nicht im Zimmer seien. Sie wollte bei ihm sein.

Sie wollte nicht im Weg stehen. Zerrissen, sie begriff nichts.

Nachts im zerwühlten Bett, die ungerufenen Bilder. Sie nannte Ruperts Füße Kinderfüßchen wegen ihrer unversehrten Zartheit. Er sprach vom Hufschneider. Sie sah, wie seine Haut sich an einigen Stellen, auch an einer Ferse leicht rötete. Wasser und Haut, Durst und Dekubitus, nur diese Sorgen gingen ihr durch den Kopf.

Nassgeschwitzt im Bett, das Gewissen steinhart: Du wusstest, er liegt im Sterben. So heißt das Wort. Gehen ist eine Beschönigung. Du wusstest, er stirbt, und hast dich in Kleinkram verbissen.

Durst und Dekubitus, immer nur diese Angst

Warum hast du zuletzt nicht große schöne Wörter für ihn gefunden? Wo war deine Seele, war sie im Schnabelbecher, im Adressbuch, in der Dose mit Salbe?

Du machst es gut. Einmal dir diesen Satz ins Ohr gesagt. Du warst froh, deine Lippen

Das war nur ein kleiner Satz. Im Übrigen bist du selbst immer stiller geworden von Tag zu Tag, sagt sich Marie. Du hättest Wörter finden müssen, die ihn tragen könnten.

Die Angst, ihn zu belasten

Von Angst und Last war nicht die Rede. Es gibt Wörter und Sätze, die tragen.

Der Eilbrief von Ilse, der Freundin aus Leer, der Ärztin, die mehr weiß als Schulmedizin. Als Rupert einmal Angst bekam, schickte sie Globuli. Marie hatte ihr am Telefon geschildert, wie die Angst aussah. Sie gab ihm die kleinen Perlen und sagte, Ilse hat sie geschickt. Rupert nahm die Globuli. Sein Atem beruhigte sich und wurde wieder tief.

Ilse, lang und schmal, struppige kurze Haare. Keine Zeit für Lyrik und Theater. Sie tanzt nicht, sie läuft, dreimal wöchentlich abends am Emsdeich entlang. Ihr Lieblingsessen: Kartoffeln mit Butter und Matjes. Religionsangehörigkeit: Keine. Ilse schickte die Globuli. Im beiliegenden Brief ein beiläufiger Satz: Wenn ich könnte, würde ich Rupert segnen.

Marie dreht sich im Bett um.

Jetzt kann ich schlafen. Mit diesem Satz im Arm.

Sie fährt auf, siedendheiß. Gab sie den Satz an Rupert weiter? Hat er ihn gehört? Haben die alten Wörter ihn getragen? Haben sie ihn beunruhigt? Wann waren seine Lippen auf ihrer Hand, wann lag ihre Hand auf seiner Brust? Die Erinnerungen verschwimmen. Sie schaltet das Licht an, sieht nach der Uhr. Bald fünf. Sie sehnt sich nach dem Tag mit seinen gewöhnlichen Forderungen. Wenn die Mühle sich wieder dreht, wenn die Zeit wieder Jetzt heißt.

Es wäre ein Jetzt ohne Rupert. Lieber zurück in das schwere Früher der letzten gemeinsamen Wochen als jetzt die enge Leere.

Sie verachtet sich für ihr Selbstmitleid. Sie hört Tante Gilgi. Als der Lungentumor festgestellt war, sagte sie: Dein Mann hat geraucht wie ein Schlot, und er ist Jahrgang achtundzwanzig. Irgendwann müssen wir alle gehen.

Maries unruhiger Schlaf, davor zuletzt der Hass auf die Tante.

*

Ein Amselpaar ist mit dem Nestbau beschäftigt, Marie sieht vom Schreibtisch aus zu. Rupert hatte es in der Verlaatszeit einmal geschafft, eine Amsel mit Ruhe und Regenwürmern dahin zu bringen, ihm aus der Hand zu fressen. Tutto a te mi guida. Alles führt mich zu dir. Vor Jahren sahen sie gemeinsam einen Schmachtfetzen über Marie Antoinette, hatten anfangs höhnisch gejubelt über den Kitsch, bis er sie schließlich hatte.

Das Telefon holt Marie in die Gegenwart. Ihr Lektor fragt, willst du dich für ein Stipendium in Schöppingen im Münsterland bewerben? Du hättest gute Chancen, kurzfristig angenommen zu werden, ein Kollege ist abgesprungen. Monatlich etwa 900 Euro, Mai bis Juli. Marie dankt ihm, dass er an sie dachte.

Nach dem Telefonat. *Sie saß in tiefen Gedanken. Ihrer Brust entrang sich ein Seufzer. Auf ihrem Antlitz erblühte ein scheues Lächeln. Die liebe Sonne strahlte sie von draußen an. Sie atmete tief, stand entschlossen auf. Vor dem Frisiertisch streifte sie den schwarzen Schleier zurück, sah in den Spiegel. Sie bürstete ihre goldenen Locken. Vor dem inneren Auge sah sie sich in Gottes freier Natur, an einem Tisch unter lauschigen Bäumen würde sie die Feder eintauchen und schreiben, was das Herz ihr eingäbe. Leichtfüßig eilte sie die Treppe nach oben, rief Heiner die frohe Botschaft zu und flog ihm um den Hals. Gerührt betrachtete der väterliche Freund Marie, ihre rosigen Wangen. Hinaus ins Leben, sprach er leise.*

Nach dem Telefonat. Sie denkt nach, geht in den Hof, trägt Abfall raus, sieht nach der Post. Vor dem Briefkasten trifft sie Heiner. Ob sie später, wenn er Zeit habe, etwas mit ihm besprechen könne. Der Freund fragt, was ist los.

Abends sitzen sie zu dritt beisammen. Heiner schiebt ihr die Pfanne mit den Bratkartoffeln rüber und sagt zu Mathias: Marie hat heute Morgen ausgesehen, als wäre ein Gewitter im Anmarsch. Sie widerspricht, das Stipendium ist eine gute Nachricht. Zwei Zugstunden nur bis nach Hamburg, oder nach Leer. Keine Verpflichtung, über den Ort zu schreiben. Sie ketten einen nicht an. Man könnte die Mutter besuchen, oder Konrad und seine Freundin. Ich wollte wissen, was du davon hältst, sagt sie zu Heiner. Als Vermieter ist man froh, wenn Mieter zahlungsfähig sind, sagt er mit einem Augenaufschlag. Rupert konnte solche Unschuldsblicke auch gut werfen. Sehr schön dazu der Kreidetonfall in seiner Stimme, wenn er sie bat, ihm aus dem Internet was rauszusuchen.

Marie räuspert sich. Es ist kein Verrat, wenn ich nicht ständig im Rheiderland oder in Hamburg bin.

Die Freunde sehen sie an. Woher denn? Du bist doch immer gern alleine losgezogen, und er hat dir nie Steine in den Weg gelegt. Du triffst andere Leute, sammelst neue Eindrücke. Ein kleines Intermezzo.

*

Offener blauer Himmel, ziehende Bögen. Ein leichtes Segeln und Gleiten der Vögel in großer Höhe. Die schwerfällige Landung. Das langsame Schreiten über die Wiese. Ruhestellung: Sie stehen auf einem Bein, Kopf und Schnabel sind im Halsgefieder verborgen. Störche im Münsterland.

Zwei restaurierte Bauernhöfe sind zum Künstlerdorf Schöppingen verbunden worden. Etwa zwanzig Leute sind derzeit zu Gast, sie kommen aus Kanada, Japan, Russland, Polen, der Türkei und Deutschland.

In der Buchenkrone vor Maries Fenster das Ein und Aus der Tauben, rauschende Blätter. Von unten gelegentlich Türenschlagen, manchmal hört man Altglas in Container klirren, sonst tagsüber kaum Geräusche, kaum Begegnungen. Jeder arbeitet in seinem Zimmer.

Ein früher Abend: Der Komponist Nazim spielt Tischtennis mit Vanja, einer Fotografin. Oxana aus Kiew arbeitet auch jetzt im Internetraum, ihr Laptop funktioniert nicht mehr. Alle wissen, bis zum Herbst muss ihr neuer Roman fertig sein, sie hat sich vertraglich gebunden. Twenty pages per day, wiederholt sie, wenn man sie trifft. Auf dem Bildschirm kyrillische Schriftzeichen.

Der Filmemacher Rob aus Kanada geht mit Marie durch den Ort. Die Leute auf der Straße grüßen sich. Rob sagt, keine Malls hier, nur kleine Läden, das ist gemütlich.

Im Wohngebiet Reihenhäuser, Villen im Landhausstil, Doppelgaragen. In den Vorgärten sind Buchsbäume zu akkuraten Kegeln, Spiralen, Pyramiden und Dackeln beschnitten. Marie zeigt auf einen sehr nackten Baum, dessen Zweige bizarr verrenkt sind. Ihre Empörung, was ist das für eine Mischung aus Krake und Hakenkreuz. Eine Araukarie, sagt Rob, ein chilenischer Nadelbaum. Gehört zu den ältesten Bäumen der Erde. Er ist nicht verantwortlich für die deutsche Geschichte. Stimmt, sagt Marie. Unter den Hecken und zwischen den Stauden ist in den Gärten die Erde zu Mustern geharkt. Hier Schredderbelag gegen das Unkraut, da frisch geweißte Kieselsteine, dort vereinzelte Agaven, ungerührt von jedem Windhauch. Rob sagt, es sind praktische Pflanzen, sie werfen kein Laub ab. Meine Mutter sammelt Sukkulenten.

Einmal die Woche skype ich mit ihr, so sieht sie meine Stipendiatenzimmer in Norwegen, Rumänien und Deutschland. Das ist ihr zu wenig. Sie hat seit drei Jahren Krebs. Sie lebt mit ihm wie mit einem ungezogenen Tier.

Marie könnte überleiten zu Ruperts Krebs. Sie weiß nicht, ob sie von ihm reden will.

Rob sagt, Mom hat mich heute gefragt, was willst du in Europa?

Sie stehen vor einem Trafotürmchen. Eine Seite ist bedeckt mit grauen und schwarzen Schriftzügen, die übereinander geschrieben wurden und sich schwer entziffern lassen. Seltsame Litanei.

23.01.08 Ich habe zwei
behinderte Kinder, ich
warte auf den Tag, dass
ich sie wieder sehe,
dass es ihnen
wieder gutgeht, und sie
laufen können.
Shira, 32.
Ich habe die Nase voll
ich warte nicht
mehr. Der Mensch lebt mit

besteht, mit beiden
Eltern aufzuwachsen,
wie jedes andere
Kind auch.
Odette, 33.
17.01.08 Ich will wieder
nach Hause nach Georgien.
Wir sind
hier auf der Durchreise.
Cyral, 48
25.01.08 Ich warte

seinen Hoffnungen.
Ina, 30
18.01.08 Ich warte darauf, dorthin transferiert zu werden, wo die Möglichkeit für Joel,

auf meinen Mann
und
meinen Sohn,
dass mein Mann
mich abholt,
so dass wir zusammen

Was willst du in Europa. Marie fragt, haben Flüchtlinge das geschrieben? Rob sagt, es war ein Kunstprojekt von einem unserer Vorgänger. Hast du dir den Stadtplan angesehen? Der ist 2006 gedruckt worden. Der zeigt ein Gelände, das heißt: Frühere Kaserne. Ich habe gegoogelt. Es ist seit 1992 ein Heim für Asylbewerber. Das Wort scheint ein Tabu zu sein. Mom würde sagen, ich bin ein zynischer Gast in Deutschland. Marie sieht ihn an. Sie verschluckt Ruperts Namen. Andere würden finden, du hältst deine Augen offen, sagt sie.

*

Wieder mal eine kleine Runde von Künstlern abends im Garten. Die Unterhaltung schleppt sich, schwerfälliges Englisch. Marie schnipst in die Luft, schon brennt ein Feuer. Wie hast du das gemacht, fragt Rob. Sie sagt, gelernt. Geschenk vom Feuerfreund. Die Gruppe steht um die Flammen und wärmt sich. Heinz bittet die Japanerin Kazuko, sag einmal klatschen, er macht es vor. Klat-tse, sagt sie. Er fragt, kannst du auch kratzen sagen, er zeigt es. Klat-tse, sagt sie. Und noch etwas, er fasst sich an den Kopf, Glatze. Klat-tse, sagt Kazuko. Immer lacht sie, auch jetzt. Wenn sie danke sagt, verbeugt sie sich leicht. Sie geht nicht, sie hüpft.

Täusch dich nicht, sagt Heinz zu Marie, als sie zuletzt allein im Garten in die Glut des Feuers sehen. Wenn du mit Kazuko Pingpong spielst, merkst du, wie gnadenlos diese Japanerinnen sind. Auch unser Muttersöhnchen Rob hat eine starke Rückhand. Ich habe ihn gegoogelt. Nicht viele Einträge, etwa 9000. Dich hab ich auch gegoogelt. Er lächelt sie an.

Er soll verdorren. Hat er im Perlentaucher gestöbert, ist er zu Wikipedia gegangen? Drei Klicks, und Ruperts Name könnte auftauchen.

Marie sagt, Glückwunsch, dann weißt du ja alles. Er stöhnt. Noch eine, die gleich ihre Stacheln ausfährt. Ich hab mich deshalb schon mit Rob gestritten. Eine Sache der Höflichkeit, sich vor der Begegnung mit fremden Leuten über sie schlau zu machen. Erzähl mir nicht, du hast niemals im Netz nach jemandem gesucht. Ich weiß, wer du bist, sagt Marie. Keine weiteren Fragen, Euer Ehren. Geburtsdatum kombiniert mit Leseprobe, plus Foto, minus Angabe zum Familienstand, multipliziert mit Kritiken in FAZ oder ZEIT,

Heinz unterbricht. Du und Rob, ihr gehört zur Fraktion der Puristen. Um das zu wissen, muss ich euch nicht googeln, das war vom ersten Eindruck klar.

*

Es war nicht so schwer, als in Hamburg oder im Rheiderland alle anderen Rupert kannten.

Als Janette sagte, er hat es verstanden zu schweigen, und er hat Fokko sehr gut beim Rentenantrag geholfen.

Als Mathias sich an Ruperts graue Winterhose erinnerte, der Hosenboden schnitt immer Gesichter.

Als Konrad beim Zigarettenschnorren Rupert zitierte, der seine Mutter zitierte: Was nutzt das schlechte Leben, Kinderchen.

Als Judith lächelte wie ihr Vater.

Jetzt kommen keine Briefe mit der vertrauten Handschrift. Jetzt trägt die Mehrheit der Stipendiaten in Schöppingen schwarze Kleidung. Jetzt nennt Marie Ruperts Namen nicht. Jetzt legt sie sein Bild beiseite, bevor sie in ihrem Zimmer mit Kazuko Tee trinkt. Jetzt sieht sie Störche fliegen, die sie ihm nicht zeigen und nicht schreiben kann. Jetzt hört sie Vanja von Polen erzählen. Jetzt fürchtet sie, sein Bild verblasst.

*

Travelling, no return. So heißt die neue Arbeit von Kazuko, und sie lädt alle anderen Stipendiaten ein, abends in ihrem Studio im Künstlerhof vorbeizuschauen. Danach sei ihre Ausstellung zwei Tage lang fürs Publikum geöffnet. Sie werde eine Kleinigkeit zum Essen vorbereiten, nebenan in der Gemeinschaftsküche. Welcome 8 pm. Um sechzehn Uhr beginnen Vanja und sie mit dem Kochen. Um achtzehn Uhr stoßen Rob und Marie dazu. Rob schneidet Zwiebeln mit dem Buttermesser. Kazuko röstet Mandeln. Vanja rollt Teig mit einer Bierflasche aus. Marie besorgt aus der zweiten Gemeinschaftsküche im Literatenhof Schöpflöffel, größere schwerere Pfannen, Papierservietten und Geschirrtücher. Um zwanzig Uhr tauchen die übrigen Stipendiaten und Doktor Legeips, der Leiter des Hauses auf. Das Essen, sagt Kazuko, werde gleich fertig sein. Sagen wir um halb zehn, sagt Heinz, der bleibt, um mit fliegenden Händen nach Anweisung Sushi zu rollen. Nazim zerdrückt Pfefferkörner mit einem Glasaschenbecher. Kazuko hat zur Feier des Tages ihre Highheels angezogen und eine Federboa, an der Spinatreste kleben. Sie hüpft in kleinen Sprüngen vom Herd zur Spüle zum Tisch. Ihr Balztanz, sagt Heinz. Atemberaubende Verschwendung von Energie, so viel Bewegung und doch kein erkennbarer Zweck. Schließlich essen sie zusammen Suppe, Sushi, Reisbällchen, Teigtaschen mit Spinat- und Hackfleischfüllung.

Als fünfzehn Leute satt und lustig sind, fragt Rob, ob er die Ausstellung ansehen dürfe. Der Rest der Runde steht schuldbewusst auf. Kazuko flattert zu ihrem Studio, schaltet das Neonlicht an.

Travelling, no return. Die Stipendiatin hat die funktionale Einrichtung ihres Zimmers in sämtliche Einzelteile zerlegt und auf dem Fußboden neu arrangiert. In den ausgeräumten Kühlschrank hat sie ihr Federbett gestopft. Aus den Schrankteilen ist eine Art Straße geworden. Stuhlbeine, mit einem Gürtel zusammengebunden. Vier Lehnen bilden ein Kreuz. Bettlattenrost, Matratze, Besen, Schrubber, eine Leiter, alles liegt geometrisch angeordnet. Kleidungsstücke, zu Bällen gebunden und über den Raum verteilt. Abgewaschene Butterpapiere, gebügelt, zu Vögeln gefaltet. Jeder geleerte Joghurtbecher, jedes Marmeladenglas, alle Schinkenverpackungen und Bierflaschen sind ausgewaschen und zu Mustern gelegt. Oxana trinkt den letzten Schluck aus ihrer Flasche, stellt sie zu den übrigen, die eine Spirale bilden. This room is sponsered by Mrs Oxana, ruft sie. Zwischen zwei Leitersprossen sind gebrauchte vertrocknete Teebeutel aufgereiht. Stifte, Pinsel und Besteck bilden Dreiecke, Vierecke, Sechsecke. Mehrere Bücherwürfel. Fünf Schuhpaare sind als Schrittfolge aufgestellt. In einer Teeschale liegen drei kleine Kieselsteine, einer ist rosa marmoriert.

Heinz, der Interesse am Poststrukturalismus hat, wirft das Wort Dekonstruktion in den Raum: Aus dem immer schon schuldigen Signifikat wird der erlöste Signifikant. Nazim fragt, wie meinst du das. Marie sagt: Man muss nicht gleich auf Schuld und Erlösung kommen. Man kann bei der Verwirrung bleiben, die sich einstellt, wenn den Sachen ihr Zusammenhang verlorengeht. Stell dir einen Stopfkorb vor, mit Nadeln, Wolle, Flicken und Schere. Darin ist ein Rasierpinsel sinnlos. Oder: Lupen gehören in Hosentaschen, damit man sie zur Hand hat, um in Fahrplänen und Atlanten nachzulesen. Was sollen sie in einem Schmuckkasten? Gebrauchsgegenstand oder Andenken. Auch ein Rasierwasserflakon auf einem Schreibtisch ist befremdlich.

Kazuko hat überhaupt keinen Nippes, nichts Persönliches, sagt Vanja. Marie findet, auch Kieselsteine können sehr persönlich sein. Den Titel deiner Ausstellung versteh ich nicht, sagt Vanja. Travelling, no return. Du bist kein Flüchtling, und du gehst nicht in den Tod.

Geht ein Mensch in den Tod oder der Tod in einen Menschen? Marie hält den Mund.

Die Stipendiaten verlassen den Raum. Kazuko schaltet das Neonlicht aus. Ihr Selbstporträt liegt im Dunkeln.

*

Marie lädt Rob zum Abendessen ein, es gibt Nudeln mit einer lauwarmen roten Soße. Er hilft ihr, den erstarrten Laptop wieder zum Laufen zu bringen, dann bleibt sein Blick an einem Blatt hängen, das an die Wand geheftet ist. Einige Namen kenne ich, sagt er. Sie übersetzt ihm ein paar Sätze.

… O Hohn! Hab ich so viel Freude erlebt, dass ich darüber grau geworden bin und so entsetzlich alt? Komm her zu mir, Starbuck, ganz dicht – einen Menschen anschauen ist besser als Himmel und See – besser als Gott anstarren. (Herman Melville)

… Da sagte Ulenspiegel … :»Nele … ist es wahr, dass man im Lande Flandern Ohrfeigen erntet, wenn man Küsse sät?« (Charles de Coster)

… Ferner, mein Posthörnchen schrie durch vier Träume hindurch wie lebendig und gepeinigt in den höchsten, schärfsten Tönen und glühte hellrot … »Gianozzo, wo lebst du, Lämmchen? Kannst du mir nicht erscheinen?« (Jean Paul)

… Manchmal erheben wir alle unseren Kopf und glauben, die Wahrheit oder die scheinbare Wahrheit sagen zu müssen und ziehen ihn wieder ein. Das ist alles. (Thomas Bernhard)

… Wenn er gelächelt hätte, warum hätte er gelächelt? Bei dem Gedanken, dass jeder, der hereinkommt, sich einbildet, er sei der erste, der hereinkommt … während er doch weder der erste noch der letzte noch der einzige und alleinige ist in einer Reihe, die im Unendlichen beginnt und ins Unendliche sich fortsetzt. (James Joyce)

Rob hört Maries holprigem Englisch genau zu. Er sieht sie an. Das ist aber kein Selbstporträt? Bei dieser

Auswahl sieht man einen Romantiker vor sich, nicht gerade dich. Ich stelle mir einen ganz Jungen vor, oder auch einen Großvater. Ein Kollege, sagt Marie. In seinen Büchern habe sie Anstreichungen gefunden, wilde, durchgedrückte Ausrufungszeichen und Kommentare. Sie hätte aus seinem Regal genauso gut andere Autoren rausgreifen können, die Auswahl sei beliebig. Yes and no, sagt Rob. Sie sei wohl befreundet mit ihm, wenn sie sich auf diese Weise ein Bild von ihm mache. Sure, sagt Marie.

*

Die Bewerbungen für ein Stipendium in Schöppingen kommen aus mehr als siebzig Ländern, jährlich werden über sechshundert Anträge gestellt, erklärt Doktor Legeips.

Eine Gruppe durchreisender Filmemacher hört sich seinen Vortrag an. Neben den Gästen haben sich mehrere Stipendiaten eingefunden, denn im Anschluss gibt es einen großzügigen Imbiss. Vanja stürzt sich auf die Schälchen mit dem Nachtisch. Sie sagt zu Marie: Seit ich schwanger bin, habe ich einen Schmacht auf Süßes. Rob bedauert Doktor Legeips. Der würde den Sonntagnachmittag bestimmt lieber mit der Familie oder allein verbringen, als wieder das Loblied des Hauses zu singen. Diese Leute werden dafür bezahlt, sagt Heinz. Rob findet, es muss desillusionierend für Legeips sein, mit ständig wechselnden Künstlern zurechtzukommen.

Rupert war am Anfang seiner Laufbahn einmal gefragt worden, ob er sich für ein Stipendium in der Villa Massimo interessiere. Er hatte abgewinkt: Ich hab Familie, wir haben gerade noch ein Kind bekommen und sind umgezogen. Da will ich mich ums Nest kümmern. Als er Marie davon erzählte, sagte er: Ich wollte damals niemanden verärgern. Ich hatte keine Ahnung von den Verhaltensregeln und Strukturen im Sektor Literatur. Er verdiente während der sechziger Jahre einen Teil seines Geldes beim Fernsehspiel. Dann eine Phase von Dokumentarfilmen. Viele Umwege, Seitenwege. Viele verletzte Regeln. Brüche mit Verlagen, Redakteuren, Journalisten, mit Freunden. Verlassene Nester.

Heinz lässt sich nicht mehr überhören. Er klärt Rob auf: Künstler auf der einen Seite, auf der anderen der Literaturbetrieb. Doktor Legeips lebt von unsern Impulsen, von unserer Autorschaft und unserm Künstlertum! Rob und Marie wechseln Blicke. Aber sie kann es nicht in Englisch ausdrücken, was Rupert sagen würde: Bügelfalte auf der Zunge.

*

Die Bewerbungen für ein Asyl in Deutschland kommen derzeit vor allem aus dem Iran, Afghanistan, Tschetschenien, Ruanda und Namibia. Vanja geht jeden Tag mit der Kamera durch den Ort, auch immer wieder zum Asylbewerberheim. Sie sagt zu Marie, ich dachte anfangs, ob das Flüchtlingsheim ein Thema werden könnte. Aber mein Wissen und meine Empörung übers Asylrecht liegen vor der Kamera. Das führt bei mir zu schlechten Fotos. Travelling, no return. Ein schöner Titel. Wahrscheinlich bin ich eifersüchtig, dass Kazuko ihr Dings gefunden hat. Ich habe Bilder ihrer anderen Ausstellungen im Internet gesehen. Sie zerlegt überall ihre Zimmereinrichtung. Als würde sie Mikado spielen oder so. Es fällt immer ganz unterschiedlich aus. Es ist oft schön. Manchmal schön melancholisch. Dekorativ? Vermutlich bin ich neidisch. Dekonstruktion als Verfahren, na gut. Inhaltlich verfolgt Kazuko ein romantisches Motiv. Der fahrende Künstler, ein unbehaustes Genie. Reisen und Fliehen sind nicht zu vergleichen. Das fällt mir ein, wenn ich die Sechsbettzimmer im Asylbewerberheim sehe. Die Rückzüge der Leute auf die Stockbetten.

Vanja sagt, ich komm in Schöppingen nicht gut voran. Meine besten Bilder entstehen, wenn ich nichts weiß und will. Klingt das romantisch?

Ja, sagt Marie, denn wir sind keine unbeschriebenen Blätter. Aber mein Mann sagte vor Jahren, Schreiben bedeute für ihn vor allem, zu warten. Das sei eine Form von Arbeit, die sich nicht messen ließe. Sein hingebungsvolles Pusseln im Haus und im Garten, schon tagsüber. Abends hat er oft gestopft. Die Löcher, die er mit der Zigarettenglut in seine Hemden gebrannt hat, oder Socken, auch meine. Sein präzises Stopfen, wie eine Spinne. Ich dachte, dabei laufen die Gedanken weit in alle Richtungen.

Vanja sagt, mein Mann ist unfähig im Haushalt. Sie klopft auf ihren runder werdenden Bauch. Wenn unser Kind da ist, wird sich das ändern. Das hat er mir versprochen. Kommt dein Mann dich hier besuchen? Er könnte für mich auch Sachen flicken. Was macht der jetzt, ganz allein? Keine Ahnung, sagt Marie.

*

Zu Fuß zur Haltestelle Schöppingen. Per Bus eine Stunde nach Münster. Rennerei zum Zug, knapp zwei Stunden später in Leer. Ferien in Niedersachsen, der Bus fährt jetzt nur bis Weener. Von dort aus könnte man Gerda anrufen, Fokko oder Heiko, und sie ums Abholen bitten. Das könnte man auch lassen, um die Freundschaft der früheren Nachbarn nicht unnötig auszunutzen. Neuerdings gibt es einen Ruf-mich-Bus. Man muss etwas Zeit mitbringen, dann kommt er.

Maries Moin klingt kernig, als sei sie gebürtig von hier, aber der Fahrer hört gleich beim nächsten Satz, da stimmt etwas nicht. Er zieht ihr alles aus der Nase. Sie hat in Ditzumerverlaat gewohnt, unten am Tief, in der Nähe der Kneipe von Grete? Deren Tochter Bertholds Frau ist? Das ist sein, Fresemanns, ältester Freund! Rupert, klar. Nicht direkt gekannt. Aber oft getroffen, bei Klaus im Laden und beim Friseur. Also doch gut gekannt. Rupert, zwar Schriftsteller, aber auch Mensch und Mann, beneidenswert! Wenn Marie noch mal eine Tour braucht, Anruf genügt, hier die Privatnummer, Tag und Nacht, keine Hürde.

Rupert liegt immer noch auf dem Friedhof. Marie ist sich nicht sicher.

Bernhard aus Hamburg hatte sie einmal gefragt, ob sie von Tod und Liebe erzählen wolle. Kann sein, das Thema ist drei Nummern zu groß. Meistens fragt man sich nur, wie man durchkommt von Tag zu Tag.

Ameisen ziehen ihre Wege, geschäftig, zerstreut.

Hör mal, sagt Marie zum Grab, kennst du Fresemann, den vom Polder? Tankwagenfahrer, jetzt Rentner mit Zusatzverdienst. Er sagt, du hättest ihm beim Friseur zu denken gegeben. Weißt du noch, Rupert?

Gerda und Berthold sehen sich an, als Marie stolz von den letzten Kilometern der Fahrt ins Dorf berichtet. Nimm's nicht schwer, sagt Gerda, Fresemann ist ein Hallodri. Von wegen Freund, sagt Berthold. Frauenfreund.

Die beiden müssen gleich zu den Nachbarn zum Grillen, Gerda legt ihrem Mann frische Wäsche hin. Das Hemd hat er noch nie gesehen, er zieht es nicht an. Hat Schumi gebracht, sagt Gerda, oder der Osteradler, oder dein rotkarierter Dickkopf. Sie fürchtet sich nicht mehr vor ihm. Nach harten Jahren haben sie sich zusammengerauft. Warum heiraten? *alles würden sie wieder genauso machen. nicht ringtausch mit hottentotten. stiller geworden, bröteln sie eigen das kleine brot, in ihrer geheimnissprache noch immer und immer mehr. wir geben nicht auf.*

Während Berthold sich umzieht, stopft Gerda Zigaretten. Dein Kerl hat ständig mit seinem Tabak gekrümelt. Warum hat er vor dem Rauchen seine Fluppen angeleckt? Marie sieht die Geste wieder, die sie vergessen hatte. Rupert kann man nicht mehr fragen. Sie sagt, vielleicht, damit sie besser auf den Lippen liegen. Gerda sagt, was wissen wir. Das Fahrrad ist schon runtergeschraubt. Wenn du deine Runde drehen und zum Friedhof fahren willst. Du kommst ja doch vor allem wegen Rupert. Wann hörst du auf, wie eine Dohle rumzulaufen?

Maries Erschrecken. Sie weiß, im Rheiderland trägt man nach einer Beerdigung nicht lange schwarz. Man backt samstags Kuchen, man hängt Gardinen ins Fenster, man faltet zum Jubiläum der Nachbarn Blumenservietten. Rupert war wenig gestört von den Dorfregeln. Ihm wurden sie allerdings auch nicht so oft unter die Nase gehalten. Seine ungeschriebene Autorität. Er ist eben ein Kuckuck, hieß es. Marie sagte es zu ihm nicht so poetisch. Alt sollte man sein, und ein Mann. Du und deine Eifersucht, sagte er.

Sie weiß, gerade im reformierten Rheiderland behält man die Trauer für sich. Gerda sagt, nach Gretes Tod bin ich sechs Wochen lang in schwarzem Zeug gegangen. Aber das muss jeder halten, wie er will. Doe, wat je wullt, de Lü proten doch. Marie zuckt die Schultern. Sie hätte vorher nicht geahnt, was nachher wichtig würde.

Du wärst nicht so oft bei uns, wenn du nicht nach Ruperts Grab sehen wolltest, sagt Gerda noch einmal.

Noch einmal erschrickt Marie. Gerda gibt ihr ein flaches Päckchen, darin ist ein farbiger Baumwollschal. Für deine nächste Bronchitis. Off wenn du dien Kierl wiesen wullt, dat di't goet geiht. Marie dankt ihr. Sie schlingt sich den Schal sofort um den Hals. Schon besser, sagt Gerda.

Nach dem Tee der Fahrradweg zur Bohrinsel, der Halbinsel am Dollart. Hinter dem Außendeich in den Schafszäunen wehen Wolle und Stroh, wie ausgekämmtes Haar. Die Flut klatscht an Land. Vier Surfer, deren Frauen trotz Sonne fröstelnd im Wind am Ufer stehen und fotografieren. Marie weiß wieder, warum sie in der Verlaatszeit das Haar kurzgeschnitten trug, oder zum Pferdeschwanz gebunden. Sie stellt das Rad ab, geht ans Wasser runter. Ihre Schritte, gezielt auf den Blasentang, dass er platzt. Das Geräusch ist ein Sekundenglück. Unauffällige Sensation, so wie das Zerstoßen einer vereisten Pfütze. Sie hebt Algen auf und lässt sie in den Händen platzen, wieder und wieder. Hör mal, sagt sie in die Luft.

Bei Klaus im Laden kauft sie Efeu und Margeriten, pflanzt sie auf Ruperts Grab, nach dem Gerda sieht, wenn die bei ihrer Mutter mit dem Jäten durch ist. Die zerzausten Federn vom letzten Besuch wirft Marie ins Tief, steckt neue aus dem Münsterland zwischen die Blumen.

Vermutlich kommt sie vor allem wegen sich selbst.

*

Der Wallfahrtsort Eggerode liegt bei Schöppingen. Alle Stipendiaten sehen sich ihn an, erzählte Doktor Legeips. Jetzt stehen Heinz, Kazuko, Vanja und Marie in der Gnadenkapelle, einem sechseckigen Raum mit Haubendach. Auf dem Barockaltar eine Holzskulptur hinter Glas, Maria sitzt als Königin auf einem Thron, trägt Jesus auf dem Schoß. Links und rechts an der Wand zwei Vitrinen, auf rotem Samt Votivgaben aus Silber. Darstellungen von Beinen, Herzen, Rindern. In den Bänken sitzen und knien junge und alte Gläubige. Vanja wartet, bis in dem kleinen Raum nur noch ihre Kollegen sind, dann fotografiert sie.

Draußen regnet es. Sie sehen einer Nonne nach, die über den Vorplatz geht. Halblanges graues Kleid, schwarze Sandalen, graue Strümpfe, hellgrauer Schleier, sie hält in der Hand einen schwarzen Schirm, mit der anderen zieht sie eine Mülltonne hinter sich her und stellt sie an den Straßenrand.

Sie sitzen in einem Café. Heinz liest vor, was er sich aus dem Besucherbuch in der Kapelle abgeschrieben hat, er übersetzt es für Kazuko ins Englische.

Mutter Gottes, gib uns Kraft, das Schicksal zu ertragen. Heilige Jungfrau mach dass ich finde gute neue Arbeit. Liebe Mutter Gottes, danke für das iPod und den Führerschein. Kostbares Blut Jesus ich bitte dich überflute meine Schwester Anna und den Richter von Osnabrück am Freitagmorgen, Herz Jesus am Freitag komme mit deinem kostbaren Blut und verherrliche dich Amen Amen.

So weit das Volksvermögen, sagt Heinz. Er betont sein soziologisches und ethnologisches Interesse, auch wenn er für sein eigenes Schaffen dem Volk nicht aufs Maul schauen müsse. Vanja hofft, dass der Richter von Osnabrück und Anna wohlauf sind. Unklar, ob Kazuko alles verstanden hat, aber sie klatscht.

Sie gehen weiter, in die Pfarrkirche aus dem zwölften Jahrhundert. Sie bleiben vor einem Tafelbild stehen. Auferstandener Christus. Heinz erwähnt sein religionswissenschaftliches Interesse: In vielen frühen Kulturen, schon bei den Sumerern und Ägyptern, gab es Auferstehungsmythen, Beispiel Osiris. Das Christentum hat später darauf zurückgegriffen.

Das Bild in der Kirche wird Giaccomo Bassano oder seinen Schülern zugeschrieben. Ende sechzehntes Jahrhundert. Aus einer gemalten dunklen Nische tritt der Auferstandene mit leicht erhobenen Armen. An den Innenflächen seiner Hände, an den Füßen und am

Herzen sieht man seine Wundmale. Er trägt ein wehendes Schurztuch, um seinen Kopf liegt wie ein Schmuck die Dornenkrone. Der Heiligenschein ist kupferfarben, dunkel. Die Gestalt wirft einen kurzen Schatten.

Das Bild aus der Renaissancezeit hat Fehler: Hüft- und Beinstellung sind anatomisch wenig überzeugend. Grob gemalte Arme, eine fast weiblich wirkende Taille, der Kopf im Verhältnis zum Körper zu klein. Der angedeutete schwarze Schatten des Körpers aber, der sich vom tiefdunklen Grün des Hintergrunds kaum absetzt, lässt das Bild lebendig wirken. Ein Augenblick ist erfasst, der Moment des Heraustretens aus der Nacht. Es findet jetzt statt, unmittelbar. Die Gegenwärtigkeit wird herbeigerufen, beschworen. He's risen, rief ein schwarzer Prediger in NYC, als Marie mit Bernhard einen Ostergottesdienst besuchte. Einer seiner Freunde hatte sie beide nach Harlem eingeladen, sie verbrachten zweieinhalb Stunden in einer überfüllten Kirche unter festlich und farbenfroh gekleideten Gläubigen, die lachten, weinten, schrien, sangen. Es waren immer wieder dieselben Worte, he's really risen, yeah, halleluja, es war Ouvertüre, Steigerung, Höhepunkt, immer noch mal von vorn.

Marie hatte gefühlt, wie die Feier in Harlem sie fortzog ins Unbekannte. Gleichzeitig schrieb sie davon in Gedanken an Rupert, sie fürchtete umzufallen und fühlte gleichzeitig, jetzt, jetzt geht etwas vor. Sie dachte auch, die Religion ist das Gemüt einer herzlosen Welt, sie ist der Geist geistloser Zustände. Sie dachte, draußen gehen Leute ihrer Wege. Aber das Zittern kam. Sie sagte sich, es ist der körperliche Ausdruck einer Gemütserregung. Aber das Zittern hielt an.

In der Pfarrkirche Eggerode das Bild des Auferstandenen, der den Betrachtern entgegentritt. *Während er doch weder der erste noch der letzte noch der einzige und alleinige ist in einer Reihe, die im Unendlichen beginnt und ins Unendliche sich fortsetzt.*

Aber Marie findet auch hier nicht zurück in die zweifellose religiöse Gewissheit der Kindheit, sie findet vor dem Bild nur wieder Trostbedürfnis und die Trauer, dass die Toten keine Schatten werfen.

*

Im Künstlerdorf kommen und gehen die Stipendiaten. Nach dem Besuch bei ihrer Mutter und bei Konrad und seiner Freundin fällt Marie eine der Neuen in Schöppingen auf. Die hat ihr schwarzes Haar rot gefärbt. Ihr Englisch ist so schnell, dass selbst Rob oft kaum mitkommt. Sie führt mit ihm Debatten. Das sagt sie, betont Oxana. Sie selbst hat genau gehört, wie die Rote morgens um sechs aus Robs Zimmer getrampelt ist. Die Rote knallt Türen, hüpft nicht und lacht nicht. Die schwarze rote gelbe Yoko kommt aus Tokio, und sie zerfetzt in ein paar Tagen jede Vorstellung, die alle anderen von Asiaten hatten. Nur einmal sagt sie zu Marie in einer weichen Stunde, ihre Verwandten zu Hause hätten sie grausam getäuscht: Heidelberg! Rothenburg ob der Tauber! Und jetzt sie selbst in Schöppingen.

Die Einladung zu ihrer Performance, die sie an alle Stipendiaten und die übrige Bevölkerung des Ortes schickt, hat den Charakter einer Vorladung. Man werde sich samstags um elf Uhr vor dem Künstlerdorf treffen. Alle Teilnehmer hätten schwarze Hosen und rote

Oberteile zu tragen. Die filmische Dokumentation übernähme Rob. Sie selbst werde die Teilnehmer einweisen, dann zögen sie in Viererreihen zum Parkplatz des K&K-Ladens. Dort die einstudierten Bewegungen, mit denen man die Kunden aus ihrem Kaufschlaf wecke.

Am festgesetzten Tag versammeln sich plusminus fünfzig Leute vor dem Literatenhof. Yoko formt die Gruppe zu einem Block. Und jetzt die Übungen.

Rupert flüstert mit Marie. Wenn Yoko uns befiehlt, die Arme hochzuheben, verschränken wir sie vor der Brust. Wenn wir uns auf den Boden setzen sollen, bleiben wir stehen. So können wir uns und unsere Freunde erkennen.

Marie gibt es weiter an Vanja. Die findet, ziviler Ungehorsam ist schön und gut, aber willst du Yokos Arbeit kaputtmachen? War nur eine Idee, sagt Marie.

Ohnehin läuft alles etwas chaotisch, weil Yokos Anweisungen schwer verstehbar sind, und Rob fällt von der Leiter, von der aus er filmt.

Die K&K-Kunden, auch die Passanten auf der Straße haben anderes zu tun, als nach dem Treiben der Gruppe zu sehen. In Schöppingen ist man Künstler gewöhnt.

*

So waren bald drei Monate vergangen wie in einem Zauber. Marie, in einen Maulwurfsbalg gehüllt, konnte graben und schaufeln wie die übrigen Maulwürfe, sie ging mit ihnen, auch mit Eichhörnchen und Meerschweinchen, die artige, gesittete Leute waren, im Tempel umher und tat Dienst bei der alten Frau. Einmal befahl die Alte ihr, einen Fasan zu rupfen und recht schön mit Kräutern zu füllen. Marie tat dies nach den Regeln der Kunst. Drehte dem Vogel den Kragen um, brühte ihn mit heißem Wasser, zog ihm die Federn aus, schabte seine Haut, so dass sie glatt und fein wurde, und suchte in der Kräuterkammer. Sie roch, nieste und wachte auf.

Schlafwarm, schlafwirr die Schritte ins Bad, denk dir, wir aßen Vögel, zu Gast auf einem fremden Gutshof. Wir versteckten uns, wie immer kratzten und kraulten wir uns. Klatsen, Klaulen. Warum war ich vor Fremden schüchtern wie sonst nie? Es war viel los in der Zeit zuvor, es lässt sich nicht erzählen. Gut, dass du schläfst. Der lange Zug der schwarzen Grillen, Glillen. Gellen. Helle Taxis warteten am Tief in Ditzumerverlaat, Heiko hielt mich an seiner Hand, wir gingen hinter dir, dir nach, Heikos Stimme verhallte. Nur die in seiner Nähe hörten ihn rufen von dem, was der Erde gehört, was zu ihr zurückgeht.

Gut ist es, wach zu sein.

Rupert liegt eingerollt auf der Seite im Bett, tief atmend. Stark wie ein Habicht noch im Schlaf, schön wie ein Gänseblümchen.

Ohne ihn zu sehen weiß Marie, wie seine Brust sich hebt und senkt, wenn sie gleich ihren Arm um ihn legt.

Sie muss nur noch zurück ins Zimmer finden, im Mondlicht auf die Schwellen achten, die ihre Füße auswendig wissen.

Es gibt keine Schwellen in einer Kate.

Sie muss nur noch im Schein des Baklava-Ladens

von gegenüber die Türklinke zu ihrem Zimmer greifen, deren Höhe die Hände wissen.

Es gibt nicht den Lichterschein eines Ladens.

Sie will sich zurückfinden. Stößt mit der Stirn an die falsche Tür.

*

Immer wieder feiern die Stipendiaten. Auch Robs Geburtstag wird zum Anlass für ein Fest. Vanja und Marie haben auf einem ihrer weiten Wege um den Ort, am Flüsschen Vechte entlang, Wildblumen und Gräser für ihn gepflückt. Hatschie, sagt Rob, der eine Allergie hat. Heinz überreicht ihm ein Exemplar seines letzten Romans, vielleicht als Anlass, besser Deutsch zu lernen. Unter der Anleitung von Yoko wird gekocht, Punkt acht Uhr abends steht das Essen auf dem Tisch. Danach soll für Rob gesungen werden, Nazim beginnt, Oxana folgt, dann Kazuko und Yoko. Auch die beiden neuen Ungarn und Rob selbst tragen was Schönes vor. Nur die Deutschen winden sich, kennen kaum eigene Lieder oder behaupten, nicht singen zu können. Die stellen sich an wie Diven, sagt ein Franzose zu einer Australierin. Schließlich einigen die Deutschen sich auf Kommet ihr Hirten, zweistimmig, darunter tun sie es nicht. Katsuko fragt, ein Reiterlied? Ein Jagdlied?

Später zeichnen sie an einem kollektiven Bild für Rob, der Titel: *Was die Gemeinschaftsküche uns erzählt*. Großes Gelächter, Bier und Wein fließen. Vanja hält sich zurück. Ihr Bauch ist jetzt unübersehbar rund. Eine gerade erst aus München angereiste Kollegin fragt: Jetzt ist wohl bald Schluss mit der Künstlerlaufbahn? Vanja wiederholt, was sie schon oft gesagt hat: Ich hab nicht vor, ein Muttertier zu werden. Warum soll das nicht zusammengehen, Kunst und Kind. Was für ein Giftzahn, sagt sie zu Marie. Die tröstet, klar machst du weiter deine Fotos. Die Münchner Dummbratze kann doch nur denken, jetzt hat sie eine Konkurrentin weniger. Vanja klopft auf ihren Bauch. Es gibt ein gutes Zeichen, neuerdings. Seit ein paar Tagen tritt es mich. Marie sagt: Was der Kreißsaal uns erzählt. Tür auf, zwei Menschen gehen rein. Tür zu. Tür auf, drei Menschen kommen raus. Vanja sagt stolz, falsch gerechnet. Ich bin jetzt schon zwei.

Marie erinnert sich, wie Rupert den neugeborenen Jojo begrüßte. Er verbeugte sich gelegentlich vor einem andern Menschen, allerdings anders als Kazuko, weniger geläufig. Selbstironie war bei ihm fast immer dabei, und zum Gegenüber hin etwas aus Spott, aus Staunen und Respekt. Er verbeugte sich, als Hanna ihm einmal sagte: Du bist ein Feuerfreund. Deine Rückzüge in die Quinta sind dein Spielen mit dem Feuer, sie sind dein notwendiges Drama.

Ruperts Geste war frei von Selbstironie und Spott, wenn er ein Neugeborenes oder einen Toten grüßte.

Im Garten des Literatenhofs huschen Kaninchen, von den Bäumen fallen die ersten noch unreifen Äpfel.

*

Notizen an der Wand.

Leben: Gesamtheit der Erscheinungen, durch die sich die pflanzlichen, tierischen und menschlichen Lebenwesen oder Organismen von leblosen Körpern unterscheiden.

Körper: Begrenzter Teil des Raumes. Stoffmenge mit beständiger oder veränderlicher Gestalt.

Puppe: Kleine Nachbildung der Menschengestalt. Oder: Entwicklungsstufe von Insekten. Ein Ruhezustand, in dem das Tier, in einer festen Haut liegend, die vollkommene Verwandlung vollzieht.

Marie nimmt Zettel ab, die neben dem Schreibtisch hängen. Zitate, Definitionen, Bus- und Bahnverbindungen. Sie übersetzt für Rob das Rezept der Nudel vom armen Schriftsteller, trägt eine halbvolle Flasche Olivenöl in die Gemeinschaftsküche. Sie sortiert Papierstapel. Was hast du hier getan? Das weiß sie nicht. Scheherazade erzählte Nacht für Nacht ums Leben vom Leben. Ein Märchen mit gutem Ausgang, und ein Kuckuck saß auf einem Baum. *Da kam ein junger Jägersmann, der schoss den armen Kuckuck tot. Doch als ein Jahr vergangen war, da war der Kuckuck wieder da. Da freuten sich die Leute sehr.*

*

Sie zieht den Koffer durch das Gedränge im Hamburger Hauptbahnhof. Gegenüber vom Blumenstand stehen wie immer Frauen, bieten die Zeitung *Der Wachtturm* an. Eine der Prostituierten am Steindamm, mit der Rupert und Marie sich zunickten, grüßt auch jetzt. In der Apotheke Ecke Kreuzweg das runde Gesicht eines der Angestellten. Fast ein Jahr lang war Marie nicht mehr dort. Sanddornsaft, dann Kortisonpräparate. Schnabelbecher, Morphium. Die Einkäufe und Rezepte sagten dem Apotheker alles. Einmal bediente er einen der Drogensüchtigen, die zwischen Bahnhof und

Drop-Inn am Hühnerposten pendeln. Der Kunde bekam die verschriebene Salbe. Er trug in beiden Armen eine vom Regen aufgeweichte Pappschachtel, in der Bierflaschen rollten. Der Apotheker bot ihm eine reißfeste Tüte an und half ihm, die Flaschen darin zu verstauen.

Der Hinterhof in der Böckmannstraße ist auch diesen Sommer wieder grünbunt zugewachsen. Die Mauern sind mit Glyzinien verhangen, die Blumenbeete wuchern, ein üppiges Geblühe von Hortensien und Rosensträuchern. Große Büsche Lavendel, Salbei und Lorbeer, und aus den Ritzen zwischen den Wegplatten wachsen Klee und Giersch.

Wenn wir soweit sind, Unkraut auszureißen, haben wir's geschafft.

Aber die Wohnungstür ist abgeschlossen. Die Räume hoch, still, staubig. Da ist kein Kuckuck wieder da. Marie rennt raus.

Im Lohmühlenpark wird gegrillt, ein junges Paar schnäbelt. Auf der Hundewiese toben Carmita und Pier, Giovanni redet mit einem Welpenbesitzer und winkt Ciao. Bei Gelegenheit wird Marie ihn fragen, was mit der alten Königinmutter Paola los ist. Nebenan auf dem Sandfeld spielen fünf Alte Boule, einer von ihnen Rollstuhlfahrer. Geschrei auf dem Kinderspielplatz vor und in der Röhrenrutsche: Kai-André verstopft mir die Bahn! Lili ist eine Schleimpetze! Baumlange junge Männer spielen Baseball, der Wirt vom Café Oase trägt Getränke zu den Gästen raus. Das Sonnenlicht, gebrochen durch Platanenblätter, flirrendes Helldunkel.

Ruhig gerannt, begrüßt Marie Mathias und Heiner. Abends isst sie bei ihnen und hört, der Mieter des Souterrain-Zimmers hat gekündigt. Mathias sagt, wir dachten, wenn wir dir das nach Schöppingen schreiben, sitzt du allein mit dem Schreck. Der Mieter hat schon Ende Mai seine paar Pluten gepackt. Der ist hier nie richtig eingezogen mit seinen Comics. Wir könnten den Raum künftig zu dritt teilen. Unsere Besucher wären aus dem Weg, und du zahlst nicht die volle Miete. Stimmt: So viele Schlafgäste haben wir nicht. Das kann aber kommen, und den Betuchten nehmen wir ein paar Kröten ab. Vielleicht will ich endlich mal in Ruhe unten Zeitung lesen, ohne Heiners ständiges Gequassel. Er sollte längst eine Nähstube haben. Ich brauche für mein Arbeitszimmer einen Vorhang. Wir haben alles durchgerechnet. Es müsste auch für dich gehen.

Mathias gibt Marie eine von seinen Zigaretten. Schön, wieder zu Haus zu sein, sagt sie. Wart's ab, sagt Heiner. Wir haben in deiner Abwesenheit im Keller den Schlauchflur aufgeräumt. Volker hatte noch Platz auf seiner Fuhre zum Recyclinghof. Keine Zeit, dich zu fragen, ob du deinem kaputten Tiefkühlschrank nachwinken wolltest. Auch deinen Computerschrott haben wir ordnungsgemäß entsorgt. Während andere Leute seinerzeit gern Illegales trieben.

Vor dem Umzug nach Hamburg sahen Rupert und Marie ihre Sachen durch. Er verbrannte einen Korbsessel im Brennnesselgestrüpp am Tief. Die schwere Holzleiter kam mit in die Stadt. Wer wusste, dass die vierte Sprosse brüchig war, kam sehr gut damit zurecht. Ruperts Schreckenswort in Janettes Ohren, wenn er sagte, er sei noch sehr zufrieden mit der knackenden Leiter, oder mit der farblos geschrubbten Wachstuchdecke auf dem Küchentisch, oder mit dem von Kindern zerhopsten Sofa. In Hamburg stand ihre Leiter im Schlauchflur, sperrig und angebrochen. Es gab andere praktische Sicherheitsleitern. An einem einfachen Abend anfangs in Sankt Georg ruckten Rupert und Marie ihr Nest zurecht. Es würde alles gut werden. Aber sie hatten immer noch zuviel Mist. Ihre Augen leuchteten, als sie die Baustelle Ecke Böckmannstraße erwogen. Alle Nachbarn aus der Gegend trugen ihren Schrott dorthin, er verschwand bis zum anderen Morgen. Irgendwer war damit immer sehr zufrieden. Marie und Rupert sagten miteinander einen Lieblingssatz: *Ganz heimlich flüstern diese zwei, natürlich nur von Lumperei.* Sie waren gekitzelt von Wilhelm Busch. Sie warteten, bis Giovanni die letzte Runde mit den Kläffern gedreht hatte. Dann ächzten, schleppten, stolperten und rangierten sie die alte Leiter aus dem Souterrain hoch. Vorsicht, die schöne neue weiße Wand. Denk an Heiners Schufterei. Schaffst du's? Lass uns absetzen. Hältst du die Tür auf? Sie trugen die Verlaatsleiter bis zur Baustellenecke. Rupert umwickelte die brüchige vierte Sprosse mit einem Lumpen, klebte mit Tesa einen Zettel dazu: Attention, Vorsicht, Periculo. Das werden schon alle verstehen. Kein möglicher Nachbesitzer soll sich die Haxen brechen. Die beiden bummelten nach Hause und waren sicher: Direktor und Hausmeister freuen sich über Mieter, die selbständig, pünktlich und pflichtbewusst mit ihrem beweglichen Eigentum dem allgemeinen Wohl dienen. Anderntags war die Leiter fort. Die Sage von der illegalen nächtlichen Aktion ging in die Haus-Annalen ein.

*

Im Souterrainzimmer steht schon ein Schlafsofa für künftige Gäste, und ein Regal mit Büchern. Auf Ruperts Tisch liegt eine bunte Decke, Bilder hängen an den Wänden. Ilse und Gregor werden es künftig bequemer haben als beim letzten Besuch. Die beiden wollten längst wieder nach Hamburg kommen. Seit wann hat Ilse nicht von sich hören lassen? Sie reagierte nicht auf die Geburtstagspost, und dreimal sprach Marie vergeblich auf den Anrufbeantworter. Ilse und Gregor wollten in den Ferien eine Radtour machen, vielleicht sind sie noch unterwegs. Vielleicht ist was passiert. Zuletzt am Telefon hatte Ilse, die sonst nie klagt, ausführlich von ihrem schlimmer werdenden Kopfschmerz gesprochen. Von dem Gefühl, sie fiele um. Marie ruft mehrfach in Leer an. Schließlich, endlich, meldet sich Gregor. Alles in bester Ordnung. Gerade erst zurück, der Fahrradurlaub in Dänemark eine herbe Freude. Ilse liegt in der Badewanne. Es war nur, sagt Marie, es hätte sein können, ihr wärt in der Wüste vom Rad gefallen. Ilse schreibt sonst immer eine Karte. Plötzlich sorgt man sich, auch wegen ihrer Kopfschmerzen. Gregor beruhigt Marie noch mal. Ich kenn das, sagt er. Plötzliche Angst um den anderen. Ilse muss nur eine Stunde länger wegbleiben als angekündigt, schon denke ich: Hab ich ihr auch alles Wichtige von uns gesagt.

*

Post an Rob und Kazuko. Aus dem Englisch-Deutschen Wörterbuch fällt ein Zettel mit Ruperts Handschrift. Bevor er allein in die Quinta fuhr, legte er in alle Bücher, die Marie oft benutzte, Zigarettenblättchen mit wechselnden Grüßen. Keep the fire burnin'. Bom dia, Pluma. Guten Tag und guten Abend.

Hab ich dir in unserer Zeit auch alles Wichtige von uns gesagt?

*

Erschrick nicht! Warum soll Marie erschrecken, wenn Mihajlo an der Tür klingelt. Spaßvogel, sagt sie, und läuft ihm in den Hinterhof entgegen. Erschrick nicht, sagt er noch einmal. Seine schwarzen Locken sind weg, er trägt eine stopplige Glatze.

Espresso bitte, wenn es keine Mühe macht. Ist so ein Stipendium mehr was wie Ferien, und danach fängt der Ernst des Lebens wieder an, oder gleicht es dem Alltag hier? Deine E-Mails waren kryptisch, sagt er, und Marie erzählt.

Jetzt du, sagt sie, was ist mit deinen Haaren. Rate, sagt er. Mönch? Von wegen. Ich hab mich mit Swantje wieder versöhnt. Der Krieg geht also weiter. Die Frisur hat mit dem neuen Job zu tun. Lass deine kühnsten Fantasien spielen. Bademeister? Falsch. Mir ist der Witz vergangen, sagt Mihajlo. Türsteher vor einer Disco im Schanzenviertel. Acht Euro die Stunde. Sie haben mir erklärt, wie man die falschen Leute abwimmelt, wer falsche Leute sind. Als Jugo-Macho einen Türken wegschicken, das baut mich wirklich auf. Aber die türkischen Stecher sind tatsächlich oft schlecht programmiert. Ich weiß, das ist ein Klischee. Ich soll zu ihnen sagen: Nur für Studenten heute Abend. Oder: Geschlossene Gesellschaft. Rupert wäre begeistert, wenn er mich sehen würde. Sie haben mir geraten, ich soll mir Pfefferspray und einen Schlagring besorgen. Rupert hätte mir gesagt, erst Türsteher, dann Bodyguard, dann Fremdenlegion. Marie schüttelt den Kopf. Verflucht, sagt Mihajlo. Rupert war auch gerne rabenkurz geschoren. Er würde vielleicht finden, mein Türstehen als Glatzkopf macht mich nicht zum Sklaven einer schicksalhaften Entwicklung. Er traute mir.

Genau so, sagt Marie.

Sie sieht ihn an. Die schwarzen Haarstoppeln, die runde schwarze Brille, schwarze Lederjacke, rote Lippen, weißes Hemd. Mihajlo kann sich auf den Kopf stellen, er bleibt doch ein Schneewittchen.

Gestern haben sie mich gefeuert, sagt er, ich hab keine Ahnung, warum.

*

Das offene Fenster an einem drückenden Tag im Sommer. Dann bezieht es sich draußen, Wind kommt auf. Der Himmel wird gelb. Die Zimmertür knallt zu.

Ein an die Wand geheftetes Blatt löst sich und fällt zu Boden.

Leben: Das Verb, gotisch liban, Englisch to live gehört wahrscheinlich im Sinne von Übrigbleiben zu der unter >Leim dargestellten indogermanischen Wurzel slei oder lei, =feucht, schleimig, klebrig. Eine andere Bildung ist das unter >Leib bekannte Wort.

Leim: Kalk, Vogelleim. Bezeichnet ursprünglich eine

zum Verschmieren dienende klebrige Erdmasse. Eng verwandt mit dem Wort >Lehm, mit der Sippe von >Schleim.

Leib: Das altgermanische Wort gehört zu dem unter >Leben behandelten Verb. Bedeutung: Mit einem >Körper versehen, wohlgestaltet, persönlich.

Körper: Lateinisch corpus. Eine Gestalt, eine Person, ein Wesen, ein Ganzes. Das Lehnwort Körper trat an die Stelle des mit veränderter Bedeutung in >Leiche bewahrten einheimischen Wortes.

Leiche: Gotisch leik, Fleisch. Geht zurück auf Like, dessen Ursprung dunkel ist. Bereits in alten Sprachen wurde das Wort als verhüllender Ausdruck für den toten Körper oder für den toten Menschen gebraucht.

Tot: Vergleiche Gotisch daubs, Englisch dead, Schwedisch dod. Eine Ableitung zu dem untergegegangenen Verb tourwen, sterben. Dieses Verb gehörte im Sinne von Bewusstlos-werden oder Hinschwinden zu der unter >dunst behandelten Wortgruppe.

Dunst: Mittelhochdeutsch tunst. Geht wie das Englische dust auf ein westgermanisches Substantiv zurück, das wahrscheinlich Staub, Staubwind bedeutete.

Marie hebt das Notizblatt auf. Sie sieht draußen Gewitterblitze, hört das Donnern, hört die Regentropfen.

Pó, apenas pó. Staub, nur Staub.

*

Feital, 19.8. Bom dia, Marie! Dein Brief ist gestern hier gekommen. Schnelle Antwort von dein Lino, dabei gibt es aller Hand zu tun. Muss in der Hitze lange im Gemusegarten gießen. Zwei kleine Schafe sind munter und sollen wachsen und dann in Topf. Gestern wieder Zeichenkursus für die Frauen. Ich lege Obst auf einen Tisch. Sie sollten malen mit Buntstiften. Sie waren begeistert, aber nichts gemacht, nichts gesehen. Rote Apfel, orange Apfelsin, Kurbis, Kärzenhälter, wie sie es im Kopf haben. Die Schatten sehen aus wie Fransen am Schal.

Jetzt zu Deiner Brief. Du weißt nicht, wo willst Du setzen Punkt in Deine Arbeit. Das ist ein alte Theme. Ich kann ganz verstehen, willst Du nicht namenlos Ende machen. Sein Name ist Rupert. Wir wissen seinen Namen. Du sagst, Du schreibst viel Unkraut. Wegen horror vacui? Marie, diese Concepte ist lang widerlegt! Die Natur kennt nicht Entsetzen vor der Leere. Das kennen nur schlechte Maler, die keine freie Fleck auf der Leinwand vertragen. Musst du nicht alles jetzt schreiben. In funf Jahre vielleicht ist alles anders. Andere Aspekte. Wann habe ich je eine Baum fertig gemalt. Ist mir zu große … Kann ich nur Ausschnitte.

Ich erinnere mich viel an Rupert. An seine gute sture Herz. Weißt Du noch, als Ihr hier wart? Ich dachte daran und wäre gern weg geflohen. Er ging vor dem Schlafen gerne nachts alleine raus. Wir wussten, er ging, zu gießen der Baumchen. Ich flüchte vor meiner Gedanken an ihn. Was weiß ich? Dann will ich wieder umdrehen, zuruck, ihm entgegen.

Es ist ein falsch-schöner Lied vom Leben der Kunst und Literatur. Frierende werden nicht gewärmt.

Religion malt Bilder auch. Doch kein Mensch liegt in einer festen Haut bis zur vollkommenen Verwandlung. Das tun Insekten, wenn sie aus sich machen einer Puppe.

Gestern Abend kam ich vom Berg mit Hunde. Sah Bewegung im Esskastanienwald. Es war eine Fuchs. Die Hunde haben sie verjagt. Hat sich versteck, nehme ich an. Es war schön. Die Stille ist furchtlose und in den langen Nechten zeichne ich viel. Schon morgens vor sieben zeigt mein deutsche Thermometer 28 Grad. Tagsuber mochte ich gar nicht heraus mussen. Alles was kein Wasser kriegt trocknet aus, muss ich laufen mit schwerer Kannen.

Sei gedruckt herzlich, gekusst und weiter. Deine Lino

*

Triefnass bis in die quatschenden Schuhe, schiebt Marie Gerdas Rad in deren Stall, steht dann noch draußen, blinzelt in die Sonne. Wenn Regen, dann richtig, und er hat sie genau auf dem Weg unterm Deich erwischt. Wochenlang war es sogar im Rheiderland zu trocken.

Jetzt blinken alle Pflanzen, alle Vögel, alle Kühe, alle Menschen. Noch tropfend, sind sie schon wieder im Sonnenlicht. Ein warmer Augusttag, die Nässe verdunstet schnell.

Marie verschwindet in der Ferienwohnung neben Gerdas Haus, um sich abzutrocknen und umzuziehen. Dann ist sie bei Onno, dessen Frau Jakoba gestorben ist. Sie gibt ihm einen Kranich, den sie mit Kazukos Hilfe aus Papier gefaltet hat. Heiko sagte ihr: In Ditzumerverlaat und auf dem Polder und in Bunde jährlich 50 Beerdigungen, sechs Hochzeiten, Kindstaufen drei. So ist das jetzt bei uns.

Rita hat einen Fokko geboren, ein Frühchen. Aber Mutter und Kind sind wohlauf.

Vormittags hat Marie aus Gerdas Garten Kartoffeln, Salat, Tomaten, Dill, Äpfel und erste Pflaumen bekommen. Sie hat bei Klaus Matjes besorgt, jetzt deckt sie den Tisch, sitzt dann mit einem Buch am Fenster. Sie stellt sich auf eine lange Wartezeit ein.

Die kleinen Lichter eines Citroëns am hellen Abend, ein Bremsen, ein Blinken. Zwei Leute steigen langsam aus, nach der langen Reise wahrscheinlich die Rücken verzogen.

Im Runterrennen noch der Gedanke, was ist ein Déjà-vu. Marie umarmt Friedo und Marguerite, die frühmorgens in Alençon aufbrachen, um im Rheiderland, in Hamburg und in Osnabrück ihre Angehörigen zu besuchen.

Sie sitzen zusammen am Tisch. Friedo lobt das Essen von hier: Es lügt nicht, es schmeckt nicht nach Tempotuch, sondern ehrlich. Ein allseits bekanntes Zitat. Sie fahren zur Bohrinsel. Marie bietet Friedo und seiner Frau die schönsten Blasentangbläschen zum Platzenlassen an, dafür haben die beiden einen Sinn. Im Westen geht langsam die Sonne unter. Farbstreifen am Himmel: Azurblau, rot, ein Gelb, als wäre viel Weiß hineingemischt worden, dann wieder blau, und indigo. Das Wasser des Dollarts ist dunkel. Am hellen Himmel der Mond eine blasse Sichel.

In der Wohnung rücken sie ihre Stühle ans Fenster. Der Himmel mischt sich mit dem blauen Deich am Horizont. Grünstreifen sind Mais und Rüben, dann folgen gelbe Stoppeln, dann die schon früh gepflügte fette braune Klei-Erde, schließlich, hier nah, das graue Band der asphaltierten Straße. Dann die grünen Vorgärten. Um diese Jahreszeit wird es ganz langsam dunkel.

Friedo übersetzt, was Marguerite sagt: Rupert hat uns zur Hochzeit ein Bild von Malewitsch geschenkt. *Rote Kavallerie*. Immer die Provokation mit dem Kommunismus. Wir haben damals gelästert, er hätte uns ein Bild mit sechsschwänzigen Eseln schenken können. Ausgerechnet zur Hochzeit die feurige rote Armee im gestreckten Galopp. Friedo sagt was Französisches zu seiner Frau, sie pufft ihn. Er sagt zu Marie, du weißt ja. Papa und ich wollten die Frauen vergesellschaften. Rien ne va plus, bedauert Marguerite.

Friedo übersetzt weiter: Das Bild fällt ihr jetzt ein, weil Malewitsch auch hier gewesen sein könnte. Als hätte er hier seine Staffelei aufgestellt, als wäre er ein Landschaftsmaler. Vielleicht kannte er die zarte und strenge Geometrie einer Küstenlandschaft, die schnurgeraden Bahnen, die Streifen aus Feldern und Deichen. Die Wasserlinie, die in den Himmel übergeht. Nichts Ausgedachtes und Abstraktes. Alles wie hier.

Rupert hatte auch Marie dieses Bild mal geschenkt. Zwischen großem Himmel und großer Erde klein die stürmischen Truppen der roten Pferde und Reiter. Auf Deutsch sagt Marguerite: Ein Pferdchen wär mein Paradies. Sie gießen sich Tee und Wein nach. Friedo sagt: Vielleicht hat Malewitsch einen Auftrag für ein Propagandabild bekommen, oder sich selbst gegeben. Und dann sein eigenständiger Umgang, unweigerlich wird aus der Kavallerie ein Malewitsch. Das ist bei jedem Menschen so, sagt Marie. Wenn jemand Fokko zwingen wollte, einen Computer zu malen, würde daraus doch immer eine Schubkarre mit Ofenholz, eine Katze oder ein Apfelbaum. Und wenn Simon verdonnert würde, in einem Schützenzug mitzufiedeln, sagt Friedo, dann ginge es ab, das würde wie Pink Floyd klingen. Das ist wie beim Gehen, sagt Marguerite, sie ahmt den Landgang eines Schwans nach und fragt, welcher Bruder von Friedo das ist. Stimmt nicht, ruft Marie, es ist die Stimme, die ihn ausmacht! Friedo breitet ergeben die Arme aus.

*

Anderentags pflanzt er eine Hortensie auf das Grab seines Vaters. Er berührt Ruperts Porträt auf dem steinernen Kreuz. Sie hocken auf der marmornen Umfriedung von Grete und rauchen. Marie sieht Friedos Traurigkeit. Er dreht eine Zigarette und legt sie zwischen die Efeublätter. Sie lassen sich Zeit.

Marguerite liest die Namen auf den anderen Grabsteinen. Später fragt sie ihren Mann, was heißt Schwanette? Die beiden reden und lachen. Dann erklärt er Marie, sie hätten sich eine dralle Bäuerin vorgestellt. Mit diesem Vornamen, mit einem Doppelkinn.

Der Turm des Kieckkastens am Dollart, der Raum drei Meter über dem Watt. Mehrere Fensterklappen sind abgeschlagen worden, das Gästebuch zerrissen, Abfall am Boden. Borkige, schwarz verkohlte Sitzbänke. Marie versteht den Vandalismus nicht. Friedo sagt ihr, Zerstörung oder Selbstzerstörung, das hat oft die gleichen Wurzeln. Sie sagt ihm nicht, aber die Selbstzerstörung bleibt bei sich. Sie wüßte seinen Einwand.

Zu dritt sammeln sie den Abfall ein, um ihn später mitzunehmen, eine Geste nur für sie selbst.

Sie stehen lange draußen auf der kleinen Veranda des Kieckkastenturms. Kaum Vögel um diese Tageszeit, ein paar Möwen, zwei Gretas. Sie sehen aufs hohe Schilf. Friedo fällt ein Künstler ein, der versuchte, die Linien nachzuziehen, die der Wind im Gewoge der Gräser zeichnet. Ein seltsames Bild würde das werden. Eine Art Handschrift. Die Wellen des Winds im Schilf. Marie sagt: Wenn jeder Halm ein Instrument wäre, eine Stimme. Wenn jeder seinen eigenen Ton spielen würde. Wäre das wüster Krach oder vollkommene Harmonie? Friedo übersetzt es für Marguerite. Die sagt, und die beiden anderen stimmen ihr zu: Auch ohne Orchester ist der Wind im Schilf eine Musik.

Sie gehen zusammen durchs Watt zurück, auf dem befestigten, mal federnden, mal trocken harten Weg.

Die Arbeit an diesem Band wurde mit einem
Aufenthaltsstipendium in Schöppingen gefördert,
für das die Autorin dankt.

Bibliografische Information der Deutschen Nationalbibliothek
Die Deutsche Nationalbibliothek verzeichnet diese
Publikation in der Deutschen Nationalbibliografie;
detaillierte bibliografische Daten sind im Internet
über http://dnb.d-nb.de abrufbar.

www.wallstein-verlag.de
Vom Verlag gesetzt aus der Stempel Garamond
Umschlaggestaltung: Susanne Gerhards, Düsseldorf
Druck: Friedrich Pustet, Regensburg

ISBN 978-3-8353-0788-9

Sabine Peters im Wallstein Verlag

Nimmersatt
128 S., geb., Schutzumschlag
ISBN 978-3-89244-406-0

»Alle Figuren von »Nimmersatt« reflektieren ihr Lebensprogramm oder das Fehlen eines solchen, und naturgemäß wird dabei heftig abgerechnet – mit kulturbeflissenen Vätern und erdrückenden Übermüttern, mit falschen Freunden und fiesen Chefs. (…) die höchst individuellen, teils hochreflektierten, teils wie mitstenographierte Gedankenprotokolle wirkenden inneren Monologe von »Nimmersatt« (lassen) nach und nach Lebensmuster erkennen, höchst aussagefähige patterns der Biographie. Die Stimmenimitatorin Sabine Peters hat die ihr gemäße Romanform gefunden.« *Dennis Scheck, FR*

»Die Jury des Heidelberger Clemens-Brentano-Preises zeigte sich dagegen begeistert von dem »Facettenreichtum an Sprechstimmen«, der in diesen erzählerischen Miniaturen entfaltet wird. Sabine Peters, die gestern den Brentano-Preis der Stadt Heidelberg erhalten hat, wird vor allem für ihr artifizielles Erzählverfahren ausgezeichnet (...).
Es macht den enormen Reiz dieser Prosa aus, dass sich Sabine Peters ganz der Innenperspektive und den aufkeimenden Wunschphantasien ihrer Figuren anvertraut, ohne sie mit allwissender Erzählergeste zu kommentieren.«
Michael Braun, Basler Zeitung

Nimmersatt
(Audio-CD)
gelesen von Sabine Peters und Dirk Witthuhn,
produziert in Zusammenarbeit mit DeutschlandRadio
ISBN 978-3-89244-432-9

Abschied

Erzählung

144 S., geb., Schutzumschlag

ISBN 978-3-89244-705-4

»In ihrer Stimme vereint Sabine Peters die unversöhnten Widersprüche zwischen Zärtlichkeit und Überdruss, Witz und Entsetzen, Verstehen und Ergeben. Solange es Literatur gibt, wird das Lied vom Abschied von den Eltern weitergeschrieben; diese Strophe handelt vom gezähmten Aufruhr gegen den Sterbenden und seine Sterblichkeit (...).« *Dorothea Dieckmann, Die ZEIT*

»Das Geschehen, das in »Abschied« erzählt wird, könnte alltäglicher nicht sein. Die Schreibkunst von Sabine Peters aber gestaltet es zu einem literarischen Ereignis. Der Eindruck, den diese Erzählung hinterläßt, übertrifft manchen umfangreichen Roman.«
Christoph Haas, Süddeutsche Zeitung

»Der Text ist eine Einübung ins Ertragen von Ambivalenz, von Schmerz und Hass, eine Familiendekonstruktion und die Beschreibung eines mühevollen Ausbalancierens von widersprüchlichen Befindlichkeiten.« *Ulrich Rüdenauer, FR*

Singsand

Zwischen Beer Sheva und Bethlehem

196 S., geb., Schutzumschlag; ISBN 978-3-89244-996-6

»Dieses beiläufige Vorwärtsgehen, das sich von den omnipräsenten Stereotypen zum Thema nicht ablenken lässt, ist die erzählerische Gangart, die sich Sabine Peters für dieses brisante, angreifbare, subjektivistische, herrlich unausgewogene Israel-Buch auferlegt hat. Nach der Lektüre sind wir aller beruhigenden Vorurteile beraubt.« *Michael Braun, Frankfurter Rundschau*

»Sabine Peters hat Spaß an den Worten, jongliert damit, keines fällt daneben.« *Gesine Strempel, WDR*

»›Singsand‹ erzählt in poetischer Dichte von einer Reise in den Nahen Osten mit dem genauen Blick auf das Wesentliche. Unterschiedliche Sichtweisen finden in starken Sprachbildern ihren Ausdruck. Täter, Opfer, das Für und das Wider – alles ist im Fluss.« *Jury Buch des Jahres 2006*